理想与情怀

三联书店出版工作行思录

樊希安 著

天津出版传媒集团

天津人民出版社

图书在版编目（ＣＩＰ）数据

理想与情怀：三联书店出版工作行思录 / 樊希安著
. -- 天津：天津人民出版社，2021.1
ISBN 978-7-201-16540-0

Ⅰ.①理… Ⅱ.①樊… Ⅲ.①随笔—作品集—中国—
当代 Ⅳ.①I267.1

中国版本图书馆 CIP 数据核字(2020)第 199869 号

理想与情怀：三联书店出版工作行思录
LIXIANG YU QINGHUAI

出 版	天津人民出版社	
出 版 人	刘 庆	
地 址	天津市和平区西康路35号康岳大厦	
邮政编码	300051	
邮购电话	(022)23332469	
电子信箱	reader@tjrmcbs.com	

策划编辑	王 康
责任编辑	王 玲
特约编辑	郭雨莹
封面设计	春天·书装工作室

印 刷	天津新华印务有限公司
经 销	新华书店
开 本	710毫米×1000毫米 1/16
印 张	22.75
插 页	2
字 数	230千字
版次印次	2021年1月第1版 2021年1月第1次印刷
定 价	58.00元

目　录

第二辑　志在好书

第三辑　事在人为

第四辑　情寄八方

第五辑　榜样在前

自序

做一个有情怀的出版人

　　这本书的书名是《理想与情怀》，理想没有问题，含义很清晰；是否用"情怀"这个词，我内心纠结甚久。词典这样解释"情怀"：含有某种感情的心境，如抒发情怀。而"情结"则是：深藏心底的感情，如浓重的思乡情结。这样一来，"情结"似乎高于"情怀"，是一个分量更重的词。而在我看来，却不是这样。

　　"情结"只是一个中性词，不含褒贬，而"情怀"却是一个带温度、带情感的词，给人一种向往和追求。如我们常说，某某是个有情怀的人，而不说是个有情结的人，两者有着层次和内容上的不同，前者寓含着赞美。我更喜欢"情怀"这个词，故最后定书名为《理想与情怀》。我不是说我已具"出版情怀"，而是说这是我的一种追求。"虽不能至，心向往之"，我会朝着这个方向去努力，我也希望从事出版工作的朋友，都努力做一个有情怀的出版人；从事编辑工作的朋友，做一个有情怀的编辑。

　　理想与情怀是密不可分的。一个社会不能没有理想，一个民族不能没有理想，一个人更不能没有理想，因为没有理想就没有希望,就失去了奋斗目标。出版人自然有自己的理想。那么出版人的理想是什么呢?我以为,多出好书,为读者提供优质精神食粮,促进社会文明进步,或曰通过出版优秀出版物,为社会文明进步贡献一己力量,这就是出版人的理想。情怀自然要比理想范畴小一些,但情怀是理想的体现和折射,在一个人身上表现得更具体。要做一个有情怀的出版人,首先要做一个有情怀的人。

情怀是大家不可缺少的品质,许多学术界、文化界、出版界大家都是有情怀的人。中华书局出版的《故宫藏美》一书序言中,作者朱传荣怀念他的父亲朱家溍先生时说:父亲留给我们的不是他的天赋、不是他的出身、不是他的学识,而是他的情怀,对自己的爱与尊重,对美和好的欢喜赞叹。我的老师张松如先生(笔名公木)就是一个有情怀的人,他创作了《中国人民解放军军歌》和《英雄赞歌》的歌词,取得了丰硕的教学、科研成果,但他永远都那么谦和,有一种永不言弃的追求精神。先生晚年,把自己作诗、治学、为人之道归纳为:理论(文艺)建设意识,学术(创作)自由心态,真理(审美)追求精神,道德(纲纪)遵守观念。不拜神,不拜金;不崇"古",不崇洋;不媚时,不媚俗;不唯书,不唯上。这个"道"是其一生作诗、治学、为人的经验总结,也是其做人做事的根本原则。秉持"人比山高,脚比路长"的奋斗理念,他在晚年提出"第三自然界"的哲学命题,一直到去世都在研讨。我已去世的朋友《诗刊》编辑李小雨就是一个有情怀的人。她经常提着一袋沉重的诗稿往返家和单位,常常把个人的时间消磨于工作,把自己的创造性才华消融于刊物和作者,善良、单纯、执着,对诗有着永远的追求。近日翻她以前寄来的诗集,突然发现书中夹着一封过去的短信:"樊总:好!寄上《国之殇》抗震诗集一本。其中收入了您的诗。书出得早,编者是我的学生,当时向我要诗,我就把您的推荐过去了。谢谢支持!常联系。"现在阴阳相隔,和小雨联系不上了,但我永远怀念这样一位有情怀的朋友。

2005 年我到三联书店工作后,很快发现三联是一个有情怀的集体,这里聚集着一群有情怀的文化人。研究三联的历史,我发现创立生活书店、读书出版社、新知书店的三联老前辈们都是有情怀的人,邹韬奋、胡愈之、徐伯昕、李公朴、艾思奇、黄洛峰、钱俊瑞、徐雪寒、华应申等,个个都有着高远的追求。邹韬奋先生是他们其中的典型代表。他的一生是追求真理、致力于社会进步的一生。他之所以从事出版工作,出版大量进步书刊,不是简单地搞出版,不是为了出版而出版,而是把出版作为一个平台,"力谋改造社会",去实现自己的理想和信念。他为当代出版人树立了鲜明的榜样,韬奋精神也成了一面旗帜,起着匡扶后世的作用。致力于文化事业,推动社会进步,成了进步出版人的追求。在"竭诚为读者服务"的店训指引下,一代代三联人有自己高远的追求,形成了自己的文化品格,也形成了"不官不商有书香"的基本格调。在这里工作的人,特别是编辑们,传承老一辈三联人的禀赋,特别有文化理想和文化追求,永远都把传承中华优秀文化和引进外来优秀文化、推动社会进步作为自己的理想,并体现在日常编辑出版书刊的行动中。出好书、好刊,拒绝低俗和铜臭的侵袭,是大家的共识。我生活工作在这样一种环境中,受到熏陶和感染是不言而喻的。虽不能说"蓬生麻中,不扶自直",但受到了影响和浸润是无疑的。

一个有情怀的出版人有哪些特征呢?或说要成为一个有情怀的出版人,要从哪些方面去努力呢?我的体会是,一是要有牺牲精神,要有为追求真理、传播真理而牺牲的精神,这是从大的方面来说的。而从小的方面来讲更多的是职业上的牺牲,是名利方面的牺牲。年年压金线,为他人作嫁衣裳,是没有名利可讲的。获益的是社会,出名的是作者,不淡泊名利,是无法安于做一个出版人的。二是要崇尚文化、热爱文化,有传承文化的使命感和责任感,懂得此事体大、职业光荣,愿意为传承弘扬文化尽心尽力。三是要有职业自豪感,以传播真理传承文化为己任,不为豪强所迫,不藐视微小,不仅为稻粱谋。四是要有合作精神,出版是由编、印、发等各环节构成的,只有密切合作,才能有效运转。

我在三联书店工作九年多时间,这是一个成长历练的过程,也是一个逐步树立文化情怀的过程。在努力树立自己三联人情怀的同时,我也为三联书店的事业发展尽心尽力。我深知,三联书店的事业是韬奋先生等先辈开创的,是一代又一代三联人心血凝聚而成的,自己只是做了自己该做的一些事情。如果非要讲我的贡献,我更愿意用宋代诗人曾几的一句诗来形容:"绿荫不减来时路,添得黄鹂四五声。"三联书店就好比两旁有葱葱郁郁高大树木的林荫大道,而我只不过是给这道风景增添了几声清脆的鸟鸣声而已。我愿意做一个"捆绑式火箭",在把三联书店推向前进的同时,也实现自己的人生价值。这就是我文化情怀的具体体现。我在三联书店浸润近十年,不敢说自己是一个有情怀的人,但我在向这个目标努力着。

在市场经济大潮涌动的今天,有情怀的出版人是越来越少了,唯其如此,我才为坚守出版情怀者点赞,并愿与之共勉。

此为序。

樊希安

2019 年 9 月 28 日

第一辑 心系三联

不负重托 不辱使命

店内各位同人：

　　大家下午好。刚才集团公司领导宣布了由我担任三联书店总经理和党委书记职务的决定。首先我要感谢集团总裁班子、集团党组对我的培养和信任,感谢店内广大员工对我的支持和拥戴。2005年8月,我从吉林省新闻出版局副局长任上调到三联书店,三年半来,集团公司领导给我许多有益的指导和帮助,店领导班子成员、中层干部和店内广大职工给我大力支持和关心,使我尽快熟悉了情况,进入了角色,并能较好地完成了担负的工作任务。现在,组织上又把统领三联书店全局的担子交到我的肩上,这是对我的信任,更是一种激励和鞭策。我服从组织决定,同时从内心深处升腾起责任感和使命感。说实话,我现在是压力大于喜悦,才上眉头,又上肩头,倍感压力的沉重。这沉甸甸的压力来自四个方面:一是三联书店是我国著名出版品牌,声誉隆盛,影响深远,社会期望值高,关注者众,这个接力棒不好接,干不好砸了牌子会落个骂名。二是今年是实质性转企改制头一年,需要建立真正的企业运营模式,但我们从观念上、思维方式上、机制上都很不适应,进行突破必然会引发矛盾,引发矛盾就要带来风险甚至产生危机,但不冒风险事业就没法推进。三是面临国内外出版业万船竞发、百舸争流的竞争局面,集团公司领导要求高,频催战鼓,员工期待高,有利益渴求,发展的压力巨大,但要想发展确实不易。在不进则退的情况下,发展了是功臣,不发展就是罪人,对集团公司、对职工群众都没法交代。四是我个人能力与这副担子有差距,无论是学识和经验,我都难望老一辈领导项背,面对组织上的这项任命,面对这副沉甸甸的担子,我有着诚惶诚恐、战战兢兢的敬畏之感。

同时,面对压力我也有足够的信心。这信心来自四个方面:一是有中宣部和集团公司的正确领导,有集团公司领导的把关定向和靠前指挥,这些来自上级组织的大力支持,是取得成功的重要保证和坚强后盾。二是有店领导班子其他成员的密切配合,有中层干部和广大员工的支持与共同努力。三联书店的员工是期望三联快速发展的,是愿意奋发向上有所作为的,是风气正、素质高的,民心可用、民气可用。三是我店独具有深远影响力的三联品牌,加上《三联生活周刊》《读书》等,已经形成著名品牌群,这是无价之宝,是核心竞争力。热爱品牌、维护品牌、发展品牌,实施品牌战略,充分利用品牌效应,就能在竞争中破难获胜。四是经过一代又一代三联人的辛勤努力奋斗积累,我们不仅形成了许多优良传统和作风,拥有宝贵的精神财富,而且获取了良好的经济效益,奠定了发展的物质基础。张伟民同志主持三联工作4年来,带领班子和全店员工,精心谋划发展,使我店的社会效益和经济效益都有大幅度提升,上了新的台阶,为下一步发展创造了良好条件。在此,我谨向伟民同志致以诚挚的谢意!

我理解,任命是一种信任,同时也意味着更高更严的要求,更殷切的期盼。作为一名党员领导干部,作为一个在三联领导班子中负主要责任的班长,我会更加严格要求自己。在政治上同党中央保持高度一致,认真学习实践科学发展观,认真执行党的路线、方针、政策,遵守国家的法律法规、集团的规定和店内的规章制度。我会树立高度的责任感和事业心,勤奋敬业,恪尽职守,一心一意谋发展,竭尽全力地将三联书店推上发展之路。我会从三联的实际出发,继续发扬三联书店的优良传统,保持三联的出版特色、文脉学统、品格品位,尊重知识,尊重作者,注重对社会对人类的文化积累、文化贡献,同时正确处理好事业性与商业性的关系,在保证社会效益的前提下获得良好的经济效益,争取两个效益双丰收。我会勇于开拓,大胆探索,事不避难,敢于担当,去创造新的机制和发展经验。我会坚持以人为本,紧紧依靠职工去开拓,注意提高职工的生活福利待遇,努力调动职工的积极性和创造性,建设文化三联、和谐三联、活力三联。我会模范执行党组织关于领导干部廉政建设的规定,廉洁奉公,绝不以权谋私,自觉接受职工监督。我会努力做到堂堂正正做人,干干净净做事,用广泛团结和包容的实际行动去凝聚人心、集聚人气、鼓舞士气,创造三联书店团结和谐、各美其美、美人之美、成人之美、美美与共的美好局面。我会紧紧依靠班子其他成员共同开展工作,增强团结与互信,发挥每个人优长,齐心协力,同舟共济。请集团公司领导和三联同人多方面监督我、鞭策我、激励我,我会把大家的监督和鞭策当成前进的动力。

我今年53岁了,离退休还有六七年,其心犹壮,其血犹热,虽无宏才大略,尚有余勇可贾。面对集团公司和店内员工对我的期望和重托,我不敢稍有懈怠,会"不用扬鞭自奋蹄",更加努力地带领店领导班子和全体员工踏上新的征程,去创造三联书店新的业绩、新的辉煌,为我国文化大发展大繁荣做出更大贡献,向组织上和广大员工交一份比较令人满意的答卷。

(2009年1月23日)

像当兵时一样去战斗

2009年"八一"，是中国人民解放军建军82周年。

在建军节前夕，我们三联书店的复转军人欢聚一堂，庆祝中国人民解放军的生日，欢庆我们军人的节日。我和大家一样，心情很激动。

我调到三联书店已经4年了，没有参加过这样的聚会，听说以前我们店也没组织过这样的活动。今年我提议组织这样的活动，不仅因为我曾经是军人，也不仅是为满足全店复转军人欢庆节日的愿望，更主要的是因为三联书店正处于改革发展的关键时期，需要我们这些曾经的军人去发挥作用，冲锋在前。因此，我们这次会议不仅仅是庆祝会、纪念会，更是一个动员会、誓师会，是一次吹冲锋号、集结号的会议。

目前，三联书店处于改革发展的重要时期。三联书店是我国著名出版品牌，为我国的文化建设及出版繁荣做出了贡献，从1986年独立建制至今，二十多年来得到了很大发展，取得了良好的社会效益和经济效益。近几年来，面对竞争日益激烈的图书市场，三联书店表现出了种种不适应，加之在做大规模的同时没有及时调整选题结构，致使图书效益低、库存积压严重，今年上半年销售又大幅度下滑，造成利润下降、资金紧张，危机不期而至，给三联人敲响了警钟。面对这种情况，店领导班子积极谋划应对之策，加大改革力度，进行编辑部门机构重组，调整选题结构，加强面向市场的大众文化读物的出版，强化营销工作，努力开辟新的渠道，加强管理，开展增收节支活动等。所有这些任务，都需要人去承担，都需要人去落实。而我们在座的诸位，我们这些曾经的军人，在店内处于重要的位置，这里有店领导，有中层干部，也有一般干部，不管在什么位置，都很重要。汇聚起来，就是一股强大的力量。过去在三联发展的过程中，我们复转军人做出了重要贡献，赢得了人们的尊敬与信赖。今天，面对新的形势，更需要我们复转军人去冲锋陷阵、斩关夺隘，做出新的贡献，也为我们自己赢得新的荣誉。

近几天晚上，我都在连续观看中央电视台播出的电视剧《在遥远的地方》，剧中描写的部队场景、部队人物，让我感同身受，与我同处一个年龄段。昆仑山上军人的风采，使我回想起当年在部队的情景，依稀忆起当年自己和战友们的影子。当年我们是怎样的青春飞扬、热血沸腾啊！为了国家的三线建设，我所在的部队在贵州的深山里进行煤矿建设，即使"文革"岁月，我们的建设步伐一天也没停止过。部队完成任务离开时，给国家留下了几个大型煤矿，也留下了埋葬有一百多名年轻战士遗骸的烈士陵园。可以说，我们部队的奉献不比驻昆仑山的部队差；我们部队的烈士陵园，和昆仑山圣女峰烈士陵园一样受人尊敬。"此身一经绿衣染，便有豪气入胆肝"，一听军歌，一看军旗，一见军人，我都会记起自己曾经是一名军人。我爱唱《当兵的人》，这首歌让我豪气满胸，热血澎湃。我们当兵的人和别人就是不一样；我们复转军人，也和别人不一样。因为我们受过大熔炉的锻炼与熏陶，经受过严格的训练，知道怎样牺牲个人利益甚至献出生命去换取胜利。当然，今天在一般情况下，是不需要我们献出生命的，但是军人的风范、军人的作风需要我们发扬光大。在三联书店改革发展的关键时期，我们这些复转军人应当如何作为呢？我想应做到以下四点：

一是要有理想、有激情。建党初期，我们就有崇高理想，"为共产主义奋斗终身""让天下劳苦大众都解放"，这是我们热血沸腾的根源，许多人为它献出了生命。人如果没有理想，就会浑浑噩噩虚度一生。今天我们的理想就是社会的发展、人类的进步和人民的幸福。对三联书店来说，就是成为国内国际一流的出版单位，不断满足读者的阅读需要，促进社会主义文化大繁荣大发展。我们要为此专注和兴奋，为此奋斗和努力，要像当年不达目的誓不罢休那样去实现我们的理想和目标。

二是要讲拼搏、讲奉献。当年我们这些当兵的人，是多么地勇于拼搏、敢于拼搏啊，什么困难都不在话下。"苦不苦，想想长征两万五""累不累，想想革命老前辈"，这是我们常说的话。今天面对困难，面对图书市场带给我们的种种难题，我们依然要去拼搏，并坚信能够胜利。我们的奋斗不仅是为自己，更主要的是为民族的文化传承、国家的文化事业，因此我们今天依然要讲奉献，讲无私奉献，弘扬奉献精神。冲锋在前，退却在后，奉献在前，享受在后，不计名利，不计个人得失，这是真正的军人本色。这种本色今天特别需要保持。

三是要高标准、严要求。工作上高标准、严要求，我们当年当兵就是这样做的，今天也不应例外。我们在各自的岗位上，要处处严格要求自己，时时用高标准衡量自己。要尽职尽责，不能得过且过，糊弄了事；要成为工作中的标兵，而不是拖在后面的尾巴；要严谨细致，保质保量，而不是稀里糊涂，缺斤少两。

四是要讲团结、守纪律。团结是胜利的基石，我们是唱着《团结就是力量》这首歌成长的。今天我们依然要把维护团结看成保护眼睛一样重要。不利于团结的话不说，不利于团结的事不做，善于化解矛盾，促进和谐，凝聚力量。令行禁止、服从指挥、严守纪律，这是对军人的基本要求，这个好传统好作风我们今天不能丢掉。在三联书店攻坚克难的关键时期，令行禁止更显重要，因为步调一致才能取得胜利。

上述四点，是我结合三联书店实际做出的简单概括，在此说出来和大家共勉。在座各位可能会有这样的体会：在日常交往中，人家有时会说"你当过兵"！对方是怎么知道的呢？这是从你行事风格和处事方式看出来的。在三联书店的改革发展和各项工作中，不管人家知道不知道我们当过兵，我都希望我店全体复转军人让人家看出我们当过兵，从我们的一言一行一举一动中，看出我们曾经是一个出色的军人。这一点，就是我们今天召开座谈会的重要意义所在。

（2009年7月31日）

我有一个梦想

人人都有梦想，就像人人都会做梦一样，而人的梦想又是不断变化、不断取舍的。

我也有梦想，不过，我近来的梦想大多和工作关联着，和三联书店的事业发展关联着。

最近我有一个梦想，而且愈来愈强烈，愈来愈清晰，这就是借助三联品牌的巨大影响力，通过品牌授权、加盟连锁等形式，建立数十家乃至上百家分销店、加盟店，在全国打造三联版图书发行渠道，和新华书店、民营书店并驾齐驱"三分天下"，重现邹韬奋先生当年生活书店在全国建立五十多家分店的辉煌。这样既可以使三联书店品牌深入人心，又可将三联版图书及其他产品通过这个渠道广为销售。打造一个渠道，追求两个效益，实现"三分天下"，奠定事业之基，我的这个梦想是宏大的。

逐渐形成这个梦想却有一个过程。我任总经理之后，主张把各地原有的分销店统管起来。过去三联书店曾在南京、杭州、郑州、济南、汕头建立若干分销店，有的是投资参股，有的干脆就是挂牌。后来参股的多数因经营不善倒闭,挂牌的也自生自灭没人过问。"野渡无人舟自横",一晃多年过去,造成了国有资产流失,个别书店违法经营还影响了三联的声誉。当初开分销店的想法很好,但在外地投资让别人经营的方式值得商榷,加上没有专人统一管理,没有达到预期效果。我上任之后,适逢上级强调发展文化产业,加快做强做大步伐,因此加强对各地分销店的管理就提上了新班子的议事日程。我提议成立三联书店分销店管理委员会,由我任主任,健全管理机构;提议讨论制定《三联书店分销店管理暂行办法》,健全管理规章。为此,我和杨进同志借参加济南全国书博会之际,到三联书店济南分销店调查研究。当时我心中的目标是"规范一批老店,成立一批新店,取缔一批假店",在全国扩大三联品牌影响,为做强做大创造条件,还没有上升到大业之基的高度,也没有渠道建设的意识,更没敢重现韬奋先生在全国各地办店的辉煌。说实话,有点想借此"造势",弄一点动静扩大影响,并没往深里远里琢磨。

尽管如此,我对分销店的管理还是"很上心"的。七月下旬去黑龙江省开拓发行市场,我在大庆、哈尔滨分别就分销店现状、分销店管理、分销店发展模式进行了调查研究。这次调研,给我思想上很大的启迪。第一,三联书店这个老字号、老品牌经过近八十年的积淀,在全国有极大的影响力。大庆的分销店直接挂名"生活·读书·新知三联书店",开在大庆闹市区。哈尔滨原来的分销店倒闭后,有人换个方式借用这个名继续开店营业。第二,各地分销店的人员有极高的积极性,希望统一管理,建立互相联系的网络和渠道。第三,一些图书经销商对加盟三联书店表现出强烈欲望,他们以销售三联书为荣,以和三联合作为荣。第四,三联版图书和刊物有一批忠实读者,他们是三联的铁杆"粉丝",说"太喜欢三联了",三联意味着品位和格调。第五,三联的影响深入人心。我在哈尔滨接受新晚报采访的消息刊出后,一些作者、读者通过各种渠道和我们联系,有荐稿的,有出谋划策提建议的。上述这些,使我更加坚定了统一管理和发展各地分销店的想法,同时鉴于一些新华书店、民营书店发行三联版图书效果并不理想,而我们又难以掌控的情况,我开始萌生打造"第三渠道",建立三联书店"嫡系部队"的想法。

回到北京后,我又对三联韬奋图书中心以三联书店名义在北京城区建立的分销店进行调研。这些分店设在高档社区、高档会所和百货商场。我用一下午时间,一家一家地走,一家一家地看,一边看一边琢磨,一边和有关工作人员交流。这几个店的面积、规模、销售情况有很大的不同,但有一点是相同的,就是三联书店去开店是"被动"的,是对方诚邀的。他们力邀我们去办店,是看中三联的品牌,他们有强烈的需求,说明三联和高档社区、会所、百货商场有合作与契合的可能。北京崇文门新世界商场是香港人开的,他力邀我们去那里办店,并在场租方面给予优惠。我看到,这里的"三联书店",虽然刚开一个月,但销售情况不错,人气很旺。我由此看到了希望,看到了一种商机。建立全国加盟店,打造发行渠道的想法开始完善和成熟。

上周五下午,哈尔滨三联书店总经理来三联书店谈合作事宜,我又进一步深化了建立全国渠道的想法。他们在《合作意向书》中写道："今日我们郑重提出寻求与北京三联书店总店的全面合作，以求共同发展新途径。发扬生活·读书·新知三联书店的品牌影响力，在哈尔滨三联书店现有基础上，在哈尔滨乃至黑龙江省快速推广和树立起'三联书店'的品牌，联手在全国探索出一条崭新的创新发展之路。"按他们的设想，获得"三联书店"品牌授权后，现在的门店将由5家扩展到10余家，届时哈尔滨所有的高档商场均会有"三联书店"出现。试想，在一地建立一个加盟店或分销店，再由他们建立多个支店，这样三联书店就会在各地形成网络，且呈纵横延伸之势，不仅影响广大，而且形成了三联独有的销售渠道。"渠道为王"，打造一个三联书店的销售渠道，使它们长久持续地发挥作用，把胜利握在自己手中，这是多么令人神往的前景啊。

我的梦想能实现吗？应该能，因为我们具备实现梦想的现实可能性。其一，三联书店是全国著名出版品牌，在出版界、知识界和读者中影响广巨，品牌效应好。这是最为重要的基础。其二，独到性。三联书店从生活书店创始之日起，便是"前店后厂"，出版销售合一，名曰"书店"，在各地开设分销店、加盟店，名实相符，顺理成章，名字也朗朗上口，此点为其他出版社所不具备。其三，三联书店曾有在各地开设分店的历史，仅生活书店就在全国各大中城市开设分店50多家，产生过重要影响。其四，三联书店于20世纪80年代中期恢复独立建制后，曾有进行建立分销店的积极探索，有经验和教训可资汲取。其五，有上级和主管部门的指导支持。有关领导就曾经倡议在全国大学附近开设"三联书店"。我们打造"三联"渠道的做法会得到肯定和政策支持。

梦不会自行变成现实,实现梦的过程就是努力的过程。第一,不仅要敢于做梦,还要把我的梦变成班子全体的梦、发行营销人员的梦以及全体员工的梦。这个梦的实现,靠大家努力。比如编辑要贴近市场提出适销对路的选题,这样我们的渠道中才会有一本本好书,一股股活水。好书是渠道永不枯竭的源泉。第二,领导高度重视、靠前指挥、专人负责,做大量艰苦细致的工作。第三,进行准确的定位和恰当的战略选择。例如重在品牌授权、严格控制投资、实施本土化管理等。第四,按照三联的一贯宗旨,按照市场化准则、行业化要求,选择合适的战略合作伙伴,并进行长期愉快的合作。第五,本着互惠互利、携手发展的原则,按照法律规定建立双方合约,厘清双方权利和义务,保障双方权益的实现。第六,按照国际国内建立类似组织的规范要求,建立一整套规章制度和规范文本,供各分店、支店统一使用,维护管理的有效和渠道的畅通,等等。所有这一切,都需要付出切实艰苦的努力,付出巨大的心血。否则,梦想就永远是一场梦。

"今朝敢于亮剑,明朝就要凯旋。"作为曾经的军人,我被中央电视台昨晚庆"八一"文艺晚会上阎维文唱的两句歌词所激励。它使我想起了金盾出版社社长张延扬。延扬是一名出色的军人,在他带领下,没有品牌创立了品牌,没有渠道打造了渠道。他坐着一辆军用大吉普,一年四季在全国各地奔波,可谓艰辛备尝,但他实现了自己的梦想。三联书店的条件比金盾出版社要好得多,只要付出足够的努力,我们也能圆梦,也会凯旋,我坚信这一点。

（2009年8月2日）

高调做事　　低调做人

　　做事与做人是两回事。做事要高调,做人要低调,要区分开,要处理好。要高度重视市场经济条件下三联书店品牌、形象和产品的宣传,这是我们今天面临的重要任务。

　　据我所知,一直以来我们三联书店是不怎么注重宣传自己的。翻翻报纸,很少见到三联用整面广告、大幅专栏来介绍自己,也很少登有三联的动态和消息。领导不重视,员工也不怎么重视。为什么会这样,主要因为认为自己是出版名牌,"莫愁前路无知己,天涯谁人不识君",引唐朝高适的这句诗,最能说明我们三联人的心态。既然企业广为人知,在社会上有很高的知名度,我们还宣传什么,闷着头干事就行了。这样做并没有错,但却与今天我们所处的环境不相适应了。一来现在是信息社会,是信息爆炸的时代,"好酒也怕巷子深",长期不宣传就会"失音",就会被人遗忘。二来你不宣传,人家拼命在宣传。就以商务印书馆、中华书局为例,人家的宣传就比我们多,更不要说其他一些出版集团和出版社,宣传多了,人们的印象就深了。企业宣传是企业发展战略之一,对人的影响,有的是强刺激,有的是弱刺激,但不能不刺激。三是满足已有品牌影响是靠不住的。人们知道你的过去,并不知道你的今天;知道你过去的辉煌,不知道你今天的进步。只有告知人家,人家才会知道,告知就是宣传。三联书店是品牌店,是深入人心的,那你现在在干什么、发展如何了,人家都不知道,只有通过报纸和其他传媒才能了解。

如上所述,忽视和淡化宣传是要不得的,我们要增强企业宣传的自觉性。那么宣传都有哪些类型呢?

一是品牌宣传。宣传我们的品牌、宣传我们的历史和办店宗旨。

二是形象宣传。宣传我们的特色、传统、个性。

三是营销宣传。宣传我们的营销战略、营销目标、营销活动和产品效应。

四是产品宣传。主要是书、刊等出版物的宣传。

这四种宣传类型是互动的、互相联系的,很难区分开。

宣传渠道有哪些?

一是网络宣传,如三联网站,也可利用新浪、搜狐等进行网上宣传。

二是传统媒体宣传,如报纸、刊物等。

三是办好内部刊物和网站,《店务通讯》和三联网站都是既对内又对外。对内是交流,对外就是宣传。内刊改名《店务通讯》就是要立志继承传统,打造三联的企业文化。

宣传方式有哪些?

宣传报道店内动态、消息、重大活动、产品影响力,撰写书评,宣传企业文化、体现三联人精神面貌的事例、个人在三联书店的独特感受,等等。个人在报纸上发表文章,登出来也是对三联书店的宣传。宣传方式是多种多样、丰富多彩的。

店领导对宣传工作要高度重视:一是带头写稿;二是要制定奖励政策,提高稿酬;三是要作为评选先进、优秀的条件;四是给予资金支持;五是提供便利条件。总而言之,要创造条件,把三联书店的企业宣传工作做得更好。

以上重点讲了企业宣传,强调要高调做事,把事业干得轰轰烈烈,红红火火,风生水起,四邻皆知,使企业的信息得到完全畅通的传递,使企业的作为和表现得到及时反映,让社会公众知道你在干什么,还将干什么,加大企业的影响力,推动企业的进步。

做事要高调,但做人一定要低调。实实在在做人,不事张扬,保持低调。低调好,不招灾,不惹祸。秦始皇陵兵马俑中保持最为完整的是跪射俑,原因就是它的低姿态。兵马俑坑是地下坑道式土木结构建筑,当棚顶塌陷时,高大的立姿俑首受其害,而跪射俑是蹲跪姿态,重心在下,稳定性强,不容易倾倒和被砸。这是一个让人深受启发的事例。当然做人低调,不仅是做人的策略问题,更是来自理性的认识,来自个人与社会、个人与他人关系的认识。我们发现有的人总觉得自己了不起,觉得本事很大,岂不知天外有天,处处有高手。常言道"十步之内必有芳草",比我们强的人有的是。低调不仅能自保,而且符合事物发展规律。历史上许多高调之人,都没有好下场,这是不谨慎、不慎重的咎由自取。毛泽东同志告诫我们的"两个务必",今天也没过时。

（2010年3月24日）

立大志向　创新辉煌

3月18日下午，第二届中国出版政府奖颁奖典礼在北京展览馆剧场举行，新闻出版总署举行隆重的颁奖仪式，对获得奖励的单位和个人进行表彰。三联书店在本届评奖中获先进出版单位奖，《明式家具研究》获图书奖，《北京跑酷》获装帧设计奖，《三联生活周刊》获期刊奖，《三联生活周刊》主编朱伟获优秀出版人物奖，《灵魂深处的乐思》获装帧设计奖提名奖。获得正式奖的数量在全国单体出版社中名列第一，荣登"状元榜"，因而在颁奖典礼上成为一颗耀眼的明星。作为颁奖典礼的协办单位，三联品牌进一步在业内外扩大了影响。

这是三联发展史上一个里程碑式的标志。另一个显著的标志是2010年我店利润突破2000万元大关，达到2100多万元。社会效益、经济效益的这两个标志，昭示着几代三联人努力的成果，显示了我们所取得的辉煌业绩。近年来，三联书店锐意改革，实施品牌、人才、企业文化三大战略，出版了一批深受读者欢迎的好书；联手上海三联、香港三联扩大品牌影响力，在宁夏、黑龙江开办分店，走品牌社会化道路；跨时八十年，囊括五百册的重大出版工程《三联经典文库》上马;严重亏损的韬奋书店改制成功,走上发展坦途;提出让员工生活得更幸福更有尊严,着力改善民生,等等。这一切的一切,都让人对这一出版业"老字号"刮目相看,标志着三联正持续发力去铸造属于自己的辉煌,进入一个新的发展阶段。

　　但是这一切的一切成果都已成为过去,我们应该在记忆中将这一切删除归零,一切从零开始。我们不能在过去的成绩上睡大觉,激烈的竞争也不允许我们睡大觉。"志存高远,再铸辉煌"成为三联人新的追求。为此,我店制定了"十二五"奋斗目标,在这五年规划期内,三联要打造成国内一流的现代出版企业,以优秀产品扩大知名度、美誉度;以10%的经济增长速度提升经济实力、改善民生,年利润突破3000万元;实施重大投资项目,在北京马连道购买办公楼,在实体上再打造一个"三联";《三联经典文库》《王世襄集》等重点图书出版;《三联生活周刊》《读书》杂志继续保持在全国刊物中的领先地位;在组织架构上成立三联出版集团,拓展更大发展空间,等等。

　　而这一切的一切得以实现需要全体三联员工继续努力奋斗,需要我们一步一步地去接近目标。第二届出版政府奖颁奖典礼十天后,我店即召开了2011年经营管理工作会议,这是一次新的集结号的吹响,标志着我们新的努力已经开始。我们严肃认真地查找自己的不足,采取各种措施提高效益和效率,就是为了再造辉煌。让我们怀揣大志向,奋力向新目标奋进。

（2011年4月11日）

人参与萝卜的比喻

　　三联书店应当发展，必须发展。要发展，就要有思路。三联的基本发展思路是什么？业内有定位做大做强者，有定位做强做大者，从三联实际出发，我以为将三联做强做开比较合适。所谓做强，就是不断增强自己的出版能力和经济实力，靠品质特色取胜。所谓做开，是从布局和影响力而言。三联不谋求做大，但要全力谋求做开，扩大辐射力和影响力。就是不盲目追求体量的增大，而是追求布局上的延伸和影响力的穿透。打个比方，三联不努力成为"萝卜"，而是努力成为"人参"。人参体量虽小，但价值高于"萝卜"，而且它的根须伸向四面八方，好的人参有延展至一二米开外者，这就是它的穿透力、影响力。做强好比人参之体，小而有大价值，做开好比人参之须，尽量向外扩展而去。当然这个比喻也许不那么恰当，不过，记得某伟人说过，任何比喻都不能恰到好处，用来说明问题即可。

　　做强，没有问题；做开，如何做开，怎么做开，却需要研讨。我的想法是借助三联的主体，以及向外扩张的延伸体，打造三联文化场。前些年，我们已开始重视品牌营销，借助一本书、一个活动来彰显三联品牌的力量,但这仍不够,还要追求三联文化场的打造。实际上,我们目前正在做这方面的努力。我店建立读者俱乐部、开设书香巷、改制并促进韬奋书店的发展,引进"雕刻时光"咖啡馆,开办网上书店及三联"淘宝店",特别是收回"祥升行",开办"三联韬奋图书馆",待这些全部完成和强化,我们就从实体上形成一个"文化场"。人们走进美术馆东街22号,就会发现楼内(三联书店编辑部、《读书》、中国版协)、楼下(三联韬奋图书馆、韬奋书店)、楼外(书香巷、读者俱乐部)形成了一个内外结合、上下立体的文化场,这是我们做开去的核心层。同时,积极谋求实体的区域延伸。我们建立生活·读书·新知三联书店(上海)有限公司,和沪、港三联合资成立三联时空国际文化传播(北京)有限公司,还拟和重庆出版集团联合开办重庆三联公司,形成出版力的向外扩张。我们在宁夏、黑龙江、辽宁建设数十家图书零售店,同时整合修复已有的郑州、济南、汕头等地的分销店,我们扩大三联在海外的影响,在台北开设"生活·读书·新知三联书店特约经销店"和图书销售专柜,都是为了延展"人参"的根须,通过实体的延展来形成品牌影响力的延伸。而文化场、辐射力的终点是广大读者,通过打造文化场,使广大读者受到感染、影响,从而高度认同三联品牌,认同三联品位,认同三联产品所内含的价值观,以三联为伴,与三联为友,让三联大发展最终成为现实。

　　做开,就要解放思想。我们目前虽有发展,但还显得拘谨、拘束和拘泥。"有容则大,做开则活",想想三联书店20世纪50年代初鼎盛时期的辉煌,我们实在不敢裹足不前。对那时的情景,我们"虽不能至,心向往之",会更加努力。希望就在前头。

（2011年12月5日）

在品牌创新和扩张上做文章

2012年7月26日，生活·读书·新知三联书店在人民大会堂举行80年店庆，品牌影响力得到了进一步彰显。面对新的形势，三联人认识到，品牌是我们的核心竞争力，离开品牌，我们将一无所有；离开品牌，我们什么也没有，什么也不是。但是我们又不能躺在品牌上吃饭，而是要推着品牌前行。80年店庆之后，我们围绕加大品牌创新和扩张，主要做了以下工作：

一是京沪港三联书店联手成立三联时空国际文化传播（北京）有限公司；支持台湾的合作伙伴华品文创出版股份有限公司在台北设立三联书店，扩大三联书店的品牌影响力，真正实现跨地区实质性的发展，也给我们带来了新的机制和新的效益。

二是推出一批有影响力、对三联品牌有强大支撑力的产品，如《邓小平时代》《王鼎钧作品系列》《蔡澜作品系列》《陈寅恪的最后二十年(修订版)》《中国经济改革二十讲》等。其中，《邓小平时代》影响重大、业绩显著。三联书店领导班子在谋划2013年全年工作时，提出"举全店之力，打造2013年社会科学类第一畅销书《邓小平时代》"的目标。截至当年3月底，该书上市两个月零十天，共发行近八十万册，合计码洋7328万元，一本书拉动了我店市场占有率快速上升，排名由原来的一百位左右迅速上升到第32位。

我们确立的目标之所以能够实现，是认真贯彻集团公司"内容创新"战略要求的结果，是坚持三联书店"一流新锐"标准的结果，是全店上下共同努力的结果。为了出版、发行好这本书，我们成立了以总经理、总编辑为组长，各方面、各部门工作人员参与的营销工作小组，从设定选题时就谋划营销工作，提出了明确的销售目标和周密的营销计划，整体规划、精准定位，实施全员营销、立体营销、全面营销。全员营销有多种措施，要求人员到位、责任到位、奖惩到位，取得了良好效果。不仅《邓小平时代》这本书在极短的时间里被更多中国人所知晓，该书作者傅高义教授还获得了第二届"世界中国学贡献奖"，并应邀出席博鳌论坛。傅高义教授对与三联书店的成功合作深表欣喜，一再说"三联是赢家，我也是赢家"，"双方实现了合作共赢"。此外，《中国经济改革二十讲》获得了第八届国家图书馆文津图书奖第一名；《鲁迅箴言》获得了亚太出版商联合会图书奖金奖和德国莱比锡最美图书银奖等。

三是创办《新知》杂志，扩大三联品牌期刊出版群。目前，三联书店已有《读书》杂志、《三联生活周刊》，我们即将创办的《新知》杂志，与《生活》《读书》杂志相匹配，使原来的生活、读书、新知三家出版社都有杂志面世，这对于形成新的品牌群有重要作用，得到了国家新闻出版广播电影电视总局（以下简称"总局"）和中国出版集团的支持。

　　四是恢复"生活书店"这一著名出版品牌。作为三联旗下一个新的品牌出版机构,"生活书店"目前已在积极运作中,总局已经受理,国家工商部门已经核准域名。恢复"生活书店",既是国家文化大发展大繁荣的标志,体现了国家对传统品牌的高度重视,又对三联书店的发展具有重要意义:首先,可以丰富三联的产品线和出版物。生活书店这一品牌的加入,可以丰富和完善三联书店长期以来形成的独具特色的产品线和模式。其次,可以对传统出版品牌进行保护,不致流失。在这方面我们曾有过沉痛教训,如新知书店已被昆明新知书店注册使用多年,品牌已经流失。这不是我们不保护,而是长期不使用,造成品牌流失。生活书店的恢复可以对品牌进行有效的保护。最后,丰富三联的品牌群,有利于未来的集团化发展。"生活书店"将进行差异化定位,我们初步的考虑是,三联书店的追求是"人文精神,思想智慧";生活书店的追求是"生活向导,人生挚友",在大众文化出版方面迈出新的步伐,同时继续加大体制机制创新力度,为品牌的发展积蓄力量。2012年我们实行了分社制,取得了成功。今年我们完善改革办法,将分社制经验在全店进行推广,较好地解放了出版生产力。

（2013年5月1日）

分社元年话改革

《光明日报》记者庄建在报道三联书店分社制改革时,用了"分社改革元年"这个题目,的确,分社建设会成为三联书店发展史上一个阶段性标志。我围绕分社建设讲下面四个问题:

第一,为什么要成立分社?

主要有以下六个方面的考虑:

一是深化改革、加快发展的需要。要通过建立新的机制,解放生产力,加快出版发展。加快发展是我们这几年一直强调的主题。如何加快发展?要通过改革来实现。现在我们建立分社制以后,整个考核机制、运作机制都发生了变化。我们从2009年开始,先成立了四个中心,经过一段时间的运作、取得一些经验以后,我们现在又成立分社,这也是一种新的探索。

二是做强做大的战略考虑,这是三联书店发展思路的明晰和变化。我记得三联书店独立建制的时候,沈昌文先生有一个见解,他在自己出的书中也谈到过,当时他的理想就是建一个小出版社,二三十人,出一些书,给文化人看。当时是这么一种追求。后来董秀玉总经理主持工作之后，又有了一些大的开拓。到底是做小而特还是往大规模上发展，我们一直在做探讨。实际上我们一直在从"小而特"变为"中而优"。根据目前出书的总量和水平、影响力来看，我认为我们目前是"中而优"的水平。我们还要向"大而强"发展，我们不能守着"做小出版社"这种原来的设想，因为整个社会是一种竞争的社会，是一种文化大发展、大繁荣的社会，我们还是要努力做强做大。当然，做大不是我们追求的根本目标，我们的目标还是要做强，把三联书店做出特色，做出我们的文化贡献。我们不能停滞在"小而特"的格局上。

三是着眼于未来的长远考虑。三联书店一路走来，一直有比较大的发展。三联书店下一步如何发展，我想我们还是要有雄心壮志，要在整个出版领域发出更大的声音，有更重要的位置。在这样的前提下，我们的组织架构发生了一些变化。关于未来的发展，我们想在两三年以后，利润达到5000万元，经济总量（销售收入）达到2.5亿元的时候，提出申请成立三联书店出版集团。这是班子的共识，我们的几个分社，加上《三联生活周刊》《读书》杂志、上海公司、三联国际，加上我们自己这些二级机构，做大之后自然就可以成立三联书店出版集团。会不会还有兼并重组的可能？把社会上一些优质资源整合到我们这里，也可能会有这样的考虑。目前我们也在着手考虑一些问题，都是理论上和意向性的研讨。现在成立分社是为未来成立三联书店出版集团做组织上和经济实力上的准备。

四是为三联书店的人才成长拓展空间。人才是培养出来的，你把他放在这样的位置，他才有这样的担当，具备这样的素质。要说编辑人才，在座的可以说是全国一流的，但一说经营管理人才，三联书店能拿出的像样的经营管理人才，微乎其微。事实上，现在出版业不仅需要编辑人才，也需要经营管理人才，需要既懂编辑、又懂管理的人才，这恰恰是我们的短板。三联书店的人员，大部分是大学毕业后到三联书店，长期从事编辑工作，有丰富的编辑经验。长期以来，三联书店的经营管理任务主要是领导层在做，中层介入经营的机会比较少。三联缺少经营管理人才，这和我们适应市场的发展是有很大差距的。我们现在应该给年轻的同志压担子，使他们在第一线当社长、副社长，能够担当起两个效益运作的重任，把自己锻炼成具有综合素质的经营管理人才。

五是考虑把两个效益增长的任务落到实处。现在集团对三联书店的要求越来越高，如何把集团的要求落到实处，这就要各个分社通过努力来完成任务。

六是其他出版社分社建设经验的有益借鉴。在中国出版集团内外都有一些成功的经验，我们也做过调查研究，比如说高等教育出版社、外语教学与研究出版社的一些分社，我们系统内的像中华书局，也建立了分社。分社有利于把出版生产力发展壮大。以中华书局为例，发货码洋在3.4亿元左右，主要是几个分社在承担，他们有这样的成功经验。结合三联书店的实际，把这些经验移植过来，是恰逢其时。基于这样的考虑，三联书店成立了三个分社。实际上在我们心目中分社和公司的性质基本上是一样的。

第二，关于分社的功能和定位问题。

我觉得要想分社建设取得成果，很重要的一个方面是对分社的功能和定位进行明确。我和大家一样，也在思考这个问题。我认为，分社的定位要和本部的定位进行相互比较，才能看得清楚。分社的定位应该是三个中心，第一个是产品研发中心，不光是图书，还有刊物。将来三联书店的图书主要是我们各个分社研发出来的。第二个是产品质量保障中心。要特别强调的是，三联书店在谋求扩大自己规模的同时，必须保证质量。质量的保障从选题开始，一直到书的出版。最重要的是选题质量和内容的质量。我们努力在做大我们的事业，但我们绝对不能出书不讲质量，砸了三联的牌子。如果我们个别单位完不成经济指标，问题也不是很大，但是如果出了一本不好的书，砸了我们的牌子，那影响是非常大的。各个分社应该确保自己图书生产的质量。第三个是图书利润中心。我们现在对分社确定的是毛利考核办法，上海公司是纯利的考核，将来国际公司考核的办法我们会进一步研究，包括专题项目部、对外合作部的考核都会结合不同的特点来进行，但总的来说，利润中心下沉，我们的利润主要是各个分社所创造的。事实上三联书店也是这样的，比如我们店大部分利润是从《三联生活周刊》来的，它是我们的利润中心。《读书》杂志6个人，年创利90万左右。我们各个分社应该成为创利中心。

相对应的，店本部也要对自己进行定位。第一是战略发展中心，店本部和相关部门，特别是店领导，应该考虑战略发展问题。第二是成为经营管理的指挥中心。每个分社都搞经营管理,但是要形成"一盘棋",还是要靠店本部来统筹指挥。第三是成为协调服务中心。这很好理解,店本部要特别强调它的协调功能,美编、印制、发行,还有后勤保障,服务有财务服务、人事服务、行政服务。第四是资产管理运营中心。三联书店现在有房产,还有其他一些资产,这些都需要店里来统一运作。

第三,关于分社的权力和对权力的制约。

首先对各个分社和公司要大胆放权。主要是以下四个方面:选题、人事、财务、分配。我主要说选题的问题。舒炜提出,店务会主要审核政治导向、学术导向、法律问题和是否符合其产品线范畴,除这四个方面之外,在审核过程中,将充分尊重分社的意见,一般不予否决。这条没有问题。事实上店里过去在选题的审批上总的来说比较尊重编辑部门的意见,将来会更加尊重。有一条我谈一下个人的看法,比如说重大选题,特别是重大投资的选题,在没有申请到资助的情况下,店里要慎重研究,予以把关。

人事方面也没有问题,我们完全尊重大家的意见。我们只是强调,进人要报计划,要符合店里规定的基本条件,比如编辑应该是研究生,一般员工应该是大学本科学历。现在人员都是店里统一招聘的,解聘这些人员要和人事部门进行协商。各分社新进的人,可完全由分社处理。

财务方面,不管是什么样的权限,都要按照财务的规定,走财务的程序。稍微有些不同的是,招待费还是由店里统一管理,我们现在还在搞增收节支，还是要适当从严控制。但只要是各分社社长同意的，我们就不会否定大家，因为你们知道哪些是应该花费的。

关于分配问题，现在分配权完全交给各个分社。有的社长提出，可不可以给我们调控权？事实上调控权都掌握在分社社长手里。只是分配的时候，要把整个分配明细给主管领导看一下。

这是这几个方面的权力和限制。事实上我们现在也是这么做的。比如说《三联生活周刊》，选题权、人事权、分配权都是在朱伟手里的，但是重大选题，是要报告给社里的。人事权，有段时间，我们规定周刊的总人数不能超100人，一进一出。为了新媒体的建设，需要增加几个人，打了报告，我们认为可以。他们每年都有进人计划，至于他进什么人，是他们自己定的。人的解聘也由周刊自己解决。财务管理也是这样。周刊的所有支出由朱伟签字后，再由潘振平副总编辑签字，例行财务手续。《读书》杂志也是这种情况，分配的情况更是这样，他们的分配方案是公开的。我想我们分社的建设完全可以借鉴《三联生活周刊》和《读书》杂志的模式。同时我们强调在放权的同时，要加强对权力的控制，这是必要的。我们还在初始阶段，没有更多的经验，因此需要一步一步来，逐步探索出一些成熟的办法。

第四，对分社社长的几点要求。

我们深深体会到，分社能不能搞好，关键在社长，"一把手"非常重要。放眼整个出版界，凡是搞得好的出版社，都和主要领导有关系，反之亦然。我们在这里特别对分社社长提出以下要求：

一是在其位,谋其事,倾其力,尽其心,成其果。为此要有高度的责任感和事业心,勇敢地把这副担子挑起来。第二,要提高领导能力和管理能力。我们过去有的是一般编辑,有的是编辑室主任,都是逐步成长起来的,现在一下子作为独立部门负责人,它的要求是不一样的。领导和管理是需要能力的,要有意识地学习和借鉴。第三,要有提高选题研发和经营水平的能力。第四,要有当社长的综合素质,如大局意识、全局观念等。你不是一般的群众,你是分社社长,要和店里的全局衔接,要做到无私无畏,敢于担当。比如,心胸要宽广,要具有大的气象。有多大心胸,做多大事情。有多大视野,做多大事情。现在是一个开放的时代,是一个英雄有用武之地的时代。各位都很年轻,未来还会有更好的发展。再比如我们要讲辩证法,做到综合平衡;既要讲社会效益,又要讲经济效益;要处理好事业性和商业性的关系;既要考虑当前,又要谋划长远,具有中长期的规划;既要有宏观决策,又要有微观落实,等等。第五是提高执行能力,这是要特别强调的,要对店里全局工作予以配合。第六是以身作则,起模范带头作用。你要求员工做的,你自己首先要做到。你不让人家做的,首先你就不要做。我们对分社社长寄予厚望,你们不仅是完成我店任务的生力军,而且是三联书店未来的希望,未来的中坚力量,也是三联书店能够继往开来的重要保障。

最后我想借这个机会讲一点真情告白。今天是我的生日,57岁的生日,离退休还有三年时间。到了这个年龄,"过了五十七,报啥啥不批"。我对我个人的进步没有什么想头,更没有什么期盼。前几天韬奋奖颁奖,我得了韬奋出版奖,我始终觉得我这个奖是三联书店给予我的。没有三联书店这个品牌,没有在座同事拼死拼活的努力,不会有我这个奖。为此,我要更加努力去回报三联、感恩大家。尽管已到了这个年龄,在岗位上也还只有三年时间,但是烈士暮年,壮心不已。我依然想把三联书店推上一个新的台阶,这是我们几个老同志的想法。我们希望通过我们的努力,把三联的事业再推向前一步,使年轻的同志能成长起来,把担子接过去,这是我们真实的想法。希望在座的各位能够理解我们、支持我们。让我们在发展的旗帜下更加团结起来,把三联的事业搞好,不辜负邹韬奋等老前辈所开拓的三联事业,也不辜负一代代三联人为三联事业做出的贡献。

在讨论中的补充发言:

第一,我来回应一下冯金红刚才讲的问题。她提出的问题、表达的方式我认为是很坦率的。我们内部的交流就应该这样。我还认为她的担忧是有道理的,其实这也是我担忧的一个问题。我们常看到一个事实,一些好的企业在扩大规模的时候都会遇到这样一些问题,规模一定要有,没有一定的规模,效益产生不出来,影响力也有问题,但是在强调规模的时候,产品质量如何保障? 如果我们这一届班子,规模做上去了,但是品牌影响力降下来了,甚至砸了这个牌子,这是我们不愿意看到的。一个月前,我和冯金红商量,让她起草三联书店学术书出版规范,冯金红已经把这个规范拿出来了。我看了她的文字材料,更多的还是就出版技术规范来说的。刚才潘振平讲到对学术著作的质量要求,讲得很好,要吸纳进来,形成一个完整的文本。我给新闻出版总署副署长邬书林汇报过，我们三联愿意在学术规范方面带个头，他支持我们做这件事，也给予了许多具体指导。

我认为既然要扩大规模，就必然繁花生树，品种有一些驳杂。但我说一个标准：杂而不乱，流而不俗，突出重点，提升水平。"流"是一流，选题一流，这是我们的努力方向和要求。实际上我们不可能做到每本书都是一流，但是在总体把握上，在各个分社的把握上，总要有那么一些书是具有一流水平的，是具有震撼力的。在扩大规模的基础上，首先要保证学术书的质量，剩余的就按照"杂而不乱，流而不俗，突出重点，提升水平"的思路来处理。第二个问题，各分社社长压力都很大，但都很有责任心，把任务领下来了。紧跟着领导的服务和各个部门的服务一定要跟上。我特别关注在座的人事、财务、总编办等部门，现在一线在改革，二线也必须改革。现在我们的生产周期，平均一本书5个月才能面市，这是绝对不行的。当然有些是编辑的问题，稿子反复改，都出清样要付印了还拿去给作者改。我认为在编辑发稿"齐、清、定"的情况下，一定要明确生产周期。如果没有"齐、清、定"，就根本不能进入生产流程。我知道我们二线有些同志是有些毛病的，有些编辑讲到的苦辣酸甜我是知道的。因此，我们特别强调为一线服务。第三个问题，我觉得三联书店的领导班子一定要抓住重点。重点图书要抓在领导班子手里，比如说《三联经典文库》就是领导班子抓的。领导每年手里要抓几个重点图书，保证三联图书的影响力。

践行"人才主义"的用人政策

邹韬奋先生等前辈一贯重视人才工作。三联书店发展到今天，和强有力的人才支撑是分不开的。韬奋先生等三联书店主要创始人，就是当时的一流人才，他们非常重视人才队伍建设。韬奋先生身体力行，他说："我们要注意教育干部，使他们的天才能得到最大程度的发展，他有十分才干，我们要他的十分才干都发挥出来；他有百分才干，我们要他的百分才干都发展出来。我们不要让他的天才有一分一毫的埋没掉。"为此他还制定了"人才主义"的用人政策，用人唯贤，不把私人和任何关系作为用人的标准，认为这是"本店事业所以得到相当成功的最重要的因素之一"。

按照三联前辈的嘱托，也着眼于三联书店发展的实际需要，我店高度重视人才队伍建设。2009年1月店领导班子调整后，明确提出实施"品牌战略、人才战略、企业文化战略"，研究制定了《三联书店人才发展规划》，人才战略作为重要战略之一，得到了认真的实施和落实。

具体做法是:

一、着力培养高端人才

高端人才是店里最重要的人才资源,在事业发展中有举足轻重的作用。我们采用实践锻炼、热心荐才、向上托举、支持他们在行业内授课和参加学术活动等方式,使一批高端人才脱颖而出。目前有1位同志入选百名有突出贡献的新闻出版专业技术人员,4位在职人员享受政府特殊津贴,9人入选集团公司第一批人才梯队专家和专业人员,1人获得了韬奋出版奖。我们还拥有一大批优秀的图书和期刊编辑、记者、美编、校对、版权、印制、市场营销等方面的人才。

二、注重培养管理人才

因为历史原因,领导班子成员年龄偏大,缺少中青年成员,存在青黄不接的隐忧。为解决这一问题,经店领导班子推荐,最近集团任命一名仅有34岁的优秀中层干部任副总经理。我们还新增设了总经理助理和总编辑助理岗位,制订了三联书店《总经理助理、总编辑助理选拔聘用的若干规定》,经过民主推荐、考察,选拔了1名总经理助理、2名总编辑助理,作为领导班子后备干部进行培养;同时还设立了部门主任助理,作为部门领导的后备干部,这样就形成了店领导班子成员、总经理助理、总编辑助理、部门正职、部门副职、部门主任助理这样多层次、立体的管理梯队。

从2009年至今,三联提拔、晋升各层级干部50多名,调整面超过70%。2012年,为进一步推进三联图书出版事业的发展和壮大,班子决定开始尝试"分社制",成立了学术出版分社和文化出版分社等分社,任命2个总编辑助理兼分社社长,在店务会授权的范围内,实行自主经营、独立核算,让他们在实际工作中锻炼和成长。《三联生活周刊》能成为全国一流周刊,主编朱伟功不可没,我们对其实行延期退休的特殊待遇,明确新老交替的时间和人选,既稳定了队伍,又有利于刊物的长远发展。

三、不拘一格引进人才

2011年三联书店扩展业务,新成立了专题项目部、对外合作部、三联书店上海公司,这些新部门的一把手都是从外部引进的,他们都很好地融入三联履行职责。除了招聘中层干部,还大量招聘有工作经验的成手和骨干。这几年来我们招聘了各类人员50余名。同时持续进行内部调岗,力争达到最佳的人岗匹配,近几年内部调岗40余人次。通过这些方法,使全店人才结构得到一定程度的优化和改善。

四、制度保障留住人才

重点是健全和完善配套管理制度,为留住人才、使用人才、奖励人才提供制度保障。转企改制后,为改变事业单位工资分配体系存在的"大锅饭、平均主义、干多干少一个样,干好干坏一个样"的弊端,我们冻结了原事业单位工资体系,实行了岗位、绩效工资制,效益优先,多劳多得,突出业绩,淡化资历,加大了企业在收入分配方面的自主权,为吸引人才、激励人才、留住人才起到了促进作用。

五、舍得本钱培养人才

我们牢固树立起"人才投入是效益最好的投入"的观念,在人才工作上舍得花本钱。算大账,算活账,算长远账,落实"人才投资优先保证",设立了人才发展专项基金,用于人才引进、项目支持、创业支持、学习支持。鼓励职工参加外出考察、研修、学术讲座,发表论文、出版著作、进行业务交流,在经费上给予积极支持,员工出国研修、培训的,如选择自费出国留学的,为其保留工作岗位;职工愿意读博、读研的,只要成绩合格,费用全部报销;单位也积极组织外出学习,近几年每年均组织全体编辑到其他出版社考察、交流,请专家来店授课,还组织中层干部培训班、年轻编辑和新入店员工培训班等,有目的性地加强职工培训,鼓励和支持人人都做贡献、人人都努力成才。

六、宽容个性容纳人才

一般说来，越是人才，越有个性。三联不少职工都是很有个性的。尤其是在编辑部门，职工学历层次较高，大部分都是研究生学历，还有好几个博士，都很聪明、独立，自我期望高，个性比较强，说起话来比较直率，时不时当面"顶撞"领导，我们领导班子对此并不介意，能够予以理解和容忍。员工能说其所想，感到在企业如鱼得水，心情舒畅，所以三联的人际关系相对比较简单，三联的编辑们对三联的忠诚度很高，队伍也长期保持稳定。

七、拓展空间强盛人才

从2009年以来，随着企业的不断发展，我们进行了数次组织结构调整、扩充。以图书编辑部门为例，2009年为了明晰图书产品线，整合人力资源和出版资源，强化大众文化读物出版，改组原图书编辑部门，成立学术、文化、旅行出版中心和综合编辑室，新成立了大众出版中心和信息技术与数字出版部。2011年成立了专题项目部，主要从事国家出版基金资助项目的编辑出版。2011年在原版权室单一版权管理工作的基础上增加编辑功能，成立了对外合作部，原发行部改制成为图书营销中心。2011年底，组建成立了三联书店

(上海)公司,目前主要从事图书编辑出版业务。2012年,原学术、文化、旅行出版中心改组成立了学术、文化、综合、大众四个出版分社,北京、上海、香港三家三联书店共同出资成立了三联时空国际文化传播(北京)有限公司。组织结构的调整、扩充,为人才开拓了更广阔的发展平台和空间,而人才的成长进步,又促进了企业进一步发展和做强做开,企业与人才共同发展,形成了良性互动。

(刊载于《中国新闻出版报》2012年12月6日第4版)

切实实施好三联企业文化战略

　　2009年1月三联书店领导班子调整后,新班子明确提出在店内实施三大战略,即品牌发展战略、人才强店战略、企业文化战略。企业文化战略被列为三大战略之一,我们应当切实实施好、落实好。

　　实施企业文化战略,建设富有三联特色的企业文化,主要基于以下考虑:一是集团公司的要求。集团公司高度重视企业文化建设,进行了集中动员和部署,还组织专家到各单位调研,办研讨班授课,交流研讨,用各种方式加以促进。

　　二是三联书店企业自身发展的内在需求。作为著名出版品牌,三联书店面临着极高的社会期望值,要在激烈的图书市场竞争中胜出,靠品牌、靠产品,还要靠企业文化这一"软实力"。这种如同人的经络系统、免疫系统一样看不见却发挥着重要作用的价值准则、企业理念等,无时无刻不在影响企业的进步和发展。重视企业文化建设,不断增强企业的凝聚力,企业就会进步,反之亦然。这已为三联书店的发展经验所证明,也为众多的企业发展历史所证明。三联需要企业文化,三联的员工需要企业文化,这是我们克难制胜的重要法宝。

三是从邹韬奋先生创立生活书店开始，三联书店就有重视企业文化建设的良好传统。那时名称不叫"企业文化"，但已具备企业文化的诸多要素。如倡导"竭诚为读者服务"的店训，提倡对外增加感召力、对内增强凝聚力的"八种精神"。三联之所以成为三联，并在八十年的发展中长盛不衰，得益于先进的理念、良好的传统和各种精神文化要素，这是显而易见的。

建设三联企业文化，首先要找准根基。这个根基就是三联业已形成的优良文化传统。三联的企业文化建设不是割断历史，而是继承历史；不是"创立"，而是丰富完善；不是"平地起高楼"，而是"老树发新枝"。其次要从三联的实际出发，从三联的需要出发，从三联的追求出发，着重凸显三联的鲜明个性，不雷同，不照搬，不图虚名。在继承传统的基础上大胆创新，形成新的概念和新的表述，使三联的发展"为有源头活水来"，与时俱进，永不停步。

三联书店在发展过程中，形成了独具特色的企业文化，包括企业宗旨、企业价值观、企业精神、企业理念，是一代又一代三联人创造的宝贵精神财富，也是未来发展的精神动力。三联书店的员工必须知晓企业的历史，深入了解本企业的企业文化，认同企业价值观，并为继承发展企业文化做出贡献。

鲜明独特的优良传统。20世纪30年代，生活书店、读书出版社、新知书店在上海创建后，在邹韬奋等先驱的领导下，组织出版了大量进步社会科学和文学书刊，在读者中和社会上产生了极大影响，引导许许多多青年走上了革命道路,为人类进步、民族解放和文化事业发展做出了重要贡献,写下了中国现代出版史光辉的一页。在为进步出版事业奋斗的过程中, 三联书店形成了鲜明独特的优良传统,内容包括:坚持正确方向,与时代和人民同行,为社会现实服务;坚守文化理想和文化使命,以文化为本位,竭诚为读者服务,与著译者精诚合作;正确处理事业性与商业性的关系,坚持事业性与商业性的统一,实现二者的充分发展;在管理上采用民主集中制原则,发扬民主精神,店务管理民主化等。这些传统,每一条都是经验、智慧和心血的凝聚,都有极为丰富的内涵,需要认真地加以把握和领会,它是我们的前进指南和立店之本。

竭诚为读者服务。生活书店自成立之日起,即以竭诚为读者服务作为全店工作的宗旨和从业人员的信念。生活·读书·新知三联书店合并成立后,将"竭诚为读者服务"作为店训,使这种服务精神得到了继承和发扬。"竭诚",就是全心全意,尽心竭智,鞠躬尽瘁,就是最为恭谦的态度和行为。韬奋先生的要求是"竭尽心力""诚心恳意""尽我们的全力去做,以最诚恳的心情去做",做得"诚恳、热诚、周到、敏捷、有礼貌""一点不肯马虎,一点不肯延搁,一点不怕麻烦",通过服务和读者建立鱼水般的深厚情谊。竭诚为读者服务不仅是"生存之道",也昭示了书店存在的价值和意义。

坚定、虚心、公正、负责、刻苦、耐劳、服务精神、同志爱。韬奋先生根据亲身感受把生活书店最可宝贵的传统精神归纳为以上八种。这八种精神,是"生活精神"的具体体现。"生活精神"是生活书店职工的群体意识、行动规范，也就是韬奋所倡导的事业精神的总和。我们可以从八个方面具体地去领会"生活精神"。"坚定"就是沿着正确的政治方向前进，无论何时何地都不改变追求光明、追求进步的理想和信念，为了理想信念百折不挠，甚至献出宝贵的生命。"虚心"就是虚怀若谷，"无时不惶惶然请益于师友，商讨于同志"。"公正"即是办事公道、客观、实事求是，不带有个人偏见。"负责"即是有高度的责任感和事业心，做事认真，敢于承担。"刻苦"即是依靠群体的力量，奋发进取，艰苦斗争，勇于克服困难。"耐劳"即是为了达到目标不懈努力，任劳任怨，有坚持到底的精神。"服务精神"即是不谋私利，处处为事业着想，满腔热情地、真诚地竭尽自己的一切努力为人民服务。"同志爱"即是同事"彼此之间应该有深挚的友谊"，"有深厚的同情，亲切的谅解，诚恳的互助，亲密恳切的友爱应该笼罩着我们的整个的环境"。

人文精神、思想智慧。坚持知识分子立场和文化立场，面向多层次的知识大众；注重与文化界知识界学术界的血肉联系，营造知识分子的精神家园；出版物注重思想性、启发性，重在给人以启迪；引领阅读、服务阅读，强调阅读的乐趣；体现人文关怀，关注民生；注重独立思考，不随波逐流、人云亦云，突出个性、品位和特色。

一流、新锐。"一流"，就是三联书店出版的书刊无论是专业读物还是大众读物，都应该是最好的、质量一流的。"新锐"就是勇于创新，站在时代前列，善于捕捉潮头信息，具有前瞻性，与众不同，比人领先半步，宁缺毋滥，走高品质的特色出版之路。

　　长期以来,三联书店不断得到一些重要作者、读者的评价和赞誉。杨绛先生认为,三联的特色是"不官不商,有书香";季羡林先生把三联书店的"店格"归纳为八个字:清新、庄重、认真、求实;黄苗子赞赏三联编辑的"竭诚敬业之心";唐振常称三联"传播知识、开启民智、提高学术""出书严肃,临事以敬,旧邦新命,为读书人所爱";陈乐民说三联"像个文化人的联络站",等等。这些评价和赞誉从多个侧面反映和丰富了三联的企业文化。

　　三联书店近八十年奋斗过程中形成的鲜明独特的企业文化,体现了三联著名品牌的深刻内涵,是三联书店在激烈市场竞争中获胜的强大精神力量和核心竞争力,是克难制胜、长存永续的法宝。我们要坚守、发扬企业文化,无论什么时间、什么场合,关注现实、与时代同行的革新精神不能变,"竭诚为读者服务"的办店宗旨不能变,"人文精神、思想智慧"的出版理念不能变,"新锐、一流"的质量标准不能变,以文化为本位、注重文化传承、文化贡献的定位不能变,以员工为本、实行民主化管理的方式不能变,"不官不商有书香"的格调不能变。

（2010年6月23日）

让三联员工生活得更幸福更有尊严

毫无疑问，三联书店领导层应该让三联员工生活得更幸福更有尊严。那么，我们应当从哪些方面去努力呢？

一是要在不断提高企业效益的基础上增加员工收入，提高福利待遇。虽然不能把物质和幸福、尊严画等号，金钱买不来幸福和尊严，但是不能否认物质是幸福和尊严的重要基础。富裕能给人增加幸福感，也有利于维护人的尊严。相反，贫穷则不利于获得幸福和维护尊严。"贫贱夫妻百事哀"，天天靠举债过日子，东家借一把米，西家借一把面，是谈不上什么尊严的。过去几年店里注意提高员工薪酬，收入是不断增加的，但与职工的需求和看涨的物价比，还是很不够的。退了休的员工收入减少，年纪大的员工拖家带口，新入职的员工多数租房而居等，大家都有提高收入的呼声。因此，增加员工收入是企业领导层必须考虑的，是企业以人为本的最现实体现。如此，努力搞好企业经营便与员工的幸福和尊严有了最直接的联系。

二是弘扬民主自由之风，让员工的意愿得到充分表达，人人得到应有的尊重。民主自由是世界潮流,是三联的优良传统,是三联人最为看重的价值取向。三联与知识分子同在,和知识分子有一种血肉联系,快乐着知识分子的快乐,追求着知识分子的追求。在遵守国家法规和店内规章制度的前提下, 弘扬知识分子崇尚民主自由之风,允许和鼓励员工对店务充分表达意愿,参与民主管理,提出合理诉求, 店方保障员工行使民主自由的权利。让人人发表意见,个个得到尊重,呼吸最为自由的空气,享有一种最为自由的心态。这是我们的共同追求,也是着力建树的企业文化。

三是积极创造条件,支持和鼓励员工实现个人价值。一个人做自己喜欢做的事情,是幸福的;一个人能把喜欢的事做到极致,就是实现了个人价值。一般而言,人人都有价值,人人都有尊严,但人的价值是不一样的,受到的尊重也不同。我们提供舞台,搭建平台,激励上进,注重培训,鼓励深造,评选先进,奖励优秀,目的就是让员工实现最大价值,获得人们的敬重。我们是出版社,最大的价值就是出读者喜欢的好书,这是编印发各环节和全店同人共同的出发点、纠结点。出版社的价值和个人价值高度融合统一在一起,个人价值实现得越好, 书店为社会的服务就越好, 企业的价值就越高。同理,企业办得越好,员工也会获得更多的幸福和尊重。

三联是三联人的三联, 三联人的幸福和尊严是员工自己创造的,不是谁赐予的。但是企业领导层担负有让员工更幸福和更有尊严的责任,应该有实实在在的措施和切切实实的计划,把员工不断增加幸福感和被尊重感的追求实现好、落实好、维护好。

三联人幸福和尊严的提升，有赖于全社会人幸福和尊严的提升，与社会具有共生性。但是三联书店完全可以创造提升员工幸福感和尊严感的"小气候"，通过提高员工的收入、创造民主自由的环境、促进员工实现个人价值等，让大家比社会上一些人享有更多的幸福和尊重。我们确立这样一个目标，并为之坚持不懈地努力。

中层干部的素质和能力

　　三联书店全店现在包括《三联生活周刊》、韬奋书店在内已有240多人,加上离退休干部有将近300人。在这样一个范围里我们任命了30名中层干部,这样一个比例是比较合适的。对中层干部们的考核、选拔、任命是一件大事,对于未来两年店里的发展都有着重要的作用。平时我与中层干部们交流的机会比较少,使用多,培养少,有些话今天在这里说一下,交交心。

　　首先我想说一下中层干部的作用。前段时间集团公司召开了加强经营管理现场会,由人音社介绍经验。人音社在介绍经验的时候也讲到中层干部的作用,认为中层干部是事业发展的中流砥柱,他们在社里研讨、确定中层干部们是什么、干什么、怎么干,提出中层干部应具备的六种素质并进行讨论,明确了任免的条件。人音社的中层干部考核任免是非常严格的,原来有26位中层干部,现在由于部门的合并及个别人的不称职,已经减到18位。根据我个人的体会,中层干部对一个单位的事业发展确实有非常重要的作用。通常我们说"四梁八柱",一个单位除领导班子以外,还有广大的员工,那么我们的中层干部就是发挥了"四梁八柱"的支撑作用,带头完成任务的骨干作用,联络维系各方力量的纽带作用,中层干部的作用是不可低估、不可代替的。试想我们三联如果没有中层干部,没有在座的这30名同志,只有我们这几名领导成员,只有上头而没有中间环节是不可想象的,一个单位的事业不可能发展好。中层干部带头作用起得好,那么单位的精神面貌和业绩就好。反之,如果中层干部不带头,甚至起到反作用,那造成的影响和后果也是很不好的。

其次我想谈一下我们三联书店中层干部的现状。三联书店多年来事业能取得发展,特别是这两年改革发展有很好的成绩,两个效益有很大的提高,中层干部的作用是功不可没的。现在大家已经意识到或者初步感到三联书店的社会影响、社会评价以及整体产品销售都有很大的改进,我们在第二届中国出版政府奖的评选中获得5个正奖、1个提名奖,在全国单个出版社中排名第一。获得这样的殊荣,应当说很大程度上是中层干部努力的结果。三联书店的员工今天很团结,也是中层干部起到的凝聚作用。总的来看,我们的中层干部是积极负责、能够发挥模范带头作用的。但我们也要看到,我们的中层干部也存在一些问题。从测评的情况看,我们的中层干部呈现"两头小、中间大"这么一种状况。达到优秀的、排在前列的同志是少数,比如这次测评优秀的同志朱伟、罗洪、张作珍、张荷,我随意举一下,大家一听就会想到这些同志的工作状态、工作业绩,为什么大家给他们投的优秀票很多?多数同志属于中间状态,属于良好状态,也有些同志在测评当中或者说在大家的感觉当中要排在后面一些,我们已与这些同志进行了谈话,希望能有所改进。

发生在中层干部身上的问题我概括为这些方面:有的是带头作用发挥不好;有的是满足于洁身自好,不履行管理职责;有的作风散漫,在员工心目中造成不良影响;有的工作作风粗暴,不讲究工作方式;还有的虽然在中层岗位上,但工作不给力,对店里支持不够,没有起到骨干作用。总的来说我们对中层干部是满意的,但有时候我们又确实感到店里的一些想法、战略考虑、战略规划或者说重点工作没有如愿落实,感到我们中层干部当中还有一些薄弱环节。针对这样一些情况,我们和一些同志交换了意见,进行了谈话,希望他们能够改进,不仅把自己的工作做好、管理好,而且不要在群众中造成不好的负面影响。在谈话当中一些同志都认识到自己存在的问题,同时也有一些怨气,对工作中存在的问题强调客观原因比较多。正好最近我看报有些感受,给大家讲一下。报上说,春晚里有句话叫"长个包子样,别怪狗跟着"。仔细分析这句话我觉得很有道理,就是我们要多找找自身的原因,它这样说:"当一个人长成了包子样,还总怪狗跟着的时候,就得反求于自己了。"孟子说:"爱人不亲,反其仁;治人不治,反其智;礼人不答,反其敬。行有不得者皆反求诸己,其身正而天下归之。"孟子的意思是说,爱别人却得不到亲近,那就应该问问自己的仁爱是不是做得不够;管理别人却不能管理好,就应该问问自己的管理才智是不是有问题;礼貌待人却得不到应有的礼貌，就应该反问自己的礼貌是否到家。凡是行为达不到预期的效果，都应该反过来检查自己。自身行为端正了，天下的人自然就会归附。一切都从自己身上找原因，这就是反求诸己的本质。现实中的许多人往往不是这样反求诸己，手被刀子划了口总是怨刀快，不怨自己手笨；明明踩了别人的脚，却抱怨别人的脚耽误你的脚落地了。正像一个两岁的娃娃，走路被石头绊倒了，坐在地上哇哇大哭，怎么哄也哄不好，非要家长咬牙切齿地把石头打一顿才算完。两岁的娃娃幼稚，但我们是大人，我们是中层干部，就不能那样幼稚可笑了。有些缺点，出了问题要多从自己身上找原因。

我们中层干部之所以存在这样那样的问题，我也分析过原因：第一，我们三联书店从人民社独立建制出来以后，一直规模比较小，中层干部少，也不怎么发挥作用，店领导都是一统到底，大家想是不是这种情况？领导直接布置任务，中层干部的作用可以发挥大也可以发挥小，这是一种状况。中层干部总存有依赖之心，上面有领导。但现在我们的情况不同了，我们成立了各个中心，下一步要成立各个分社，将来我们要成立三联书店出版集团，我们的干部是要具有独立管理能力的，我们不能是那种作坊式的生产，要进入现代化的管理，中层干部的作用就愈加凸现出来了。

第二个原因就是我们对中层干部培养不够，培训不够。我们知道新员工来了要培训，这些年我们提拔了一些年轻干部，但这些年轻干部没有经过任何培训，不知道中层干部应该怎么当，按过去的说法我们现在在座的同志都应当是县团级干部了,在县里就是县长、县委书记,在地区就是局长,当然我们现在已转企,不去论这些了。但我们要想一想我们有没有人家那些县长或者县委书记那样的能力？给我们一个担子我们能不能把它挑起来？中层干部应该怎么做、怎么说、怎么干,知道不知道,提拔以后理论水平、组织能力是不是都提高了？是不是一提拔各方面就自然胜任了？店领导班子对中层干部真的是培训不够。再一个是培养不够。三联书店的事业是要长期发展的,如何制定一个长远的计划,使三联的事业一代代传承下去？店级领导的后备干部有哪些,各部门的后备干部有哪些,应当有一个长远的人才培养计划,这在一般的单位里都是有的,但我们这里没有。因此我们要提拔的时候中层干部不能按时到岗位上去,或者不能进到领导班子里来,一些同志认为三联存在对干部只使用不培养的问题,我是认同的。

第三,对中层干部严格要求不够。过分强调人情化、温情主义,有什么问题说说罢了,其实对人的、包括对中层干部的严格要求对他们的成长是有利的,我们却做不到这一点。由于对中层干部的严格要求不够,使我们有的中层干部身上养成"娇娇"二气,批评不得,成长起来也就比较缓慢。从现在起我们对中层干部要严格要求。店领导对中层干部是重视的,通过调整收入提高了中层干部的待遇,通过层级管理树立中层干部的威信。店领导班子一般不可能也不应该直接去管下面的事情,领导干部不要一竿子插到底。现代管理是一种层级管理,每人只管自己的层级。我们还要加强对中层干部的培训，请有关专家讲课，请集团公司人力资源部讲课。

最后，谈谈我对中层干部素质和能力的理解。我觉得中层干部概括起来说，应该有三大素质、三大能力。

三大素质里面，第一为政治素质。所谓政治素质，就是要有理想，有信念，有高远的目标，以党和人民的利益、以国家的利益为重，这是政治素质。有理想信念、道德情操，能够遵守党纪国法，能够有大局意识。在我们出版部门，就应当严格遵守党和国家关于出版工作的法律法规和各种规章制度，要遵守社会主义道德。当个人利益、部门利益与大局利益发生矛盾的时候，应当以大局利益为重。还应当有阵地意识，有主旋律的意识。三联书店是党领导的文化出版单位，20世纪30年代初创的时候，有的领导本身就是党员，像徐雪寒，邹韬奋先生是去世后被中央追认为党员的。新中国成立后，三联书店更是党领导的出版文化单位，三联书店不是同人文化组织，这个一定要清楚。政治意识体现在日常工作当中，就是要多出好书，不出坏书，多出积极健康向上的书，不出影响人们精神意志健康的书，更不应该因不谨慎出版给大局添乱，给党和人民的利益造成损失的书。

第二是业务素质。所谓业务素质，是你应当受过各种培训，通过学习具备了专业知识，有动手操作的能力，在业务上不一定都是最拔尖的，但应当是一流的，这样你领导别人，别人才会服气。特别在三联书店这样一个文化单位，业务素质是极其重要的。

第三是综合素质。有的人一看就像干部，有的人怎么看也不像干部,提拔到领导岗位上也不像领导的样子。我们看电视为什么觉得有的领导就是有领导的样子,这就是综合素质。综合素质这个概念可能很虚,但它包含了各种元素在里面,包括各种各样的能力在里面。

三大能力,第一是领导能力。中层干部也是个官,也要领导几个人,一般都有四五个人或七八个人,还有队伍大的有一二十人,你要能把队伍领导起来。你是头,怎么领导得让别人服气你,这是个学问。领导能力除了要学习,还有一个锻炼的问题。不能说谁天生就具备或不具备领导能力,但有的人是真不行,放到位置上也当不了领导。所以你要能把你的人聚到一起,你说话人家信,你指哪人家打哪。

第二是组织协调能力。要把人组织起来,首先要能跟人沟通。一个中层干部连跟人沟通的能力都没有,那怎么当领导?除了沟通,还有上下左右的协调。内部的协调最为重要,一个部门如果四分五裂,人家都不听你的,那是什么领导!

第三是执行能力。首先要坚决执行领导班子决议,有意见可以反映,但必须认真执行。实践是检验真理的唯一标准,好办法、赖办法总得有个办法,好规划、赖规划总得有个规划,好决策、坏决策总得有个决策,让实践做出正确与否的结论。不能对领导班子的决议采取观望的态度,而是要坚决执行。其次要带头执行规章制度,带头遵守纪律,做到令行禁止。最后是要带头完成各项工作任务,把布置的各项任务按计划落到实处。执行的问题,不光是一个态度的问题，也有一个能力的问题。有的人能力低，执行不了。

上面说到三种素质、三大能力，我在最后要特别强调，作为领导干部还要有人格魅力。我也见过这样的领导，个人能力不是很强，但也能服众，因为他不自私，不是处处替自己考虑，他也不搞小圈子，虽然能力不够但有人格魅力。我在甘肃酒泉知道了酒泉的来历，是皇帝给一个打了胜仗的将军赐酒，将军不是一个人喝、几个人喝，而是干脆把它倒到了泉里让大家喝，酒泉所以得名。这不就是人格魅力吗？分奖金、分其他的利益我往后靠，辛苦操劳的事我带头做，群众有什么苦衷，有什么不高兴的事情，要多多关心，有什么困难要帮助解决，这样人家就能把你当哥们，有什么事情一呼百应。这里面内涵很多。最后一句：我希望在座的每个同志都做一个合格的、优秀的中层干部，成长为支撑三联大厦的栋梁之材。

（2011年3月1日）

《员工手册》的效用

　　《生活·读书·新知三联书店员工手册》(下称《员工手册》)经过多次修改、丰富和完善,经店职工代表会议审议通过,已正式颁行。这是三联书店转企改制后强化管理的重要举措。

　　《员工手册》的颁行,是三联书店由事业单位转制为企业,建立现代企业管理制度的必然要求。目前,三联已随中国出版集团公司转制为企业,从事业体制下蜕化出来,变成真正的市场主体。转企之后,我们要按照现代企业制度建立新的企业管理机制和运营模式。企业与事业单位最大的不同,就在于它必须面向市场去参与优胜劣汰的激烈竞争,因此必须全面提高竞争能力,必须建立能调动员工积极性的激励机制,必须按照《劳动合同法》的要求,与职工建立不同于事业单位的劳动关系。从2010年开始,我店将与所有员工签订劳动合同,要按照国家有关法规进行严格的劳动关系管理,要建立"职工能进能出,干部能上能下"的用人机制,建立与绩效挂钩的分配机制,建立奖勤罚懒、效率优先、兼顾公平的激励机制等,这些都要靠制度来保障。这本《员工手册》,既是店内各种制度的汇集,也作为签订劳动合同和建立劳动关系的必要附件,供我店签订劳动合同者阅知备存。

《员工手册》的颁行,是建立企业规章制度、严格企业管理的需要。俗话说:家有家规,国有国法。一个企业必然有企业的规章制度,这些规章制度是维系企业生存、发展的必备条件。《员工手册》主要部分是我店店务管理、人事管理、财务管理、日常管理制度汇编,涉及用工、考勤、培训、财务等方方面面。规章制度是用来遵照执行的,而遵照执行的前提是让员工了解、知晓这些规章制度,知道哪些是企业鼓励的,哪些是企业禁止的,从而中规中矩,做到令行禁止。当然,规章制度的执行需要监督,需要落到实处,只有这样,才能使遵纪者自安,违纪者受罚,建立秩序井然的良好秩序。

《员工手册》继承三联优良传统,是以往管理经验的结晶。我店创建近80年来,在企业管理方面有良好的传统,积累了丰富的管理经验。新中国成立前,三联书店本身就是企业,是按当时条件下市场规律运行的,前辈们通过创办《店务通讯》等,对企业运营、店务管理进行积极探索,在从事进步出版事业、为社会做出贡献的同时,维系了自己的生存和发展。新中国成立后,三联不断扩大经营规模,在并入人民出版社之前,已有相当规模和强大经济实力,在新中国出版业中具有重要地位。1986年我店恢复独立建制之后,实行事业单位企业化管理的运营模式,建立了带有事业色彩的企业管理制度,保障了新形势下三联书店的运营和发展。《员工手册》中的企业简介、企业文化是对我店历史的简要梳理和总结,是和我店的传统精神一脉相承的；一些规章制度是过去已形成的行之有效的规章制度的补充和完善；一些新制订的规章制度，也注重体现三联以员工为本、依靠员工进行管理等优良传统。现行《员工手册》有厚重的根基，是建立在长期以来我店形成的传统和管理经验基础之上的，当然也注入了新的内容，体现了新时代特征。

鉴于《员工手册》在现代企业制度建立中的重要性，以及在企业管理中的重要作用，店领导班子高度重视《员工手册》的制订工作，认识到它不仅是一本企业管理"白皮书"，还是一项事关我店发展的极其重要的基础性工作。为此对它进行很长一段时间的研讨、修订和丰富，反复研究框架和内容的取舍，并多方征求意见，店人力资源部为此做了大量准备工作。在修订、完善的最后定稿过程中，我们努力做到四个"注意"：

一是注意依法行事，依法建立企业规章，依据《劳动法》《劳动合同法》及其相关法律条例等建立企业的规章制度，把企业规章制度建立在国家法律允许的范围内；二是注意和三联书店已有的规章制度进行对接，体现连续性、延续性，具有三联书店企业管理的特点和现实可行性；三是在强调加大企业管理力度，维护企业利益的同时，坚持以人为本，保障员工的合法权益，满足员工的合理需要，为其创造优良的工作和生活条件；四是注意吸纳企业创立近八十年来的优良传统和管理经验，把规章制度建立在坚实的基础上，具有三联书店的企业文化色彩和鲜明个性。总之，我们想使本店的《员工手册》充分体现合法性、连续性、公平性、有效性及企业个性，成为一个比较理想的企业管理文本。

《员工手册》作为具有约束效力的实用性文本，将下发至我店每位员工，做到人手一册，供大家学习、使用。希望全体员工收到《员工手册》后，做到下列三点：一是了解它、掌握它，熟知它的全部内容；二是运用它、执行它，用企业共同价值观和规章制度来规范自己的言行，做一名遵章守纪的模范员工；三是维护它、完善它，注意发现执行中遇到的矛盾和问题，提出修改完善的合理化建议，供领导班子和店职工代表大会在修订《员工手册》时参考。店里将认真地听取每位员工的意见和建议，适时对手册进行修订、补充，使之更臻完善，在我店现代企业制度建设中发挥更大的作用。

（2009年12月28日）

《店务通讯》改版致辞

从本期开始,我店内部刊物《三联人》更名为《店务通讯》,以新的面目与大家见面了。"丑去寅来人益健,牛归虎跃春愈新",在春回大地万象更新的时节,这也是一种新的气象吧。

在三联书店发展史上,历来有创办内部刊物,用于推进事业、加强交流、互通信息、指导业务、集聚人气的优良传统。韬奋先生创办并主编《店务通讯》,坚持每期为刊物写稿;读书生活出版社创办过《社务通讯》,我们的老领导范用先生曾参与其事;《三联人》于1995年创办以来,不少同人在其上花费心血,虽有间断,但也先后出刊42期,对推动改革开放新时期我店的发展起到了促进作用。

改版后的内部刊物起名《店务通讯》,意在薪火相传,承继三联前辈的优良传统,汲取我们自身好的经验,使之发挥更大更重要的作用。我们希望《店务通讯》适应出版业改革发展和三联书店成长进步的新形势,担负起对全店工作的指导作用。把上级的指示精神、店领导班子的意见、店里的规划和工作打算,及时传递给全体员工,动员大家认准目标共同奋斗。希望《店务通讯》办成沟通情况的园地和信息交流的平台,起到上下左右加强沟通、增进了解的作用,在沟通中增进互信,在交流中达成共识。希望《店务通讯》弘扬钻研业务、总结经验、研究问题之风,对各项工作的创新、发展与突破起推进作用。希望《店务通讯》在我店企业文化建设中发挥促进作用,把一颗颗心团结凝聚起来,推进文化三联、和谐三联、活力三联目标的实现。希望《店务通讯》办成员工展示才艺的舞台和倾诉心灵的窗口,反映同人多彩的文化生活和丰富的精神世界。要特别注意反映来自员工的声音、建设和资讯,体现以人为本的办店观念和同人间的人文关怀,起到聚拢人心鼓舞士气的作用。

《店务通讯》选用原生活书店《店务通讯》的刊头,但这决不单纯是形式的模仿,而是要立志得到前辈的真传,在他们的旗帜下前进。只要我们坚定不移地继承三联书店的优良传统,又能在新形势下奋力开拓躬身前行,就一定能立于不败之地;只要同人们都能关心呵护《店务通讯》,刊物就一定能愈益增色不负众望。

"Nobody",三联的脚步"无人阻挡",三联的明天一定会更加美好。

(2010年2月23日)

《读书》创刊30周年告读者

三十年前，在改革开放的浩荡春风吹拂下，陈翰伯、范用、陈原、倪子明、史枚、冯亦代等老一代出版家和文化人，创办了《读书》杂志。《读书》是改革开放的产物，是拨乱反正、思想解放的一个重要标志。三十年来，《读书》历经风雨，一路走来，集聚了一大批作者、读者，努力把杂志打造成一个读书人的家园。她形成了独特的个性、鲜明的文风，留下了许多脍炙人口的名篇，受到知识界、文化界的喜爱和赞誉。

《读书》创刊伊始，就发出了反映读书界共同心声的呐喊："读书无禁区。"她继承了中国知识界的淑世情怀和传统，以思想启蒙作为自己的旗帜，致力于拨乱反正，恢复汉语写作的博雅风范，以其思想的开放、议论的清新、文风的隽永，赢得了读书界的青睐。作家王蒙先生曾说："可以不读书，不可以不读《读书》。"这句话一度流传众口，体现了读书界对这个杂志的挚爱之情。

《读书》杂志自从一创刊，就定位为"以书为中心的思想文化评论刊物"。这样的定位，既有别于专业学术研究刊物，也有别于一般大众通俗刊物。她的读者对象是读书界中级以上的知识分子。所谓读书界，意指高度关注思想文化领域以及相应书籍出版的一个读者群。尽管三十年来当代中国经历了种种社会分化，但这样一个读者群体今天依然存在。《读书》过去常年举行的一项活动就叫作"读书服务日"，既体现了杂志的编辑宗旨，也体现了三联书店"竭诚为读者服务"的优良传统。《读书》是一个为知识界服务的刊物，同时也是一个读书界共用的交流思想、知识和文化的平台。她尽力体现当代中国知识人的所思所感，展现他们的知性与感性生活，努力提供他们所需要的信息，满足他们多方面的文化需求。应当说，《读书》杂志的这一定位，使其在长达三十年代的历史进程中，在当代刊物之林形成了自己独特的文化个性。

《读书》杂志不是专门的学术刊物，因此那些只有少数专业研究者才感兴趣的学术专门课题，不是编者关注的中心。《读书》杂志长期致力于从当代学术文化领域中抽绎出具有普遍意义的思想文化内容，将它们呈献给读者。《读者》杂志既非学术也非通俗的定位，决定了她所刊发的文章与学术论文的文体风格迥然有别，她倡导承继中西文化中优美、形象、鲜明、生动的文章传统，希望尽量少用艰深晦涩的专门术语和"行业黑话"写作，以便让隔行的读书人都能够读懂。

从创刊迄今，《读书》杂志已经走过了整整三十年。作为当代中国思想文化的见证者，《读书》记录了这个时代各种思潮的起伏跌宕、兴衰际遇，也映现出思想文化界忧戚喜乐的感情律动，既形成了一定的品牌优势,也面临着新的挑战。

今后《读书》的编辑工作,将致力于展现标识杂志风格特征的文化内容上的丰富性、思想倾向上的多样性,以及文章的可读性,力求做到人文与社会思想方面的均衡,以便更加全面地反映和体现当代中国读书界的感性与知性生活,更好地为读书界服务。

三十年间,从学富五车的知名学者到名不见经传的普通读者,无量数的作者、读者曾经默默给予《读书》杂志以巨大的支持,上级机关和主管单位也给予我们许多指导与帮助。值《读书》三十年庆贺之际,中宣部出版局特地发来贺信。贺信中说:"三十年来,在一大批老一代出版家、文化人的参与和培育下,在无数热心读者的关心与爱护下,在杂志社广大同人的辛勤耕耘下,《读书》杂志自觉弘扬三联书店'紧跟时代前进步伐''竭诚为读者服务'的优良传统,发表了许多思想性学术性俱佳的好文章,凝聚了众多高水平有影响的作者,形成了独具文化个性的品牌,为推动社会进步、文化发展、学术繁荣、提高民族素质,发挥了积极作用。希望《读书》始终坚持社会主义先进文化前进方向,始终坚持文化刊物和文化人的神圣职责,积极探索用社会主义核心价值体系引领社会思潮的有效途径,以更加宽广的眼界,更加开拓的精神,推出更多思想深刻、学术规范、文笔清新、影响久远的好作品,更好地服务广大读者、服务学术文化、服务社会发展与进步。能够进一步提升刊物的质量和水平,进一步扩大刊物的品牌和影响,再上新台阶,再创新辉煌。"对来自各方面的支持和帮助,我们致以诚挚的谢意,决心百尺竿头,更进一步,认真研究刊物面临的新情况、新问题,改进我们的工作和不足,继续发扬品牌优势,不断提高刊物质量,满足知识界、读书界的阅读需求,不负我们所处的伟大时代。

（刊载于《读书》2009年4期）

《三联生活周刊》前景可期

朱伟同志：

　　您送来的《〈三联生活周刊〉传媒集团化发展计划》（以下简称《计划》）收到，已分送各领导班子成员阅读。明天上午，店务会专题研究周刊发展计划，材料送得很及时，事先阅读，从容思考，我们就不会打"无准备之仗"了。上午和振平通过电话，即是催问准备情况如何，没想到这么快就送来《计划》，可见周刊工作的务实、高效。

　　将《计划》细读两遍，读后喜悦油然而生。这种喜悦来自《计划》本身，也来自您的周密思考。这种思考，使我们的发展形诸文字，并有了一个"眉目"。经初步梳理，我认为《计划》有三个特点：一是对周刊的发展进行了系统的回顾与总结。虽然文字简约，但言简意赅，说出了我们的成功经验与特点，以及目前所在位置，解决了"我们在哪里"的问题。二是对如何发展进行了理性思考。从深入观察思考中，确定了走哪种模式，即做出选择，解决了"去哪里"的问题。三是对发展的操作层面做了规划，提出了时间表和路线图，解决了

"如何去"的问题。这三点都很重要，三项具备，大体轮廓就出来了，也就有了深入讨论的基础。

如何进一步丰富完善，我有几点不成熟的意见，直率地说出来供你参考。

一是突出强调国际化。我在《计划》标题里"集团化"后面加了"国际化"三个字，这当然不是几个字的问题，往高里说，这是一个战略选择、一个发展方向。参与国际竞争，有志于成为国际一流传媒，这是集团领导的要求。我不是说凡是领导说的就"照葫芦画瓢"，但领导说的确乎有理，比我们站得高、看得远，瞄准国际一流，为我们指明了努力方向。有了这个方向，我们才能有国际坐标、国际视野，在夯实国内基础之后大胆走向国际。在现实生活中，国际化已是一种潮流，而且是越来越浩荡的潮流。周刊走出国门，增加国际影响力，才能更具价值、更有分量。当然，走向国际化的路很艰难、很漫长，甚至经过艰辛努力也难以达到成功，但是这个选择、这个定位应当坚持。

二是必须解决阻碍发展的体制机制问题。因为周刊机制灵活，才有今天的成功。因此为周刊提供更广阔发展的机制，这是三联书店必须予以考虑的。周刊最需要解决的是把"编辑部"变成杂志社，变成独立法人，具有面向市场参与竞争的主体地位，成为三联书店下属的独立经济实体，拥有更多的决策权、自主选择权，职责、权利更加一致地统一起来，充分调动主事者和周刊全体员工的积极性，这是做强做大的机制保证。对此，您在《计划》中没有提出，我估计是怕有"争权夺利"之嫌。其实,这个问题已迫在眉睫,成了妨碍发展的"瓶颈",瓶颈不打破,发展谈不上,内引外联也根本不可能。因此,我提议店务会在讨论《计划》时一并讨论这个问题,尽快定下来并进入实际操作阶段,让杂志社实至名归,充分享有发展的独立空间。同时也按照惯例,确定三联书店的管理权、管理模式、利益享有模式,建立更加科学有效的调控机制。

三是更加明晰各方对周刊发展的支持。周刊要发展,光靠自己不行,"独木难支",因此需要来自各方面的各种方式的支持。上级对周刊寄予厚望,希望为民族为国家做更大贡献,要把它培养成全国周刊"旗舰",达到国际领先、国际一流,给予必要支持是理所应当的。怎样支持? 简言之,一是资金,二是刊号,三是政策,四是资源。而这些都需要中宣部、新闻出版总署、中国出版集团公司予以考虑。你在《计划》中只是在第四部分中顺带一句,我以为,应专列为第五个问题:"需要帮助《三联生活周刊》解决的问题",专项列出,以引起高层关注。顺便说一句,店里对周刊的支持是全力以赴的,一些协调工作也会努力去做好,为你们解除后顾之忧。

四是要有更具体的时间表。现在路线图已经画出。这个路线图既考虑了现实性, 又考虑了可能性, 是经过慎重考虑的判断和选择,是可行的、积极的,同时也大体上有了一个时间表。我们必须树立紧迫感,用"一万年太长,只争朝夕"的精神,去做这件事情。

俗话说:"前人栽树,后人乘凉",依你我的年龄,即使计划实现,我们也难以分享香甜的果实了,但是我们的努力不会白费,为三联的长远、为后人栽一棵枝叶茂密的大树,是值得的。

顺祝

安好。

樊希安

2009年5月25日

向三联生活周刊人致敬

时间过得真快,《三联生活周刊》转眼已是20岁的"大小伙子"了。要出20周年纪念集,朱伟要我写篇文章,阎琦又多次催稿。确实不怎么想写,不是没什么可说,只是不知说什么好。阎琦不依,说您任三联书店总经理五年半,又兼周刊总编辑,不写的话,历史无法接续,再就是您任职期间是周刊发展的最高点,周刊为三联事业做出了贡献,难道在如何管理周刊方面就没有一些感悟? 话已至此,不好推托,但说什么呢? 阎琦说,说什么都行。只有遵命。

在提起笔的这一刻,我最想说的话是:我要向三联生活周刊人致敬,向这个群体致敬。

我要向周刊的记者们致敬。我任总编辑期间,曾两次带队出去采访,一次是云南地震灾区,一次是国外,和记者李菁、曾焱、王星、葛维樱、康晰、关海彤、蔡小川有过"密切接触",对周刊记者的敬业、辛劳、无畏、担当等有深刻印象,特别是周刊记者在云南地震灾区的表现,令我终生难忘。

2012年9月7日11时19分,云南省昭通市彝良县发生5.7级地震,震源深度14千米,震中距离彝良县城约15千米,距离昭通市约30千米,虽然地震级数不算高,但由于彝良周边地质地貌复杂,加之同级余震接踵而至,导致受灾严重,人民生命财产蒙受重大损失。灾情就是命令,在四川汶川和青海玉树地震等多次地震中,周刊记者都是第一时间赶到现场,报道灾区情况,参与抗震救灾,这一次也是如此。经过紧急磋商,我带领周刊记者李菁、葛维樱、关海彤、康晰,以最快的速度赴灾区采访,同时承担捐助30万元(此款是周刊报道北京"7·21"水灾获得的善款)重建地震中被震毁的角奎镇云落小学的任务。从9月10日中午12时定下此事,到15时50分飞机起飞,中间只有3个小时多一点的时间。摄影记者关海彤原本正在家中照顾刚生孩子的妻子,接到通知后立即乘后续航班赶来,到昆明已是次日凌晨2点10分了。11日天刚蒙蒙亮,我们一行五人就奔赴昆明机场,拟搭乘9时50分去昭通的航班赶往灾区,等到的却是因昭通暴雨取消航班的消息。情急之下,我们花2300元租了一辆"猎豹"直赴昭通,路上大雨如注,浓雾笼罩,到傍晚才抵达昭通,经过整整一天的急行,我们终于到了震区的边缘。12日下午2时,我们到达震中——彝良县洛泽河镇。这里地震受损最为严重,地理环境极为险恶,余震不断。天上下着雨,头顶的山崖不时有滚石落下,一侧便是水流湍急的洛泽河。顾不上这些,我们周刊的记者跳下车便四散开来,分头去采访、拍照、搜集写文章的素材。我负责在街上随时了解震情并和救灾指挥部保持联系。很快两个小时过去了,雨越下越大,天色也暗了下来。接到指挥部通知,马上有余震,所有人员必须撤出，很快就要"封路"。我急得要命，千呼万唤才把一个个像泥猴一样的记者召集起来。而我们刚撤离，一座山体便崩塌下来，想想真是后怕。晚上在县城一个小旅馆住下，余震来袭，房间的门框吱嘎作响，困极了的记者们不顾随时出现的危险，沉沉进入梦乡。第二天大家在县城深入采访，还落实了捐建希望小学事宜。这次与周刊记者同行，深感他们工作的不易和艰辛。特别是社会部的女记者，哪里有灾害、有险情就奔向哪里，采访和危险同在。同行的李菁说起葛维樱一件"轶闻"：一次采访中，小葛去悬崖的一个山洞里找罪犯藏在那里的笔记本，警察是从山顶上用绳子吊下去，她则是爬了上去。下山时她的羽绒服被树枝刮破了，填充的羽毛迎风飞舞，还没回过神，脚下一滑摔了一跤，爬又爬不起来，索性坐在地上哇哇大哭，声震山谷。记者们在说笑着、打趣着，旁听的我心情凝重，在一点一滴地凝聚着对她们的敬意。这只是一次同行，看到的一个片段，了解到的一个侧影。二十多年了，我们周刊的记者期期如此，月月如此，年年如此，已成为司空见惯的常态。他们在为大家提供好报道、好文章的后面，有那么多鲜为人知的动人故事，言及至此，焉不动情？

我要向周刊的管理层致敬。他们依次是朱伟、李鸿谷、舒可文、苗炜、李菁、李伟、阎琦、吴琪。我2005年到三联书店后开始接触他们，2009年1月担任三联书店总经理并兼任周刊总编辑后更加了解他们，有的是近几年走上了管理岗位，李伟是新提拔的"老幺"，但也是周刊的"老资格"。前十年不说，这十年都是在他们"操盘"下运作，并逐渐走上周刊发展的顶峰的。作为主编，朱伟付出的心血最多，劳苦功高；李鸿谷进步最快，俨然已是后起之秀；其他人也都是兢兢业业，分兵把口，各司其职，襄之助之，共赴难关共创辉煌。三联生活周刊实行的是"主编负责制"，我们这一任领导班子真正把"主编负责制"落到了实处，给主编最大的权利、最大的信任。我作为总编辑只管原则，只管导向，只定社会效益和经济效益指标，其余一切由主编和他领导的管理层说了算。我所管的原则就是生活周刊的宗旨和文章必须有利于国家、有利于党、有利于社会、有利于人民。

天下没有绝对的自由，世上也没有无底线的事物。女人抹唇膏，要先画一个唇线，在唇线划定的范围内"涂抹唇色"，如果超出唇线范围，就要破坏脸部的大局；反之，范围之内尽可以摇曳多姿。我希望周刊继承韬奋先生关注大众、关注现实的现实主义办刊立场，多反映大众的喜怒哀乐和现实生活的风云变幻，少一些风花雪月和琴棋书画。我希望周刊继续自己讲道理、讲故事，且有深入分析独到见解的风格，有血有肉，不去图解政治口号，而是用情用理去推动世道人心的变化。我希望周刊把社会效益放在第一位，按我们周刊老前辈韬奋先生所要求的处理好事业性和商业性的关系，看重事业性，强调事业性，不断培基固本，在面向市场、争取市场效益的同时"不畏浮云遮望眼"，不做市场和金钱的奴隶。我希望周刊秉承三联书店"竭诚为读者服务"的宗旨，处理好党性、人民性和知识分子属性三者之间的关系，一切为了人民，一切为着大众，避免贵族化倾向。我希望周刊继承韬奋先生的办刊传统和近代以来的新闻进步传统，遵守办刊规律，尊重事实，敢讲真话，坚持风格和特色。所有这些认识，我都是在和周刊管理层的交流和互动中渗透并逐渐达成共识的。我很少去周刊，但我们有多种形式的交流。在和他们相处时，我们是朋友，不是"耳提面命"的领导，我只是把我们的思考说给他们，也不是什么"谆谆教导"。周刊的管理层很尊重我，很尊重领导班子，尽量按上述的希望去做，我们信任他们。信任也是一种压力，绝对的信任产生绝对的压力，朱伟没有辜负领导班子的信任，近五六年把周刊的事业做到最高值，获取了两个效益双丰收。周刊被评为新中国成立六十年最有影响力期刊，获中国出版政府奖优秀期刊奖等多项殊荣，期刊国内数字阅读影响力排名第一，提升了社会美誉度，经济上也成了三联书店的重要支柱。在这些年的发展中，周刊也有过误差，也受过挫折，但不经风雨见不到彩虹，这些都转化成了今后的财富。

我要向周刊的其他员工致敬。周刊就好比是一架机器，它的运作离不开每一个岗位、每一颗螺丝钉。就拿发行来说，我所熟悉的范于林老师，那样一个精瘦的人、那样一个年届花甲的人，肩上竟压着那么沉重的担子，负着那么大的责任，迸发着那么大的能量，不仅负责周刊的发行，还紧盯着《读书》的订数。我们的新媒体建设不甘落后，钦征已成为集团确定的新媒体建设人才。其他部门和人员我不一一列举，大家都圆满完成自己的任务，保持着周刊这架机器的高效运转，同时也在成长着、进步着，不少人加入了人才队伍，为我们周刊的后续发展积蓄着力量。兼任周刊总编辑那些年，周刊每年的年夜饭我都要参加，不管路途遥远，不管雪大路滑，都要赶过去。我喜欢听朱伟报年终数据，"稻花香里说丰年"；我喜欢看店里分管周刊的潘振平和一些人浮大白喝酒，那种"不醉不归"的劲头；我更喜欢透过房间的玻璃，看周刊的员工在深夜点燃礼花，让漆黑的夜空缤纷灿烂。离开三联书店领导岗位，不再兼任周刊总编，自然不会再赶去吃年夜饭，但"梦里依稀花千树"，遥祝周刊明天更灿烂。

（2014 年 10 月 19 日）

又一载高歌猛进硕果盈筐

"两岸猿声啼不住,轻舟已过万重山。"经过全店员工拼搏奋斗,2013年三联书店喜获大丰收,实现大发展大跨越。值此迎新春之际,我们满怀丰收的喜悦,向全店员工致以节日的问候,祝大家马年吉祥,万事胜意;祝我们三联乘势而上,再创辉煌。

2013年我们高歌猛进,硕果盈筐。一大批好书排闼而出,《邓小平时代》《重启改革议程》《王鼎钧作品系列》《王世襄集》《百年佛缘》《三联经典文库(第二辑)》《故国人民有所思》《陈寅恪的最后二十年(修订版)》《剑桥中国文学史》《凤凰咏》《红蕖留梦》《监狱琐记》等,堪称河面上"活蹦乱跳的鱼",吸引了读者眼球,年终盘点,获奖众多。在一连串畅销书的拉动下,全店图书销售码洋首次突破3亿元,较上年度的2.1亿元增长46%,《三联生活周刊》《读书》杂志依然在同类刊物中处于领先地位。2014年度邮发订户双双上升,昭示着读者对他们的喜爱。

2013年我店产品营销和经营工作取得突出成绩。发行10万册以上的畅销图书明显增多,创造出多个经典营销案例。年度营业收入达到2.7亿元,较上年度增长18%。利润总额6400万元,增长29%,是1995年的20倍,2008年的7倍多,经济实力显著增强。

2013年,三联书店品牌影响力明显提升。生活书店恢复设立,《新知》杂志创刊,品牌群扩容;和沪港三联深化合作,"打造大三联"迈出新步伐;社店战略合作更加紧密,品牌影响力向发行下游延伸;韬奋图书馆对外开放、捐建的云南彝良地震灾区云落希望小学建成开学、江西余江韬奋祖居落成使用等公益事业,增强了社会影响力。此外,群众路线教育实践活动、人才队伍建设等都有新成果、新突破,各项工作都跃上一个新台阶。

这些丰硕成果是在三联几代领导人所奠定的坚实基础上获得的,是三联同人用血汗浇灌出来的,是我们发展的基石和信心所在。

马蹄得得,战鼓咚咚。2014年,我们又开始了新的征程。

为了实现新的奋斗目标,我们启动了数字化、国际化、集团化新战略,在继续实施品牌战略、人才战略、企业文化战略的同时,充实和丰富我们的战略思路。所谓数字化,就是开辟数字化出版新领域,使之形成新的一翼,并与传统图书出版形成互动和呼应,这决定着我们的长度,关系到前途的远近。所谓国际化,就是加快走出去步伐,从版权输出转变向国际发展,把国内影响力向国际影响力转移,这决定着我们发展的广度,关系到品牌的轻重。所谓集团化,就是把各分社、各下属单位做实做优,力争个个成为独立经营和虚拟独立经营的实体,变扁平管理为立体化管理,这决定着我们的高度,关系到三联实力的高低。这三大战略同时也是我们工作着力的重点。

我们要勇于克服困难。超越自我、行业竞争、环境变化，我们面临诸多困难。"从今以后更艰难，努力从头再试"，歌词中这样说："艰难困苦，玉汝于成"，古书上这么讲。唯有困难才能成就我们。所谓成功，就是克服一个又一个困难的过程，我们是这么一步一步走过来的，也将这样一步一步走下去。我们有信心、决心和勇气，未来的胜利属于我们，属于我们光荣的三联人。

我们要有良好的精神状态。这几年持续发展，发展步伐加快，有些同志反映有一些"职业疲劳"，有一种疲倦感，这就如同"审美疲劳"，再美的东西过眼太多，也会有些乏味，出现不经意的疲惫、散漫和迷茫。这需要我们适时进行调整，有目的地建树良好的心理状态。我们要深刻认识自己工作的幸运和价值，"累，并快乐着"，我们从事着散发书香和推动社会进步的事业。我们只会出书出刊，只会这样一本又一本的劳作，我们不想换我们的职业，但我们能调整我们的心态。就如同我们改变不了环境，但我们可以改变对待环境的态度。我们每天都要吃饭，一次又一次的重复，没人说我吃饭疲劳，我不吃了，换换花样，依然吃得津津有味。自我职业选择，明确的价值取向，坚定的长远目标，是始终保持昂扬向上状态的精神源泉。

又是一年春光好，芳草萋萋绿马蹄。让我们扬鞭策马，去创造新的奇迹。

（2014年1月1日）

离别三联感言

店内各位同人：

刚才集团公司人力资源部周伟主任宣布了集团公司调整三联书店领导班子的决定，以及一些同志任免职的决定。我由于工作需要，将调离现岗位到中国出版传媒股份有限公司任职。屈指算来，我到三联书店工作已经九年多了，从2009年1月任总经理、党委书记，也有五年半时间了。这些年来，我们共同奋斗，三联书店的面貌确实发生了很大变化。咱们努力多出书、出好书，推出的《邓小平时代》《王世襄集》《重启改革议程》《目送》《巨流河》《百年佛缘》《三联经典文库》等一批好书受到读者欢迎，图书发货码洋由1个亿跃升到3个亿，全国图书零售市场码洋占有率由0.24%提升到0.41%，排位第70名，动销品种由808种上升到1944种，排位第95名。而以前我们两项指标都排在百名开外。咱们的《三联生活周刊》《读书》杂志都得到了很好发展：《三联生活周刊》具有重要影响力，数字阅读影响力等五项指标在全国同类期刊中排名第一；《读书》杂志承继传统,稳定发展,订户逆势上涨。咱们的三联韬奋24小时书店受到了李克强总理的肯定和读者的欢迎，在推进全民阅读方面起到了良好示范作用,运营三个月,两个效益双丰收。咱们通过举办八十年店庆活动,成立三联韬奋图书馆,恢复设立生活书店,京沪港三联携手打造"大三联",和重要省市新华书店建立合作关系,从事形式多样的社会公益活动,放大了三联的品牌效益,提高了在社会公众中的知名度。咱们注重经营工作,狠抓书刊营销,真正实现了书刊并举,取得了很好的经营业绩。2013年营业收入达到2.7亿元,利润达到6400万元,经营水平连年被集团评为A级,走在集团前列,经济实力显著增强。在企业提高效益的同时,员工收入大幅提高,2013年周刊员工人均收入19.4万元，店本部员工人均收入14.6万元,在集团中处于上游水平,员工的生活幸福和尊严有了经济保障。咱们的人才队伍也得到了成长壮大，一些同志充实到了店领导班子和中层骨干队伍之中。咱们店还获得中央直属机关文明单位、全国百佳图书出版单位、中国出版政府奖、全国新闻出版系统先进集体等荣誉。所有这一切,都是在集团总裁班子、集团党组指导下,全店员工、全体中层干部、店领导班子成员共同努力的结果,是大家心血的凝聚。我在主持三联工作的这段时间里,得到大家的关心、厚爱和支持,值此机会我向大家表示由衷的谢意!

　　人非草木,孰能无情,在这九年里,我和大家结下了深厚的情谊。也许是巧合,如鲁迅先生所言,我们三联书店门前也有两棵树,都是古树,一棵是枣树,另一棵还是枣树。"独树不成景",正是有了两棵树的相互守望，才成为一道靓丽的风景。我虽然离开了三联，但依然会守望三联、守望三联同人，像一棵枣树对另一棵枣树的守望和依恋。我衷心祝愿三联书店在新班子带领下去创造新的辉煌。最后我用一首诗《离别三联感赋》，来结束我的发言。

> 毕竟九载共暑寒，
> 说不挂牵也挂牵。
> 门前古树记甘苦，
> 楼内灯火照无眠。
> 脚下已将路铺就，
> 头上仍有峰可攀。
> 百千感怀汇一语，
> 好书岁岁报丰年。

（2014年7月11日）

＼ 第二辑 志在好书 ＼

出版人的使命就是多出好书

近日我参加了业内一个研讨会,研讨的题目是"中国出版业发展与出版人的文化使命"。什么是出版人的文化使命?简而言之,就是出好书。对出版人来说,出好书比什么都重要。我从以下三个方面阐述这一观点。

一是深刻认识出版的本质,坚守职业精神。

出版的本质是什么?我们为什么而来?我们是干什么的?在出版人面临各种市场诱惑的今天,这一系列朴素的问题需要我们扪心自问。出版物是一代又一代人知识、经验的汇聚和继承,出版的本质在我看来,就是"授知""续脉""弘道"。所谓"授知",就是传授世界文明所积淀的知识经验;所谓"续脉",就是接续中华民族几千年来的文脉渊源;所谓"弘道",就是宣扬传播真理,推动社会进步。由此可见,我们出版人肩负着文化传承、续脉弘道的重任,我们为这种使命而生、而活、而来。从出版的根本目的说来,我们不是为了赚钱,不是为了淘金,也不是为了个人私利。在这方面,韬奋先生为我们树立了榜样,他发自内心地热爱出版事业,有忠于职守、拼搏不息、奉献不止的职业道德精神,他不是为出版而出版,而是通过出版传播真理正义、力谋改造社会、推动时代进步。作为一名真正的出版人,今天面对困惑时要心无旁骛、笃定执着,坚守自己应有的职业操守。

二是"竭诚为读者服务",为读者提供健康优质的精神食粮。

韬奋先生力倡"服务精神",要求将其贯穿于出版活动的全过程,"一点不肯马虎,一点不肯延搁,一点也不怕麻烦""竭尽心力""诚心恳意"。我认为,"服务精神"不仅是生存之道,而且是微言大义,昭示了出版业存在的价值和意义。我们今天"竭诚为读者服务",就是要摆正位置,端正心态,努力为读者提供更多更好的优质产品,杜绝劣质品和残次品,最大限度满足读者的现实和潜在需要。为做到这一点,三联书店始终在产品质量上下功夫,我们只出版有价值的书,不出版跟风炒作的书,不出版"注水"书,我们不敢说做出来的书本本是精品,但是我们一直恪守"一流新锐"的质量标准。2013 年以来,三联书店连续推出《邓小平时代》《中国经济改革二十讲》《陈寅恪的最后二十年(修订版)》《中学图书馆文库(第一辑)》等一系列精品出版物,无一不是按照以打造传世精品的出版理念编辑出版的,因而受到了读者的广泛好评。

三是正确处理事业性与商业性关系,摆正"义"与"利"的位置。

韬奋先生提出的正确处理事业性与商业性的命题,是我国出版界两个效益关系的最初论述,一直延续到我们今天的出版实践中并需要持续不断地予以回答。他强调出版的"文化本位",提出以文化为目的。他认为"所谓的进步的文化事业是要能够适应进步时代的需要，是要推动国家民族走上进步的大道"，"具体的事业体现在努力于引人向上的食粮"，"要充分顾到我们的事业性，有时不惜牺牲，受到种种磨难也毫不怨尤"。同时为了生存和发展，必须顾及商业性，做到两方面相辅相成。

重温韬奋先生的教诲很有现实意义，在一切市场化的今天，我们有必要特别强调事业性和"文化本位"，始终坚持正确的出版导向，以社会效益为最高准则，努力实现社会效益与经济效益的统一。关于经营工作，韬奋先生也非常重视，为了生存和发展，必须重视商业性、重视经营，如果经营搞不好，连生存都困难，事业性也就不存在了，因此，商业性和经营工作必须引起高度重视。但是在韬奋先生的论述中，商业性即经营工作始终是第二位的，是从属于事业性的，两者有主次之分、从属之分。我们是文化企业，首先要看它的事业性，即对文化传承和社会进步的贡献，出版了多少好书，贡献了多少精品，而不是首先看其如何会经营。三联书店近几年狠抓生产经营，保持经济指标连年稳定增长，取得了突出成果，去年营业收入达到2.25亿元，利润突破4500万元。但是营业收入和利润的增长不是我们追求的终极目标，它只是我们出版好书的必要条件。我们的最终追求是多出好书、好刊，匡扶世道人心，促进社会进步。不仅三联书店如此，所有出版单位都应该摆正"义"与"利"的位置，"义"在前，"利"在后，回归出版本位，出好书，多出书，为实现伟大民族复兴的"中国梦"贡献力量。

（刊载于《中国新闻出版报》2013年8月22日）

为读者提供更多的优质精神食粮

——在第八届国家图书馆文津图书奖颁奖典礼上的发言

今天是第18个"世界读书日",是出版人、图书馆人和读书人共同的节日,在这个日子举行第八届国家图书馆文津图书奖颁奖典礼,具有特殊意义。刚才我走在路上,看到的是灰蒙蒙的天空,由此我想到两句话:"环境不治理,天空是灰暗的;人要不读书,心灵是灰暗的。"因此,我想主办者的用心,就是要用这种形式来倡导读书活动,让人的心灵纯净,让社会进步。在此,我谨代表三联书店和获奖的出版单位,对颁奖典礼的举行表示热烈祝贺,对主办方和各位专家评委表示衷心感谢,对广大作者和读者对出版社的支持表示诚挚谢意!

国家图书馆文津图书奖作为国内第一个由图书馆举办的图书奖项,是国内最具文化影响力和人文情怀的公益性图书评奖活动。自开设以来,文津图书奖坚持做文化的使者、学术之津梁,把学术文化与读者需求结合起来,把社会现实和文化理想结合起来,在作者、读者、编者之间建立了良好纽带,为推动全民阅读、建设书香社会做出了重要贡献,在我们出版者的心里有着重要地位,出版社以获得文津图书奖为荣耀,出版人以获得文津图书奖作为自己的追求。

三联书店创建八十年来,一直坚持与时代同行的革新精神,坚持"一流、新锐"的质量标准,坚持"人文精神、思想智慧"的出版理念,致力于品牌出版、精品出版。我们的出版物得到了广大读者的好评,得到了历届文津奖评委的关注,自2004年文津图书奖设立以来,除第四届外,生活·读书·新知三联书店每届评奖都榜上有名,至今先后共有9本图书获奖,有21本图书获得推荐,是获得文津图书奖最多的一家出版社。第八届文津奖我店获得一个正式奖,四种图书获得推荐,获正式奖的《中国经济改革二十讲》,为吴敬琏先生和马国川先生合著。这本书是三联书店组织出版的重点图书,全面反映了对中国改革的最新思考,直面当下中国的社会经济问题,回顾了中国经济改革的艰难历程,剖析了当前中国问题的深刻原因,回答了"中国向何处去"的问题,该书因此受到了专家评委的厚爱。获得文津奖是作者的光荣,也是出版社的光荣,这说明我们的劳动成果受到了肯定。出版社和图书馆在传承文化、提高公民素质等方面有高度的一致性,有着共同的目标,我们获奖出版社把获得文津奖视为一种激励和鞭策,将更加致力于精品出版,为传承文化和建设书香社会做出新的贡献。

(2013年4月23日)

有感《迈入出版家行列》

中国版协领导让我以韬奋出版奖获奖者代表的身份做一个发言，我既感到高兴，又深感忐忑不安。高兴的是辛苦从事出版工作27年，自身的价值得到社会肯定，按老署长柳斌杰同志的话说："迈入了出版家的行列"。忐忑不安的是，出版行业能人辈出，人才济济，我不过有幸获得殊荣，比我强的人有的是，他们才是真正的佼佼者。"十步之内必有芳草"，我看了《迈入出版家行列》收入的其他同榜获奖者的材料，他们的精神和事迹让我产生"自叹弗如"之感。

我从1986年主编杂志开始进入出版行列，1991年到吉林人民出版社当编辑室主任，先后任时代文艺出版社代理社长、吉林人民出版社总编辑、吉林省新闻出版局副局长，2005年调入三联书店，2009年1月任总经理。五年来和三联员工一起拼搏，出了一批好书、好刊，营业收入翻了一番，达到2.5亿元，利润增加6倍，达到5000万元，三联书店品牌影响力和经济实力得到提升和增强。这些成绩是在历任领导人持续开拓的基础上，通过全店员工共同努力取得的，而且离组织的要求、读者的期盼和社会的需要还有很大差距，组织上给予我个人这么高的荣誉,我愧对的同时只有更加努力,用新的贡献来回报组织和社会的厚爱。

一是带头走在改革前列,为建设文化强国做出新贡献。

党的十八届三中全会全面勾画了改革蓝图,吹响了深化改革的"集结号",明确提出建设文化强国的目标。下一步我会把重点放在体制机制创新上,进一步解放出版生产力。要把着力点放在数字化和国际化方面,在继续做好传统出版的同时,打造新媒体出版平台,推出有三联特色的数字化产品。增强国际化视野和国际化运作,对外合作部工作重点向国际化转移,和国外出版社建立更多合作项目,让更多的产品走出国门。利用京沪港台三联书店合作的优势,扩大三联品牌在海外的影响力。"国内著名、国外知名"是三联书店发展战略目标,围绕这一战略目标的实现为文化强国建设出力。

二是带头弘扬韬奋精神,为读者多提供优质精神产品。

韬奋先生和三联书店有直接渊源关系,"生活书店"的复店,有利于韬奋精神的光大和韬奋事业的传承。作为三联书店的主要负责人,我要带头学习弘扬韬奋先生献身真理、与时俱进,与时代同步、与人民同呼吸共命运的精神,时刻把读者的利益放在首位;学习韬奋先生"竭诚为读者服务"的服务精神,为广大读者提供优质精神食粮;学习韬奋先生事业性和商业性的精辟论述,把社会效益放在首位,努力出好书、出好刊,实现经济效益和社会效益的统一。和三联同人一道弘扬传承韬奋精神,继往开来,把韬奋先生开创的事业推向前进。

三是带头遵纪守法、爱岗敬业,体现良好的职业精神和职业道德。

坚持正确出版导向,不为名利所扰,不为金钱所惑,出清白书,赚良心钱。为出版事业竭尽心力,咬定青山不放松,春蚕到死丝方尽。我认识一个老出版人,他摔了一跤趴在地上,迟迟不起来,别人拉他,他说:别动。原来地上散落一张校样,上面发现有一个错别字,他趴在地上把这个错字改了过来,然后才爬起来。搞出版就要有这种痴迷精神!我虽然做事比较认真,有事业心,但与一些老出版人相比,还有很大差距,我决心更加严格要求自己,在一天岗,敬一天业,以多出好书的实际行动,真正对得起"韬奋出版奖获得者"这个荣誉称号。在把三联事业推向前进的同时,也进一步实现个人人生价值。

再一次感谢关心帮助我的各位领导和同人,我会更加努力前行。

（2013年11月26日）

愿为营造书香社会贡献力量

再过9天，我们就将迎来世界读书日。在今年世界读书日到来前夕，生活·读书·新知三联书店出版《读ING》一书，作为献给世界读书日和读书人的礼物。今天座谈会的主题是"迎接世界读书日，营造书香社会"，目的是对倡导全民阅读、营造书香社会起一点促进作用。温家宝同志说过："一个不读书的人、不读书的民族，是没有希望的。"他曾经提出，如果我们这个国家在城市、在地铁上能够看到青年人都拿着一本书，我就感到风气为之一振。

王成法同志在多次出国旅行途中，深为国外一些读者读书的美丽风景所吸引，他拍摄了大量读书的照片，经过精心挑选，以图文并茂的形式反映出来。它所表现出来的是一种休闲、一种快乐、一种享受、一种纯自然的生活方式，我们读到是美感、是文明、是社会向上的状态。三联书店欣然接受并积极推出《读ING》，就是倡导快乐阅读、幸福阅读的理念，让更多人从读书的风景中受到启发，愉悦地投入到阅读中去，形成全民阅读的氛围。

生活·读书·新知三联书店是一家具有悠久历史和光荣传统的

出版社，1932年7月创立以来，组织出版了大量进步书籍和杂志，宣传先进思想理论，传播科学文化知识，引导许许多多青年走上了革命道路，为民族解放和人民民主运动做出了重要贡献。新中国成立以后，特别是进入改革开放新时期以来，三联书店同人牢记"竭诚为读者服务"的店训，恪守"人文精神、思想智慧"的理念，坚持"一流、新锐"的出版标准，出版各种图书四千余种，还创办了《读书》《三联生活周刊》等著名品牌期刊，成为思想文化读物和学术出版的重镇，被新闻出版总署授予"百佳图书出版单位"。

倡导读书，推进阅读，是三联书店的优良传统，也是三联人的责任。从生活书店、读书出版社、新知书店以前的店标上可以看出，三联人从来就以倡导读书为己任，路灯下读书，用知识的亮光照亮世界，为人生铺平前进道路，反映了三联老一代人的追求。改革开放新时期创办的《读书》杂志，在"文革"后开阅读风气之先，引领读书潮流，更以"读书无禁区"的呼喊，迎来了阅读的春天。作为出版人，我们对读书活动的最大助推就是多出版满足人们需要的出版物，为读者提供更多的优质精神食粮。我们决心加大改革力度，不断壮大自身实力，在坚持"不官不商有书香"的办店特色的同时，为营造浓郁的书香社会不懈努力。在今年世界读书日和成都书市之前，我店还推出了蔡志忠漫画新作系列，《谁造就了赵小兰》《鲁迅箴言》《征帆》、陈寅恪女儿写父亲的回忆录《也同欢乐也同愁》等一批新书，以满足各类读者的阅读需要。

（2010年4月14日）

出版人应成为阅读的引领者

在第16个世界读书日到来前夕,中国书刊发行业协会、生活·读书·新知三联书店、北京鲁迅博物馆共同举办"读书风景摄影展"。三联书店参加举办此次活动,是尽一份倡导读书的责任,也因为三联书店有一贯倡导读书的传统。生活·读书·新知三联书店,不仅店名中含有"读书"两字,更是由于八十年来出版了大批好书,给人们阅读提供了许多文本方面的便利。新中国成立前,不少人因为阅读三联出版的进步书籍而走上了革命道路。改革开放初期创办的《读书》杂志,倡导"读书无禁区",推动了全国范围内读书活动的开展。"竭诚为读者服务"的店训,更是揭示了三联书店存在的价值所在。

我想,出版社、出版人和读者存着血脉相连的关系,每一个出版人都有倡导阅读的责任,应当成为读书的引领者。所谓引领就是为读者读书多提供好书,使他们有好书可读。再就是出版人要带头读书,养成读书的良好习惯。还要积极组织和参加各种倡导读书的活动,使更多人认识读书的好处,积极参加到读书活动中来。三联书店积极协办这次"读书风景"摄影展，就是出于这一目的。此时此刻，我想起了一个热爱读书并对读书有深刻见解的人。这就是苏联伟大文豪高尔基。高尔基认为读书是一切生命的意义之源泉。他说："我愈读得多，书本便愈使我跟世界亲近，生活对于我愈变成光明，有意义。""每一本书都是一个小的梯子，我向这上面爬着，从兽类走到人类，走到更好的生活的理想境地，到那种生活的憧憬的路上来了。"由于他对书籍这样地热爱，因此他向每一个人劝说："请爱好书本吧，它将使你的生活容易化，它将友爱地帮助你了解感情、思想、事变的各方面和复杂的混合，它将教你尊崇人和你自己，它将带着对于世界和人类的爱的感情……予智慧和心灵以羽翼。"

让我们牢记高尔基的这些忠告，热爱读书，刻苦勤奋读书，到书的海洋中去遨游吧。

（2011年4月20日）

书香咖啡香　共度好时光

——在雕刻时光店和三联书店员工联谊会上的发言

　　雕刻时光赵总让我代表三联书店员工发个言,我备感荣幸。今天,两店员工欢聚一堂,联欢联谊,这是春天里的盛会,这是一段美好的时光,站在这里,我有一种幸福感,被欢乐气氛和浓浓的咖啡情调包围着。

　　首先,我代表三联书店全体员工对雕刻时光三联店试运营成功表示祝贺,对赵总和员工邀请我们来店做客联谊表示衷心的感谢。为了接待我们,店方进行了认真准备,并闭店谢客,全身心地投入这次活动,让我们很受感动,我们将享用快乐,享受美味,牢记着这一份情意。

　　天下之大,芸芸众生,七行八作,而三联能和雕刻时光合作,这是一种缘分,也是一段美好的姻缘。在我心目中,图书和咖啡、读书和喝咖啡有一种天然的契合。过去,在这里,我们三联曾有一个小小的咖啡厅,吸引了许许多多的读书人。去年春天,我去南京凤凰书城考察,非常漂亮的书城,店中一个非常优雅的咖啡店,两店交融,契合得天衣无缝,联成一家,当时我深受感染,当即下决心回北京后要找一家"咖啡伴侣"。为此我们联系了许多家，也刊登了广告，前来应招的有办茶馆的、有开茶餐厅的、有想办饭店的，都被我们一一婉言谢绝了，因为这些和三联的文化底蕴不相衬合。直到雕刻时光出现的时候，我们眼睛一亮，心想：就是她了，大有"梦里寻她千百度"之感。一拍即合，我们建立了合作关系。

这种关系首先是物与物的契合。书是人类精神的营养品，富含智慧和理念，而咖啡本身既是物质的，又是精神的，她的历史、作用及产生方式都是智慧的结晶，书和咖啡配伍相得益彰。其次是读书和喝咖啡这种行为方式的契合，一卷在手，明月清风，物我两忘；一杯在手，神清气爽，情思悠远。再就是书店和咖啡店两种经营方式的契合，书店旁开肉店，俗；开超市，乱；开茶馆，档次有点低；开咖啡店，妙极！犹如红袖添香，再恰当不过。再就是经营者的契合，三联书店和雕刻时光均是品牌店，均有高远的文化理念，均有服务社会的宗旨。这种种因素，都使我们成了很好的合作伙伴，成了不二选择。我们珍惜这个合作，珍惜这段缘分，并愿意发展好这一合作。

最后，我代表三联书店献上三联自己出版的图书，献上一份浓浓的书香！

祝大家开心快乐地度过今天，度过今后的每一天。

（2011年3月16日）

图书出版与图书馆资源建设

　　图书馆是社会文明进步的标志，是公共文化服务的重要基础设施，是各级政府保障人民群众基本文化权益的重要实现途径。河南省图书馆与国家图书馆一样岁同肩比，在我国图书馆事业中居于重要位置。今天喜庆百岁生日，我们首先致以衷心的祝贺！

　　河南省图书馆百年庆典资源建设论坛给我的演讲题目是"图书出版与图书馆资源建设"。因为我长期在出版单位工作，对此有点小小的体会。"图书"这两个字，其起源就在我们河南，是由"河图洛书"演化而来的。黄河、洛河在河南境内交汇处勾连交错，图像显明，古人把这种现象称之为"河图洛书"，据说这也是阴阳八卦的由来。图书出版与图书馆藏本是同根生，都是为人们传承文化交流思想服务的，都是一种具体的精神文化活动，可谓是同一个工种的不同工序，有天然的一致性。因此，图书出版与图书馆资源建设是互相依存和互相促进的关系。形象地说，好比河流与水库的关系，前者是河流，后者是水库。河流兴旺则水库壮阔，库容大则可泄流发电，产生更大的效益，同时也为河流提供补给和新的水源。一家家出版社就像一条条溪流，一间间图书馆就像一座座水库，就这样流淌集聚、循环往复、依存壮大，为人类进步社会发展做出自己的贡献。

我们出版社源源不断地为图书馆提供藏品，丰富馆藏，增加它的资源。另一方面，图书馆又利用自己久存博采的优势，为出版社提供丰富的出版资源，催生一部部新的出版物。大象出版社最近推出的《民国史料丛刊》就是充分利用馆藏资源的一个典型例证。该丛刊从约计10万余种民国版中文图书中分类精选2194种影印出版，计1127册。其文本史料全部来源于图书馆，其"稀见史料"更是以全国各大图书馆馆藏民国珍藏文献为依托，因此，其资料的完备性，内容的丰富性、代表性和权威性方面，是其他同类出版物所无法比拟的。此外像近些年一些大型出版工程，如《中华文库》《中华大典》《四库全书荟要》《儒藏》等，都是利用馆藏资料才得以完成的。

说到此，作为一名出版工作者，我对图书馆和图书馆工作者的敬意油然而生。你们不仅为我们的图书出版提供相当丰富的资料，而且将我们的产品精选采购收藏，供读者阅读，使文脉传承，让精神弘扬。我们取得的成绩靠你们的支持，我们的业绩有你们的奉献，我们的风光有你们的荣耀。请允许我代表出版工作者，代表我所供职的生活·读书·新知三联书店，向在座的图书馆专家和工作者表示诚挚的谢意！三联书店的前身是生活书店、读书出版社和新知书店，分别由邹韬奋、李公朴、钱俊瑞等人于20世纪30年代在上海创办，出版进步书籍和杂志，宣传先进思想理论，传播科学文化知识，推进民族解放和人民民主运动，成为中国现代进步出版事业的楷模。1948年,生活书店、读书出版社、新知书店在香港合并成立生活·读书·新知三联书店。1949年迁至北京,1951年并入人民出版社。1986年三联书店恢复独立建制,成为一家以出版人文科学和社会科学图书为主的综合性出版社,出版物涉及哲学、历史、文学、艺术、经济、政治、法律和社会生活等领域,被誉为我国学术出版重镇与知识分子的精神家园。先后出版了《傅雷家书》《随想录》《情爱论》《第三次浪潮》等重点图书,在学界和读者中产生重大影响。三联书店始终坚持"人文精神、思想智慧"的出版理念,坚持"一流"和新锐的出版标准,坚持产品的高格调、高品位,其前沿性、丰富性、久远性均适合各图书馆收藏利用。如精选重要学者专著成集的《钱锺书集》(2008年再版)、《陈寅恪集》(2009年9月重印)、《吴宓日记》、黄仁宇、王世襄、钱穆作品系列;如新增添的冯友兰、余英时、曹聚仁、徐铸成、李泽厚等人的作品系列;如以中青年学者的原创学术著作为核心的《三联·哈佛燕京学术丛书》和以生动的叙述形式介绍近年自然科学和人文社会科学方面新的成果的《新知文库》;如进一步加强西方学术思想诠释和辨析的"西学源流"系列和《基督教经典译丛》;如超越商业理念、被全球旅行者誉为"圣经"的《孤独星球旅行指南系列》。我店还专门量身定做,为中学图书馆出版了《中学图书馆文库》,第一辑16本一万套已经售完,第二辑10本一万套即将投放市场。该文库精选力作,不仅适合中学图书馆也适合所有图书馆收藏。我店庆祝中华人民共和国成立60周年的献礼图书有《亲历者记忆:协商建国》《历史转折(1977—1978)》《共和国部长访谈录》《读毛泽东札记》《六十年六十部——共和国文学档案》《六十个瞬间》等图书。被列为国家机关读书活动重点书目的有《中国文化导读》《毛泽东的读书生活》等。今年以来，我店加大改革力度，积极调整选题结构，使三联图书更加贴近市场和广大读者，成立了学术、文化、大众、旅行四个出版中心，推出了《七十年代》《镜中爹》《1944：松山战役》《目送》《老子十八讲》等新的受读者青睐的畅销书。三联书店是我国出版业的老字号，最近被评为全国百佳图书出版单位。我们的每一点进步都和图书馆界的抬爱、关心分不开。我们将一如既往地多出好书，为丰富馆藏做出我们的贡献，同时广为利用图书馆丰厚的资源，打造更多的精品力作，不辜负包括图书馆界在内的社会各界的厚望。

"执子之手，与子相悦。"最后，我愿用这表达爱情的诗句，形容出版社和图书馆的密切关系。书让我们血脉相连，书让我们结缘生情。让我们携起手来，共同为营建书香社会而努力。

（2009年9月16日）

选题是一个出版社的生命线

选题是出版工作的重中之重,选题是一个出版社的生命线。选题是整个经营工作的基础。下面我围绕三联书店选题的基本思路谈一些看法。这个思路我用8句话32个字概括,这就是:发扬品牌,保持特色;调整结构,勇于创新;稳定规模,提高质量;面向市场,提升效益。

发扬品牌,保持特色

发扬品牌、保持特色,是我们策划选题最为重要的指导思想。三联品牌在业界内外,在海内外有很高的知名度。这是三联几代人心血的结晶,是我们的核心竞争力,是我们在竞争中取胜的法宝。高举三联品牌不是空喊口号,不是权宜之计,而是实实在在的战略选择。我们树立品牌战略,就是要热爱品牌、维护品牌、发扬品牌、发展品牌,依托品牌发展。店里实行品牌发展战略,是长远的、永不动摇的战略。

　　品牌和特色紧密相连,在品牌长期积淀的过程中,三联书店形成了自己的特色。这种特色体现在独特的优良传统中,包括:为革命出版事业艰苦奋斗、百折不回;与时代和人民同行,为社会现实服务;坚守文化理想和文化使命,以文化为本位;出版精品,追求一流;竭诚为读者服务;尊重、团结作者,与作者精诚合作;创新求变,开拓进取;坚持商业性与事业性的统一;发扬民主精神,实行民主管理,等等。这些是三联书店无比宝贵的精神财富,也是未来发展的精神动力。

　　这种特色体现在多年来形成的独特风格中,如注重与文化界知识界学术界的血肉联系,注重文化积累和文化贡献,不官不商有书香,被誉为知识分子的精神家园。如注重独立思考,不随波逐流、人云亦云,高张个性,注重突出和坚守特色。

　　这种特色体现在我们的产品中,"思想智慧、人文精神"是最为集中的概括。三联图书注重思想性,重在给人以启迪。不管什么书,都追求新锐一流,这是我们的风格。经过多年发展,我店成为学术出版的重镇,思想学术、学术文化,已成为我们产品的重要特色。因此在我们的产品线中居于首要地位。

　　发扬品牌,保持特色,就是无论什么时间、什么场合,我店"竭诚为读者服务"的办店宗旨不能变,"人文精神、思想智慧"的出版理念不能变,"新锐、一流"的质量标准不能变,注重文化积累、文化贡献的传统不能变,"不官不商有书香"的格调不能变。

　　发扬品牌、保持特色,就是决不降低文化品位。三联书店决不降低文化品位迎合读者。坚持文化品位,包括三方面,一是选题的原创,二是质量的上乘,三是内容的健康。

发扬品牌、保持特色与面向市场并不矛盾,品牌只有在市场中才能擦得更亮,特色只有在市场竞争中才能卓尔不群。

发扬品牌、保持特色与追求经济效益也不矛盾,既有社会效益,又有经济效益,显示品牌的生命力和特色的感染力。一本书鲜为人知,就没有经济效益,当然也没有社会效益。品牌的影响力也就无从谈起。

发扬品牌、保持特色与出版浅文化的大众读物也不矛盾,只要出的大众读物有文化意趣,在同类中居于一流,能在读者中畅销,就是扩大了品牌的影响力。

鉴于以上认识,我们在确定选题时,要特别重视体现三联品牌、传统、特色的选题,注重思想的丰富性、新颖性,学术的严谨性、科学性,把厚重的有内涵的产品奉献给读者,把有文化意趣能带来健康快乐的图书奉献给读者。

调整结构,勇于创新

调整结构是我们正在下力气做的一件事,也是明年选题工作的重点。因为几年来在增长规模的同时,我们的结构没有及时得到调整和优化,造成库存的大量增加和利润的连续下降。事实告诉我们,减少库存的根本出路在调整选题结构,提高效益的根本出路也在调整选题结构,成立几个出版中心,首要的就是明晰产品线,调整选题结构。因为我们的读者不能集中在一少部分人身上,更不能集中在一少部分精英身上。三联书店是知识分子的精神家园,但它应是广大知识分子的精神家园,而不是少数精英分子的精神家园。所谓调整,就是多出一些面向大众、有市场效益的图书,如文化普及、学术普及、理论普及类读物。在学术、文化两块之外,我们新增加了大众、旅行两个版块,形成新的产品线,同时制定下发了《关于加强三联书店大众文化读物出版的决定》,提出实行大众文化读物全责制,就是基于调整选题结构的考虑。只有选题结构得到调整,目前的库存大、销售难的状况才能从根本上转变。

调整结构,对编辑来说,就是要勇于创新。这意味走出了一个熟悉的领域,走进了一个不熟悉的领域,这对自己的认识、视野都是一个挑战,需要创新的勇气。敢于创新,才能走进新的领域,才能找到新的选题,才能更好地面向市场、适应市场。这都要求我们发扬三联不断创新、与时俱进的优良传统。店里要支持编辑创新,在符合三联书店总的选题格局下,敢闯、敢冒,敢提新的选题。至于这个选题的创造性如何,那要让市场来检验、让读者来品评。而求新在很大程度上是适应读者的需要,读者总是喜新厌旧的,为此,我们要追求"标新立异二月花",不要老是"似曾相识燕归来"。对新人、新视野、新选题要多扶持、少打击、少嘲讽。允许探索,允许失败,做得不好,改过来就是了。在选题的确立上,希望从舆论到审批都创造一个宽松的局面。只有这样,我们的调整才会到位,才能取得成效。

稳定规模，提高质量

近几年我们的出版规模大体稳定在每年新书200种、重印书200种的格局上。特别是新书，从过去每年的120种、140种陆续上升到200种，适当扩大规模是必要的，但是目前的规模已经基本和我们的出版生产力大体适应，维持在这个规模上是明智的。因为一是我们的编辑人数较少，品种太多让编辑疲于奔命，腰酸背疼，颈椎受损，影响身心健康。二是实践证明，我们这几年品种增加了，效益却下来了，库存量大幅度增加，2006年到2008年这三年是库存增加最快的三年，占全部库存的51.26%。三是最重要的，我认为像三联这样的特色出版社还是要走做专做强的道路，靠特色取胜，而不是走做大做强的道路。

从以往的经验看，三联的书是靠品质、靠影响力取胜的，而不是靠品种数量取胜的。提出稳定规模，一方面，给编辑吃了定心丸，再也不用那样疲于奔命；另一方面，给编辑带来了压力，就是选题要"少而精"，要在提高质量上下功夫，在单品种效益上下功夫。提高质量也是针对我们选题状况提出来的要求。我个人看法，近年来我店选题质量有些下滑，为了追求品种增加，多少放松了"新锐、一流"的要求，把关不严，出了一些"不痛不痒"、可出可不出、处在两可之间的图书。一些学术书并不在一流的水准上，还有一些是"炒剩饭"、拼拼盘,不具新意,难以吸引读者眼球。这几年,我们学术书的品种增多了,但总体质量却下降了,一些读者有这样的反映。广西师大、北大、南大等社后来居上,大有想和我们并驾齐驱之势。这种状况,绝不是品种数量的较量,而是质量的较量。

而要提高质量,就要拥有一流的作者队伍,了解你熟悉作者的研究状况,同他们建立密切联系,及时把他们的学术成果拿到手;就要在原创上下功夫,多提供原创类选题;就要关注国外的出版动态,把最新的出版成果、研究成果介绍到国内。还要重视"走出去"的工作,从确定选题开始就打造能走出去的产品。

店里将加大对选题的把关力度,从现在起,就要"宁可少一些,也要好一些",谨慎批准,小心投入。

面向市场,提升效益

在当今的社会条件下,我们只能面向市场,而无别的选择。解放思想,转变观念,首先要树立的就是面向市场的观念。只有在观念上脱胎换骨,才有获胜的可能,否则只能每况愈下,连生存都难以为继。转变观念的核心是要牢牢地树立起市场竞争意识,要充分认识到我们现在所处的环境是市场化的环境,运行的模式是现代企业的模式,面对的市场是竞争日益激烈的出版市场。转制后的出版社其性质是企业,这就要完全按企业的运行规律办事,完全融入市场竞争的大潮中,学会走市场,学会市场营销,学会企业的管理理念和模式。这对出版社来说是一种思想的解放、一次经营方式的根本改变。市场是出版者一切活动的中心。对我们编辑来说,我们确定选题时就不能以书店、以个人为中心,而是要以读者、以市场为中心。在坚持宗旨、原则的前提下,市场的认可、读者的认可才是最大的认可,我们个人的情趣是微不足道的。你再有文化理想,不通过市场也是实现不了的。市场是无情的,但并不可怕。我们要昂首挺胸,勇敢面对,不疏离、不惧怕,大无畏地投入到市场中去拼搏。激烈的市场竞争能够激发我们的聪明才智,最大限度地发挥潜能。现在传统出版的空间越来越小,竞争越来越激烈,我们受各方面的挤压不小,做出版真的很辛苦、很累。"累,并快乐着",我们只能这样自我安慰,因为这是我们的职业选择。危机是激烈竞争带来的,但既然选择了这个职业,就选择了竞争。有的同志以为在三联就可以不去参加激烈市场竞争,有的新入职员工以为到三联就进了避风港湾,这些想法都是不现实的。面对危机寻找生机,从来都是有志者的选择。听说有的同志对改革感到恐慌,对利润指标感到恐慌,说到底是对市场的恐慌,是面对市场不自信的情绪流露。面对市场,我们不要胆怯,要勇敢;不要消极,要积极;不要被动,要主动。能在市场的大潮中搏击,那才是真正的英雄好汉。我们有这么好的品牌,这么厚的文化底蕴,这么出色的一支编辑队伍,保特色,不惧怕,敢打拼,就一定能迎来"稻花香里说丰年,听取蛙声一片"的胜利喜悦。

我们是企业,效益是我们的必然追求,虽然我们坚持文化本位,但只有有了好的效益,我们才能生存、发展,况且我们承担着国有资产保值增值的任务,承担着提高职工生活水准的责任。因此,编辑在确定选题时必须考虑它的"含金量",即它有多少受众、有多少发行量,结果是赔是挣,进行客观的市场预期。同时在实际操作中降低成本、减少费用,以获取最大的利润。目前我店图书效益不高,干了一通白忙乎的书还不少,因此强调提高效益对我们具有现实意义。目前我们利润的实现主要靠《三联生活周刊》,我们的生存主要靠周刊挣来的钱,"站在一只鸡蛋上跳舞",这是十分危险的。连续几年,我们的图书利润都呈负增长状况。我们全店发放的奖金,也大都是周刊的利润形成的。目前我店的负担越来越重,仅人工成本,一年就达到了1800万元。假如周刊的广告收入难以为继,我们的生存真的就成了问题,这不是危言耸听,这是残酷的现实。摆在我们面前的出路,是必须调整选题结构,大力面向市场,努力提高图书的经济效益,这是我们面临的最现实、最为紧迫的任务。

以上详细阐述了我店选题的基本思路。概括说,这个思路有以下要点:

一是走正路。坚持特色,守正出新,决不降低质量,决不降低品位,决不跟风媚俗,在新的社会条件下,将三联品牌发扬光大。

二是走宽广的路。开阔视野,拓宽思路,调整结构,遵循出版和市场规律,做到面对市场左右逢源、游刃有余。

三是走创新发展的路。与时俱进,勇于开拓,在继承传统基础上大胆创新,冲出一条改革发展的新路。

四是走双效俱佳的路。处理好事业性与商业性的关系、社会效益和经济效益的关系，做到整体的统一、动态的统一，获取两个效益双丰收。

（2009年11月17日）

"叫三联看不到失败，叫成功永远在"

这两句话，是昨晚唱《祈祷》时收获的两句歌词，但这不是简单的移植，也不只是我个人的美好愿望，是我参加店2010年年度选题研讨会后更加有信心，所树立的一个坚定信念。我希望这成为与会同人及全店同人的坚定信念，并团结一心坚定不移地努力奋斗，实现我们的美好愿景。这种信心和底气来自我们的选题。

会上，各出版中心、综合室谈了本部门的选题思路、重点选题规划和发展方向，各位编辑汇报了明年乃至今后的选题计划并以此展开的思考，一些同志还就选题工作给店里提出了好的建议。对大家的发言，几位主持人都进行了精彩的评点，限于时间关系，我不一一品评，只是对四个中心和综合室负责人的发言谈点感受。

学术出版中心承担我店思想学术著作的出版任务，是我店学术及学术普及出版的重镇，舒炜通过对我店2009年学术书目录的回顾、展示，如数家珍地道出已有书目、现有书目、今后选题，从一个独特角度谈了我店学术书及学术出版中心产品线建设的构想。他特别谈到建设一个产品线、培育一个有特色的丛、套书，需要有几十年的工夫和坚持,显示了长远目光和文化人的责任。我对学术中心选题的印象是:繁花渐欲迷人眼。我对他们的希望是:咬定青山不放松。

文化出版中心承担我店文化艺术类图书的出版任务,是继承我店文化出版传统,最有文化特色的一个版块。郑勇按店里产品线的要求,清晰地对自己中心进行三个"二八"的定位,梳理了选题的重点和突破口,提出了主动出击的理念,决心在大文学方面进行尝试,建议店里成立"问题"小组,对遇到的新问题展开研讨提出对策,显示了对店里选题的宏观关怀。我对文化出版中心选题的印象是:不觉春意已盎然。我对他们的希望是:绿荫不减来时路,添得黄鹂四五声。

大众出版中心是面对激烈的市场竞争,发扬我店大众出版的优良传统,按照加强三联书店大众文化出版的要求新组建的一个部门。张志军的发言是一次登台亮相,她从乐活主题馆、成人绘画馆、艺·文馆三方面介绍了新中心的发展方向。显示了她"冲天一飞"和"先声夺人"的气势,"兵马未动、选题先行"的谋略以及新的出版理念。她介绍的"乐活"生活新理念打动了我,我原来对植物油标签、咖啡赏味志这类选题不感兴趣,认为这是物质生活的,离文化太远,但我现在认为,它符合三联一贯倡导的"新锐"理念。我对大众文化出版中心选题的印象是:不尽长江滚滚来。我对他们的希望是:风风火火闯九州。

旅行出版中心承担我店旅行图书出版和旅行文化产品研发的

任务,这是近几年我店新开辟的一个版块,从出版"孤独星球"图书起家,逐步发展,形成了我店的一个重要产品线。店里将其由事业部升格为"出版中心",是对旅行图书产品线的重要认定。这是因为旅行图书有潜在市场和发展前景,我们这类书的出版已显示了生命力和成长性。李小坚的发言从传统出版、新技术出版两方面介绍了发展构想和发展前景,显示了他青年才俊的魄力和勇气。我对旅行出版中心的印象是:人在旅途好风光。我对他们的希望是:莫愁前路无知己,天下谁人不识君。

综合编辑室主要负责我店对外合作出版业务,同时开发自主选题,它的选题和三个中心的产品线相呼应,起着不可缺少的丰富和完善的作用。在我的心目中,综合室以后应发展整合为对外合作出版中心,作为我店的五大中心之一。综合室今年为店里做出了重要贡献,《七十年代》《目送》《老子十八讲》几本发得好的书都出自该室,成果丰硕。张荷的发言谦虚、低调,在舒缓中透露着优雅。对明年的选题,她说是在"茫茫的大海中寻找亮点",但我从她的介绍中分明已经看到一轮红日将要跃出海面,目前的景况是"东方已现鱼肚白"。我对综合室选题的印象是:此情可待成追忆,过去的成绩代表过去。我对他们的希望是:一轮红日出水来。

以上分别谈了对4+1五部门选题的看法。我特别要说,我的排名不分顺序,也没按发言顺序,只是按先中心后编辑室的通常做法,并不表明我对他们的发言评价谁的更好一些,因为他们的发言都很精彩,各有千秋,难分伯仲。当然编辑们的发言也是这样。

除了对部门发言的评价，我想谈谈对研讨会汇报上来的选题的总体感受，主要有这么几点：

第一，选题均按产品线展开、分布，贯彻了集团和店里产品线建设的精神，思路清晰，红线串珠，有很强的条理性，可识别，好把握，编辑的产品线意识增强，选题丰富了我店的产品线。

第二，选题呈现丰富性、多样性，既有较大的数量，又显示了各自的差异。

第三，确有一批有卖点、有亮点、厚积薄发、有持续发展能力、能给店里带来两个效益的选题。

第四，增加了选题的计划性。一些选题有当前和长远的规划，一些编辑干当前，想长远，有一整套的打算和想法。

第五，编辑围绕选题拓宽了视野，积极去探求开拓新的选题领域，并进行了较为充分的调研、论证，有了一些可预期的新的增长点。

虽然说我们的选题也暴露了一些问题，有些选题还需要进一步深入研讨、完善，一些产品线需要规范、梳理，但总的看，我们这次研讨会为制定明年选题计划、重点图书出版计划和长远发展奠定了一个良好基础。

通过这次研讨会，我店选题的格局更加清晰。我用三、四、五、六来进行概括。三是三大版块，即思想学术类、文化艺术类、大众生活类；四是四条产品线，即学术、文化、大众、旅行；五是五个出版中心（包括综合编辑室）；六是六个部门（加审读室）。再加《读书》杂志编辑部，就是非常"六加一"。《读书》杂志编辑部编辑怎样出书，需要专题研究，明确总体思路。

无论怎么概括，三大版块基本格局不变。学术，已成规模、体系，目前需要加强"新锐"方面。文化，继承传统，决意开拓，想法很好，但要注重突出"特色"，别开生面。大众，分大众生活和旅行两个重要产品线，因为要在大众市场中拼搏，需要避免类同，技高一筹，突出抓好经济效益。在会议将要结束时，我借用一句歌词来做总结，这就是"爱拼才会赢"。爱拼，还要能拼、会拼，三联书店一定能在市场竞争中赢得胜利。

（2009年11月19日）

强化三联大众文化读物出版工作

关于强化三联大众文化读物出版，我有以下几点思考：

一、把加强大众文化读物出版放到重要位置

这是继承和弘扬三联书店优良传统、满足当今大众阅读需求的需要。过去我店出版的大众文化读物，对增加出版总量、扩大社会影响、提高经济效益起到了重要作用。

这是调整选题结构、更加贴近市场的需要。目前我们的选题在总量方面偏重于学术著作，离大众市场较远，不适应图书市场的需要，也不利于自身发展。

这是培育新的利润增长空间、提高图书经济效益的需要。转企改制之后，企业必须具备生存发展的经济实力，担负起维护职工利益和国有资产保值增值的双重责任。

这是努力做强做开，着眼我店长远发展的战略考虑。中宣部、中国出版集团领导对作为我国著名出版品牌的三联书店寄予厚

望,我店已经制定的长远发展规划对发展目标提出了明确要求。

店领导班子和全体编辑要解放思想、大胆创新,站在适应转企改制要求、增强企业自身活力、着眼书店长远发展、维护书店和职工根本利益,推进我国文化大发展大繁荣的高度来认识加强大众文化读物的重要性,破除思想障碍,在坚持原有出版特色、继续做好学术图书出版的同时,勇于开拓,为我店大众文化读物产品线的生成、丰富做出切实努力。

二、对三联书店大众文化读物的界定

大众文化读物不是一般意义的大众读物。它必须有文化含量、文化意趣,是由文化引申出来又回归为文化,是介于学术和生活之间的文化延伸地带。看重文化价值、注重文化品相是我们的内外在要求。

它的读者对象不是一般意义上的大众。在市场细分的今天,传统意义上的大众已失去意义,代之以特定的群体指向。我们所指的大众是"小众"外的大众,大众里的"小众",即指国内专业知识分子之外的拥有大学以上学历的广大知识分子群体。这是我们的读者定位。

它在表现形式上不同于严肃的学术著作。在装帧设计、书名的选择上更贴近大众,更突出"卖点"。在内容组成上也不是严肃学术著作的框架,给人轻灵、便于接近的感觉。在语言风格上也力求清新活泼,好看易懂,妙趣横生。

它必须有相当数量的销量作为支撑。它的基本销量应在1万册以上,其中畅销书的销量应在3万至5万册之间。

根据以上界定,我店大众文化读物大致限定在以下几个方面:

学术普及类图书。超出专业研究的领域,在更广泛的范围内诠释学术和学术相关的问题,满足专业外知识分子的阅读需求。如哲学、社会科学等各学科普及类读物、传统文化普及类读物、各学科中疑难问题的趣味化阐释等。

文化生活类图书。文化生活的领域非常宽泛,涉人及物,说古道今,与读者有较多的连接切口。如文化人物传记、文化历史名人回忆录、文人雅趣、饮食文化、旅行文化等。

艺术文化类图书。艺术文化类图书不能仅限于满足特定的读者需求,应着眼于提高大众的艺术素质。我店已出版的建筑艺术、音乐艺术、电影艺术均可归入此类。这类图书应坚决从专业化的领域走出来,去获得更多非专业爱好者的青睐。

文化知识类图书。面向广大知识分子介绍新知识、新技术、新领域、新学科、新业态等,我们处在一个快速变化、追新骛奇的时代,这类图书生逢其时,大有可为。

其他和三联出版风格相近,拥有一定量读者的图书。我店大众文化读物出版采取有所为有所不为的原则。有些图书虽有较大发行量,但违反国家管理规定,或离三联风格相去甚远,我们也拒之门外。具体说来,即是不出低俗的图书。凡有损社会主义精神文明建设、败坏三联形象、降低三联品位的图书一律不出。不出偏重于实际操作的生活技巧类图书，着眼于人的精神文化层面，而非物质层面。不出明显超出专业分工范围且不具任何优势的书，因为这会使我店的产品线杂乱，同时因领域陌生而难收成效。不出跟风炒作、缺乏主见、毫无创意、人云亦云的图书，那会降低品位、败坏三联形象。除此之外，其他选题均可纳入我们的视野。不要受限于传统、习惯，不要受限于个人偏好，破除思维定式，彻底打开选题思路。

三、促进大众文化读物出版的具体措施

（一）成立三联书店大众文化读物出版专职机构（以下选取一种或两种并举）

1.成立三联书店大众文化读物分社，按照分社体制进行管理。

2.成立大众文化读物事业部或编辑室，按事业部体制进行管理。

3.成立大众文化读物项目组，按项目组管理方式进行管理。

以上不论何种方式，均实行独立核算、自负盈亏，在管理模式、拥有责权、奖惩方式方面实行新的机制。

（二）动员更多的编辑力量投入大众文化读物出版工作

1.实行竞聘上岗方式选拔大众文化读物分社社长、事业部经理或编辑室主任。负责人聘用本部门人员，享有用人、经营自主权。

2.项目组负责人采取个人报名、单位考评批准上岗制。

3.愿意从事大众文化读物编辑出版的编辑,采取双向选择方式,可进入新的部门机构或项目组。

(三)实行编辑出版大众文化读物全责制

所有编辑每年所报选题中须有一两种大众文化读物选题(申报选题须申明并符合店大众文化读物要求),或所有新书中有一两种在当年度达到销售1万册以上。

(四)借助社外工作室在大众文化读物出版领域进行开拓

全国有超过1万家民营图书工作室,销售码洋过亿的至少有30家。据统计,每年由民营图书工作室策划的图书约4万余种,全国畅销书排行榜前十位的60%至70%都出自民营书业。民营书业是可资利用出版大众文化读物的重要力量。

1.所有编辑室均可和工作室开展合作。

2.今后与工作室合作的重点应放在大众文化读物和畅销书出版上。

3.与工作室的合作可采取多种灵活方式。

4.与工作室合作,采取互惠互利、照顾双方利益的原则。

5.对诚实守信、与三联书店风格相近的工作室,可整体纳入体制内进行管理。

(五)充实我店大众文化读物编辑、策划、营销力量

通过招聘方式,将善于策划营销大众文化读物的人才吸纳进我店,通过人员结构调整促进选题结构调整。

（六）加强对大众文化读物的营销工作

多年来我店对学术著作的发行形成了一整套模式，取得了经验。但对大众文化读物和畅销书的营销缺乏经验，一些有卖点和营销潜质的图书，没有达到预期营销效果。店里应采取对策，专题研究，重点做好大众文化读物的营销工作，从开拓选题、强化营销两个方面着手促进大众文化读物出版。

四、加大对大众文化读物出版的支持力度

第一，在全店继续开展解放思想、更新观念活动，认识到关注现实、面向大众、与时代同行、勇于创新从来都是三联的优良传统，形成有利大众文化读物出版的良好氛围。

第二，领导班子要把大众文化读物作为重要产品线摆上重要议事日程，统一思想，形成合力，专人负责，积极为大众文化读物出版创造条件，大力支持编辑和营销人员在大众文化读物出版方面的开拓创新。

第三，对积极组织大众文化读物并取得突出成绩的编辑予以重奖。对单品种年销售3万册以上的给予大奖，对单品种年销售5万册以上的给予重奖。或直接提高利润提成比例，超过2万册的按10%提成，后每增加1万册，提高一个百分点。对参与销售的相关人员、对做出贡献的发行人员也按一定比例给予奖励。

第四，对专事出版大众文化读物的分社、事业部（编辑室）、项

目组予以政策支持。在投资、利润提成等方面予以优惠，采取灵活的分配政策，确保店里增效益，个人得实惠。

第五，注重对文化读物出版实效的考核。编辑完成店核定的大众文化读物选题指标、单品种销售册数指标，视为完成年度任务；没完成任务指标者视为年度考核不合格，下年度不得晋升职级，或降低店内编辑级别。部门负责人承担相应责任，本部门完成任务予以奖励，没完成任务受到处罚。

第六，以大众文化读物出版拉动整个图书出版发行工作。继续高度重视学术出版，坚持三联书店已形成的基调、特色，同时开拓新的选题领域，形成新的活力和增长点，使学术著作、大众读物两个产品线相得益彰、互为补充，将我店的社会效益和经济效益提上新的台阶。

（2009年6月26日）

选题方面存在的问题尤为值得关注

　　这几年我们为什么有发展？应该说很大的方面来源于编辑的贡献。我们以好书取胜，河面上总有几条活蹦乱跳的鱼，如《目送》《巨流河》《鲁迅箴言》《太平轮1949》这样一系列好书，为三联带来了很好的业绩。总的看，三联的选题是丰富的、可操作性强的，用"琳琅满目"这个词也不过分，这是应当肯定的方面。

　　但也存在一些问题。首要问题是亮点不够多，编辑在这方面动脑筋不够，积极主动性不够。二是重点还不够突出，平铺直叙的比较多，看着一堆选题，但哪些是重点，却看不清楚。三是个别部门主任对本部门的选题总体把握不足、思考不够。四是选题的目标定位不准，自己出的图书是给谁看的？读者是谁？有一些拔剑四顾心茫然，不知市场在哪里。这些综合反映出三联书店的选题有三个倾向性问题，值得特别注意并纠正：

　　第一，三联书店的选题离现实越来越远，这违背了三联书店的宗旨。三联书店过去是革命的、战斗的出版社，是要干预现实，和现实有紧密联系的。改革开放之初我们独立建制的时候，那时领风气之先，是为改革开放出过力的，为思想解放做出过贡献的。现在我们的选题缺少现实感，这一点使我感到很不足。大家一定记得中宣部出版局陶骅局长来店里调研时的讲话，《店务通讯》上刊登过，她说过一句话：三联书店出的学术，不是纯学术，三联书店不是为学术而学术，同样，三联书店也不是为文化而文化，三联书店是在这里提炼出自己的思想、自己的思考，来给人启迪。在座的很多同志都是从八十年代过来的，我本人也是从那个岁月过来的，现在整个社会存在着一种平庸化倾向，但三联书店不应该平庸化，现在三联书店很多选题过于风花雪月，很多选题都距离现实很远，这点我很不赞同。我们有没有社会责任？比如说，现在的道德问题，有人戏言说，我们这个民族到了最缺德的时候，三联书店出版哪些书能提高人们的道德素养？围绕着这个问题进行了什么研讨？有哪些问题意识？哪些选题是我们有意识地走出去组织的？去开个会，围绕着问题、围绕着会来组织，不要人家给什么选题，我们就出什么图书。我希望这个问题能得到各部门主任的重视，每个编辑部门都存在这样的问题，都存在现实感不强的问题。所以我们离现实渐行渐远，营销人员也做不出热点活动，你让他怎么做热点？巧妇难为无米之炊，你离现实这么远，他怎么搞营销？你的选题本身就没有热点，怎么能形成热点？我希望每一个同志都能站在更高的层面上，从三联人的责任、三联的特色出发，好好想想这个问题。即使是学术类选题也可以更接近现实一些，就说我们"三哈"的图书也不一定都是纯学术的东西。有些书我们是不能出的，我的一个老师给我推荐一部稿子，说这稿子写得非常好，很有学术价值，你们三联出吧。我拿来一看，《敦煌变文中的"之"和"的"的运用》，我说这书三联不出，因为这里面有学术无思想，是我的老师推荐也对不起。这么专的问题，谁看啊？虽然可能有它自身的价值。

第二，我们离市场太远。三联书店的编辑们离市场到底有多远？自己想一想，读者在哪里，目标读者在哪里？我非常赞同舒炜说的，你的读者在哪？你现在在哪个位置？我想是在城乡接合部，离市场很远。即便是在邹韬奋时代，韬奋先生也提倡在商言商，处理好两个效益的关系。我们要到市场中去竞争，不是去迎合市场，也不是等同于市场。这本书怎么定价，怎么营销，目前只有少数编辑介入到营销过程里去，一些编辑在制定选题的时候，只是考虑自己的情趣，对不起，在市场上编辑的情趣和个人爱好是微不足道的。我们一些同志特别强调自己的情趣，你的情趣只有和市场、和读者结合起来的时候，才是真正的情趣，不然对出版来说就是无聊的空想。

第三，总的来说，我们的选题比较零碎，缺少整体感。很少有板块清楚、如红线连珠般清晰的。有的部门主任包括编辑，到底自己有多少好货可能都记不清了，怎么排位，哪个在前，哪个在后，缺少规划。有的部门、有的人就是踩着西瓜皮走路，滑到哪算哪，看不出有什么规划。所以我对选题总的评价就是有好说好，有不好就说不好。希望能引起大家的深思。如果你们觉得我讲得有道理，那就在行动上做些呼应。

　　三联书店这几年还没有大发力,我们只是调整选题结构,注意了市场,注意了产品和品牌的营销,还没有重大的调整,特别是编辑们思想解放的程度还不够,虽然也在辛苦做,但效果不够理想。如果能够解放思想,或者能够志存远大,那么我们就能把三联书店做成全国第一的社科类出版社。现在各社都在竞争,有的直接瞄准我们竞争。我们一定要在两个效益上有突破,把我们的资产做大,名声做大,影响力做大,把我们的事业做强。为此,我代表领导班子对我店编辑和选题工作提出一些要求。

　　一是解放思想,更新观念。我们的思想还是比较保守的,离市场很远,我们还固守着自己过去的一些东西。固守传统是对的,坚守三联的特色也没有错,这是必须的。但不能说,我们就画地为牢,不向其他领域开拓。领导班子、中层干部要带头解放思想,要敢于做以前没有做过的事情。不要再去说这个三联以前没有做,不要说这样的话,我自己也在寻找、开拓,在思考一些问题。《鲁迅箴言》是我策划的,最后又搞成国际版本。我再举个例子,《马迭尔旅馆的枪声》,有的人觉得这个书怪怪的,也是我拿来的。我跟老李说这个书一定要出,为什么?因为我想尝试一下图书与影视互动。如果行,我们就搞,不行就放弃。我还跟作者提了一个条件,说你在中央电视台播出的时候,在每一集后面写上本剧同名小说由生活·读书·新知三联书店出版,让观众在每天晚上看电视剧的时候都能看到三联这个品牌。我说尝试一下,还因为这本书比较严肃,讲中日俄围绕着一个真实的历史事件展开的谍战故事,我问了一下张作珍,他搞了一些市场调查,说发行2万册没有问题,现在2万册发出去了。尝试不一定成功,但要允许尝试,允许去做。现在是一个多么开放包容的社会,我们要多做些尝试,不成功就收回来,但也可能抱个金娃娃回来呢?

进一步解放思想,更新观念,这里面有几个具体事情。关于成立分社,舒炜说他希望一下子就跳进去,我赞同,因为分社已经提上议事日程了,其实中国出版集团里有的单位早就设分社了。分社不是个名的问题,分社的建立是个重大变化,不是换汤不换药,是既换汤又换药,还砸烂你的药罐子。不当家不知柴米贵,我就要让你当家,你舒炜来当家吧,这样机制上就突破了。所以分社必须成立,越快越好,目前可以成立两个分社,即学术分社、文化分社。分社成立以后,下放权力,在用人、财务、选题方面给予相当大的松动。其他部门条件成熟时也可以成立分社,可以提出要求,给分社的优惠政策会多一些。

要把分社的建立同考核体系的建立衔接起来,要把分社的建立与发行部门的改革衔接起来,要把分社的建立和上海公司、国际文化传播公司的成立进行对接,这些问题要通盘考虑。店里在做战略考虑,就是在两三年后成立三联书店出版集团。要在中国出版集团里率先举出这个旗帜,因为三联具备这样的条件。我们有《读书》杂志,有《三联生活周刊》,有国际文化传播公司、上海公司,有内部这么几个分社,楼下有韬奋书店,有谁像我们的资源这么好? 我们整体发展就是要走集团化发展的道路。我还要强调抓好重点项目,我简称"两库"，一个是"中学图书馆文库"，一个是"新知文库"，既然有很好的潜力，就要抓好、落实好。以前因为没有引起重视，我们活生生地把"二十讲"这个概念给毁了，毁了也找不出是谁的责任。其他社出这个"二十讲"，出那个"二十讲"，这是沉痛的教训。我们今天不是追究谁的责任，但是这种事情今后不能再发生。

二是要勇于创新。只有新的东西才能吸引人，要有创意。上次开中层干部培训会，潘健组织的拓展训练就很有新意。

三是编辑要深度介入营销发行。编辑出书不是说书出来就万事大吉，要把书当成自己的孩子，要让它健康成长。这里要特别表扬罗少强、徐国强、贾宝兰等几个编辑，对于书的营销和发行很上心。贾宝兰的《万水朝东》，当初谁能想到能发四万多册？现在却成了年度发行最好的书，还不是她找到了适合发行的渠道？

四是要提高图书生产的工作效率。2012年上半年把图书生产节奏作为重点。我们的一些书非要反季节出，效果可想而知。要提高节奏，需要加点班就要加点班，不能总是朝九晚五。

五是要重视对图书的评论和宣传。我们很多编辑一年到头一篇书评都不写，客观地讲，有些确实是忙的顾不上，有些恐怕是写不出来。这里明确提出要求，并列入年度考核指标。每个编辑必须在正式报刊上发表一篇书评文章。

最后，对青年编辑特别提出几点要求：一是抓紧给自己定位，根据店里需求，结合自己的学养、特长，做好选题开发定位，不能东一下西一下的；二是要有良好的精神状态和工作状态，要进入状态;三是要有危机意识,三联书店不是保险箱,也是有淘汰机制的;四是组织选题不能仅从个人兴趣出发,要与市场和读者的需要结合起来;五是要虚心向老编辑学习,不要自以为是;六是要严格遵守店里的纪律与有关规章制度。

（2011年11月30日）

打开新视野　开创新局面

　　我们是在景明园召开的三联书店2014年度选题研讨会，这预示我们三联的前景是光明的。刚才大家都谈了自己的看法，对选题进行了梳理，效果很好。按照会议安排，让我做一个会议总结，说总结太严肃，就算做一个发言，和大家互动交流。

　　第一，这次选题研讨会开得很好、很成功，要充分利用这次选题会的成果，把选题工作落实好。

　　参加这个会我很高兴，我这个人不会隐藏自己，高兴就表现在脸上，"喜形于色"，让我高兴的有以下三点：

　　第一点，我们的选题非常丰富，可以说是万紫千红，繁花似锦。我有一个对比，我第一次参加三联的选题会，是2005年11月24日在门头沟的龙泉宾馆，会上讨论的不是选题，而是讨论三联做什么不做什么，比如，大众类的书出不出？电影的书出不出？建筑的书出不出？当时我还不习惯，我在会上提出了一个建议，根据我的理解，选题会不应该这么开，而应该研究选题，起码做到虚实结合。当时有的人还不理解，说我们三联就是这样。八年过去了，我们的选题会确实回归到了选题的本位上。各个部门汇报了自己的选题,一共11个人发言,我很高兴地看到,我们的选题确实比较多,琳琅满目,这就给我们提供了可选择的余地,如果选题本身就很少,就不好办了。选题的深度开发和广度开发也开始延展开来,从广度来说,三联书店的题材和涉及范围越来越宽了,包括香港李安的"微微南来风",还有关于东南亚的选题、关于日本的选题,三联具有了国际化的视野,板块的形成、整合的力度开始加大。潘总说选题比较多,也比较乱,我是同意这个看法的,这里存在一个辩证的关系,繁花渐欲迷人眼,花多了,难免不太整齐,下一步我们就要把选题规划好、落实好。各个分社、各个出版单位都显示了自己的特色,套用几句古诗来形容,有的是"庾信文章老更成",有的是"霜叶红于二月花",有的是"小荷才露尖尖角",总的来看,是"红了樱桃,绿了芭蕉",选题非常丰富。我改了一句古诗来形容:"无边祥云悄悄下,不尽选题滚滚来。"就像李昕总编辑说的,明年我们就有指望了,店领导班子也很满意。

第二点,就是三联书店人才济济。看到我们屋里坐了这么多人,可以说是人才济济。做事情,没有人才是不行的。我刚到三联的时候,我们编辑部门只有"十几个人来七八条枪",人很少,我们的编辑也不是千手观音,做书就出现困难。因此我们得增加人手、增加编辑、增加部门,扩大生产力。我们前年成立了上海公司,去年成立了三联国际,今年又恢复设立了生活书店。用李总的话来讲,就是生活书店"闪亮登场"。我们的队伍进一步壮大,部门进一步增多，这才是我们三联书店最可珍贵的财富。有了人，有了人才，就不愁事业不兴旺发达；有了鸡，难道还愁没有鸡蛋吗？当然这个比喻也不一定恰当。我们的人才众多，各种各样的人才，聚合到三联来，有我们自己培养的骨干，也有引进的，可以说这是三联书店事业兴盛的一个最重要标志，这点令人欢欣鼓舞。三联的企业文化，允许有不同个性的人才存在，每个人有不同的表述方式，有不同的存在方式，这是三联的宽容，也是人才的幸运，三联就有这么一批有个性的人才。有个性的人才有水平，作为人才，他的优点突出，缺点也比较突出。人才才会有个性，平庸的人是没有个性的。我认为，这些年三联书店营造了一种氛围，咱们这样有个性的人才如果离开了三联书店，到哪个单位都是生存不了的。三联书店今后这样的宽松环境和文化氛围，一定要保持下去，让人才的个性得到充分的展示。当然，也不能因为你是人才，你就放荡不羁。我们大胆引进人才，五洲出版社，铁葫芦的，还有海南的，来自四面八方的，可以说是来自"五""葫""四""海"的，这些来自五湖四海的人才互相激荡，互相砥砺，甚至互相竞争，开拓了新的局面。上海公司完全引进当地人才；国际公司引进了香港的大牌编辑李安。我们大胆使用人才，把人才放到各种重要岗位上去，使其成长进步。比如冯金红，本身是很好的编辑，把她放到管理岗位上，她也真正负起了责任。再比如我们的年轻编辑，王竞、徐国强，都是我们自己培养出的本土人才。对人才最好的办法是使用，同时要培养。去年以来上学深造的同事，我们大力支持，比如舒炜、徐国强，我们都给予了支持。我们还把中层干部轮流派到国外去，李学军、叶彤参加法兰克福书展，带回来一些选题，都有收获。张荷正在美国培训。我们明年还要加大骨干人员培训力度，有钱要花到骨干人才身上，让他们接受各种有益熏陶。

第三点，我们三联书店生机勃勃。虽然我们也有去年的"生死疲劳"，也有像杨乐所说的"生存和事业的疲惫"，但我们仍然呈现了勃勃生机，我们看到了我们的光明，看到了我们的前途，累并快乐着，这就是我们的现状和追求，如果总是感到累，而且看不到亮光，就不能前进。现在我们阵容很强大，有四个分社，加上《读书》编辑部、专题项目部、对外合作部、数字出版部，这是"八路军"；上海公司、三联国际、生活书店、周刊新媒体，都是新成立的，算是"新四军"；我们还有十三个后勤保障和管理部门，这就是"十三太保"；"八路军""新四军""十三太保"，我们阵容这么强大，想不发展都不行啊。此外，我们还有四个刊物，有广阔的发展平台。人才济济，我们有的是干部资源、人才资源。这是通过选题会看到的令人高兴的几个方面。

关于存在的问题，刚才李总、潘总都讲了，我们也要着手解决。一是关于狠抓畅销书的问题。我们选题不少，亮点也不少，但是还要下力气抓畅销书，河面上活蹦乱跳的鱼、会跳舞的鱼在哪里？一定要有，这是彰显三联生命力很重要的一点。无论你河流下面有多少条大鱼，总要有些金鱼在河面上，让人能看得见。二是产品线的规划。店里确实应该加强这方面工作，建议舒炜、郑勇、曹永平协助李总把这项工作做好,把选题工作落实好。

第二,要充分认识和十分珍惜我店目前的大好形势,提升信心、提振士气,再创辉煌。

昨天郝大超在发言中把财务数据披露给了大家,集团李岩老总对我们的工作也给予了充分肯定。我们目前的形势是非常好的,无论是社会效益,还是经济效益,都是三联书店独立建制以来的最好时期。从社会效益来说,今年有一系列的书推出,这是我们历年来推出好书最多的一个年份,《邓小平时代》《中国经济改革二十讲》《陈寅恪的最后二十年》、王鼎钧作品系列等。《王世襄集》由江苏凤凰包销精装两千套,已经销售一空,又推出了精装、平装两种版本。《百年佛缘》,有那么多出版社竞争,我们4月份把版权拿到手,10月份就出书,还包括中间的审批过程;我们现在正在做的,还有很多好书,都在产品线上。而且今年营销工作总体上做得非常到位,我们把今年作为"产品营销年",可以说达到预期目的了。谭跃总裁批示,《邓小平时代》是今年中国出版集团公司一个营销成功的典型案例。我们这本书三地首发,全员销售,全店员工倾入了极大气力,我上半年跑了11个省,为了拿到贵州党校600册的订单,我和鞠晓辉、李旭三个一下飞机就跑到贵州省委党校,当面和人家谈,一单一单谈。上半年那段时间,《邓小平时代》在销售排行榜上,基本上在所有地方都是排在第一,第二名才是柴静的《看见》。我们使用了最强势的宣传攻势,这是三联书店历史上从来没有过的,中央电视台两次专访,新华社发了11篇通稿,《人民日报》《光明日报》

除了刊登消息以外，我们还花大价钱登了两版广告。在全国来说，《邓小平时代》的营销可以说做到极致了，极其成功，是全国出版界的一个成功案例。这几年我们的品牌影响力得到极大提升，加上生活书店恢复和品牌战略的实施，进一步扩大了影响力。图书出版方面，我们今年发行突破3亿元，造货也突破3亿元，2009年初，我们这届领导班子接手的时候，发货1亿元，造货1亿元。五年的时间过去了，在图书出版上，我们把一个三联发展成三个三联的规模。我们的利润，从879万元到去年年底实际上已经到5000万元了。营业收入从1亿元到去年的2.5亿元，翻了一番，取得了非常好的成绩。当然，我们还有刊物，加上《三联生活周刊》造货1.5亿元，《读书》造货600万元，我们的造货整体规模达到了4.6亿元，在中国出版集团出版单位里面，无论是经济实力还是整体排名，无论是出版质量还是出版规模，三联书店都是居于前列了。现在这些大好形势，我们要珍惜，要提振士气，要提升信心。张作珍给我们带来了好消息，在整个行业不景气的情况下，我们实现了逆势上涨，不是一个地方上涨，而是多地都在上涨。我们用实实在在的数据说话。为什么？就是因为品牌的力量！别人下滑是下滑别人的，市场萎缩是萎缩他们的，越萎缩的时候，好书才能凸现出来。前几年一说市场不好的时候，我就睡不着觉，到现在，我已习惯了，这五六年了，形势啥时候好过？市场虽然不好，我们却一直在增长。

取得成绩的原因，我总结有这么几条：一是领导班子团结坚强，二是发展思路正确，三是勇于改革创新，四是全店同人拼搏奋斗。四个因素都极其重要，领导班子如果不团结不坚强，什么事都干不成；即使领导班子团结坚强，思路不对，那么越团结坚强越坏事；另外领导班子团结坚强、思路也对，但是不敢改革创新，不敢大胆推进，也取不到好的成果；取得成果靠谁来奋斗？靠大家！特别要对在座的各位同人各位骨干的努力表示感谢。

　　我还想特别谈到一个思路的问题，对于我们非常重要。2009年初我接手时，定的思路是以改革发展统领全局，一心一意求发展。这是有针对性的，当时大家意见有分歧，认识不一致，怎么办？我们不争论，一心一意求发展。这是总的纲。具体来说，做强做开，不提做大，今后也不提倡做大。当时我提出，三联书店要做人参，不做萝卜。人参小，营养成分价值高；萝卜大，糠，水分大，卖不了几个钱。我们做强做开，三联书店要做品牌影响力，抓住去年店庆的机会，创办韬奋图书馆、打造三联国际公司、举办社店战略合作联席会，可能有些同志不理解，背后有意见，认为搞这些活动有什么用啊？实践证明，我们是把品牌影响力做开了。我们找到了三联书店正确的发展思路，做强，做开，不去盲目地追求数量，而是适度追求规模。下一步，到一定规模之后，不要盲目追求规模，而是要追求内涵式发展，而不是外延式扩张。现在的人手已经够了，再进人，就要进个别的精兵强将，不要盲目地扩张，不要盲目增加书的品种，要挖掘我们的内在生产力，一个编辑不要做太多的书，要提高单本书的效益。三联今年重印书和新书的品种会达到七八百种。如果能达到一千种，也就可以了，没有一千种也是不行的，我们的动销品种就上不去。我2009年初接手时，三联的动销品种是800种，我们现在的动销品种是1800种，还不够，还要适度增加。今后我们不能再搞那些大活动了，要实实在在做些好书。今年我们抓住了《邓小平时代》这个机会，这本书的成功，使大家看到，三联书店不仅能搞活动，更能出好书，一连串活蹦乱跳的鱼都出现了。要沿着这个思路做强做开，如果有一天我们盲目追求规模了，萝卜快了不洗泥，把品牌砸了，那就完了。如果我们规模萎缩，每年只有一百种书，那也完了。刚才潘总讲了，不是你喜欢不喜欢，而是市场喜欢不喜欢，读者每年追求一些新书，新面孔，没有新书，就不能发展。这些成果和基本经验，我们要格外珍惜，因为这些经验丰富和发展了三联的传统，我们要发展下去。

第三，深刻认识我们的问题和不足，牢固树立五种意识，提升我们的编辑水平和选题水平。

一是政治意识。要确立政治导向，这是首要问题。鲁迅说得好，谁也不能提着自己的头发离开地球。在一个环境中生存，就必须从整体上考虑这个环境。政治导向正确是做好选题工作的前提。

二是创新意识。创新意识特别表现在原创选题上。最近我到厦门开会有个发言，我请刘靖统计了一下，2009年以来，我们从台湾引进了多少种？卖出去多少种？统计完一看，买了159种，卖出去29种，很不成比例。不是原创的，怎么能走出去？店里对原创书要拿出奖励政策。创新还要创新管理，今年我们调整了生产流程，我们有些部门还要加强，部门怎么管理？有没有基本的思路？现在数字出版大有可为。三联书店早晚是要转型的,店领导班子已经决定加强数字出版部的力量,希望各个部门和他们配合好。

三是市场意识。三联书店编辑的市场意识有待强化。李岩老总也讲到市场营销需要加强,张贤明主任也很客气地指出,在别的社听选题会,图书选题都要经过营销部门、发行部门的论证。我们呢?也需要建立相关制度。我们选题单子上有销量预测这一项,有的填八千册、一万册,实际上印的时候,就印三五千册,大大缩水了。这是缺乏市场意识,没有营销意识。我过去说过,现在还要重复讲,一个选题的好坏,不能靠自己的感觉。我们有个编辑报一个选题,从韩国引进的,"如何在木头箱子生豆芽",他就来找我,我说你这个书没有市场,他说他认为有市场。我跟他讲,有没有市场,你说了不算,我说了也不算,最后要靠市场说了算。就像张志军说的,过去总以为编辑自己喜欢的,读者也会喜欢,这种想法很幼稚,现在他成熟了,不这么看了。真正的好编辑,是对市场有感觉的。出版一本书,是为了什么? 你不能两头不沾,要么有好的市场效益,要么有重要学术价值,像舒炜、冯金红、曾诚,他们的选题我放得比较宽,哈佛燕京丛书这些,有学术价值;有的有畅销价值,卖得好;还有的,有一定出版价值,还有出版补贴,我们也同意。有些选题,既没有好的经济效益,又没有重要学术价值,又没有出版补贴,出这种书干什么? 或许是你的编辑水准不够,眼界过于狭窄。我过去讲过,个人的兴趣必须和读者兴趣结合起来,否则是没有价值的。我们每人都有自己的兴趣,你喜欢日本,他喜欢东南亚,我喜欢喝茶,还有人喜欢种豆芽,但是我们要考虑,这些书都有市场吗？我们做这个没有市场的书干什么？

四是质量意识。认真再认真。三联书店的书,就是要求和别人不一样。我现在脾气好了,一般不发火。那天生活书店第一本书《舌尖上的台湾小吃》拿给我看,封面上下少了一毫米,我问是谁的责任,说是印厂给印错了,我说,拿回去返工,少一毫米都不行。这是一个做事的态度问题,做人做事就得这么来,最后这本书全部返工。近几年我们出了很多差错,小毛病不断,今后我们要更加认真,避免差错。

五是团队意识。合作才能共事,合作才能成事,我们有经验,也有教训,这里面固然有机制的问题,但是如果我们没有心胸,不能去合作,没有团队精神,就什么事都干不成。要牢记,我们是一个团队,是一个单位,你是为同事好,同时也是为自己好,更是为了三联好。不要纠结于个人恩怨,局限于小我,特别是在座的骨干。过去我们老家有句俗话,讽刺男士没有心胸,说这人"上床只认识老婆,下床只认识鞋",就看到鼻子底下这一小点。要牢记合作才能成功,有多大心胸,才能做多大事业。

我来店里工作8年多了,做总经理也5年了,能够取得一点成绩,是店领导班子和在座的同志们支持的结果,我要特别感谢大家。李昕和潘振平两位老总都到了退休年纪,仍然兢兢业业地站好最后一班岗,我代表全店员工向他们致敬！虽然市场也会有所变化,但是我们的决心是不变的,我们的奋斗精神是不会变化的。套用两句歌词来说,就是:从今以后更艰难,努力从头再试。我们要有信心。我们三联书店的前途是光明的, 我们每个人的前途是光明的! 我代表店领导班子在感谢大家的同时,也真诚祝福大家!

（2013年10月31日）

编辑"六问"答疑

　　三联书店选题创新研讨会开得很好、很充实。刚才,几位同人围绕宁夏之行的收获、在新的体制冲击下如何应对,以及三联书店的发展走向问题,提了很好的意见。大家一致认为,店里此次组织到宁夏和宁夏黄河出版集团同行进行交流收获很大,学习了经验,受到了启迪,开阔了视野。"读万卷书,行万里路"是古人留下的名言。我们这次组织编辑外出交流培训,有飞跃黄河的惊险,有羊皮筏上的漂流,看岩画的古老,目睹西夏王陵的苍凉,这些东西并不是仅凭读书就能得到的。我们在情感上也受到一些陶冶,大漠孤烟那里走一走,黄河边上走一走,那些诗意的熏陶,那些审美观念的接受,这都是对我们精神上的一种潜移默化。"最是欣然驼峰卧,黄沙白云两悠悠",在那种境界里,果真能很好地开阔视野。

　　下面就编辑讨论过程中提出的六个问题,一一谈谈我的看法。

　　关于选题创新的问题。关于选题创新研讨有没有必要,这个问题上次有同志提出,说这个问题怪怪的,每出一本书都是新的。这话有一定的道理,但是真正的创新不是一种自然状态,而是自为状态。出版行业是一个需要创新的行业，创新就是标志。中国的出版业每年出30万种图书，去掉教材是24万种，我们不能说24万种本本都创新了，创新的是少数。对选题创新进行研讨或是力主开展选题创新应该是肯定的，创新就是与时俱进，就是一种不同，"新锐、一流"从来就是三联的传统，要追求一种新的东西。实际上我感觉目前三联书店比以前提倡的"新锐、一流"有弱化的倾向。过去都是领先半步，或者是我们率先引进一些新的东西，三联出了，别人马上就跟进，这种状况还是比较多的。但是现在我们创新的能力和创新的状况是有所下降的，引领潮流的作用有所弱化，这是我的看法。关于创新，主要有哪些方面的内容？

第一，选题创新要有新的思路，你在处理一件事情上，在选题策划上有没有新的思路？

第二，一本书有没有新的内容？就是说一本书有没有新的思想，这是最为重要的。在书稿中表现出的这种思想不是通行的概念，不是既定的方针政策，不是一般的正确道理，而是新鲜的、具体的，第一次被说出、第一次被准确命名的个人见解；它既是个人独见，又是对某种现象与社会心理，对生活本质的有力揭示与高度概括，是不随波逐流，不人云亦云。

第三，有新的面貌。上次说到《红楼诗梦》这本书。这本书是由87版电视剧《红楼梦》编剧出的老书，现在拿到咱们这来之后可以说是经过全新的改造，完全成了一本新书了，有新的附加值。这本书是不是一种新书，是不是一种创新？我觉得是有这种元素的。我们三联的编辑都是一流的,也应当有这种新锐的思想,应当围绕这几个方面,有新的思路,有新的思想内容,有新的见解,有新的面貌。

关于编辑队伍重要性的认识。上次开会有人提问,编辑到底重要不重要,编辑工作到底重要不重要,编辑在领导的心目中到底处于什么样的地位, 当时说希望领导能回答一下,潘总简单说了几句。但是我觉得这个问题是一个问题,需要在这里谈谈我的看法。关于编辑地位重要性的认识,这里谈三点。

第一到底重视不重视, 我个人的看法, 现在领导班子是重视的。对编辑工作,对选题工作,特别是对我们编辑是重视的。这有几点理由或是说法。

一是我们领导班子成员都是编辑出身,都是作了长期的编辑室主任才做了店领导。潘总是上大学之前就做编辑,后来大学毕业后又做编辑。翟总是大学毕业后就做了编辑。李总是大学毕业后到人民文学出版社做编辑。我和汪家明稍晚一些。我们都是编辑出身,我们知道出版社是干什么的,编辑地位是多么重要。你是出书的,如果说编辑工作不重要,这是不可能的事。

二是新班子2009年1月组建以后,开始对选题工作进行讨论,4月份召开编辑工作会议,7月份进行选题研讨,9月份进行组织结构调整,还是做了大量的工作,是把编辑工作放在重要的位置来考量的。

三是我们尽其所能地在提高编辑的待遇和改善编辑的办公条

件上做了一些工作。适时提高编辑工资的级别,及时把编辑放到相应的档次去,进行每个档次的调整,这是在全店没有调整的情况下,首先对编辑室进行了调整。在年底发放奖金的时候,看到一些编辑奖金较低时,都进行了调节。

四是围绕编辑工作情况的一些变化,作了组织机构的调整,把一些编辑当中重要的人才放在重要的岗位上。另外我们班子向集团提出三联书店要设总编辑。因为三联书店自从独立建制以来,就没有真正设立总编辑,最后一个总编辑是倪子明,后来都是设立的总经理。我们考虑到现在担子的加重,应该设立一个总编辑,现在集团也在考虑。总编辑设立之后,还会设总编辑助理,协助抓全店的选题工作。我说这些是想说明,店里对编辑工作是重视的。

第二是重视还不够。大家感到还不够的原因,是历史形成的一些情况,如编辑的收入问题,现在收入第一位的是发行,第二位是美编,第三位是编辑,再往下是其他一些门类。发行前几年回款比较落后,当时制定了一个指标,奖励比较高。店里决定每回款超额100万元,奖励10万元。回款高的情况下兑现奖励,发行人员的收入一下就到第一位了。因为原来美编奖金比较少,他们按照完成任务以后,超额完成的封面每一个几百元几百元累加的。所以美编也比较高。编辑是有了固定工资以后,还有提成,有的多,有的少,就排在第三位。所以这几年我们一直在调节。这两年发行人员基本上没涨工资,虽然这两年都超额完成任务。我们现在正考虑提高编辑的待遇,要把编辑的档次和编辑室主任的档次相应地提高,使起点比较高,这里面有个过程,需要给我们时间来做这件事情。今年组织编辑上宁夏去学习交流,就是提高编辑待遇的一个举措。编辑们有些诉求,有些愿望,我们也都知道,包括有些想法,有些考虑,领导并不是不知道,但解决起来会有个过程。

第三是在这个问题的认识上需要消除一些误解。

一是主要领导对编辑的领导方式上有一些改变。上任时我就说过,我对编辑领导的做法,基于我的知识和编辑的经验,我不会和沈昌文、董秀玉是一种做法,他们对编辑的领导方式和我对编辑的一些领导方式可能会有区别,每个人的情况有所不同。董秀玉总经理在位的时候,她会拿来很多稿子,分到大家手上,她甚至说过这样的话:"你们不用考虑赚钱的事。"这有领导的考虑,当时是20世纪八九十年代,它是那种情况。那么到我这里以后,我没有采取这种办法,能力有限。再加上我拿来的稿子,我推荐给你,你用我很高兴,你不用觉得不合适,我也没有什么意见。现在我拿来很多编辑不愿意做的、认为不合适的,不下10部稿子。我对此没有什么意见。因为现在编辑的选择性增加了,他有自我分析能力,不是领导拿来稿子一分他就做了。我所采取的方式只能是选准一个发展方向,把我们三联书店的发展方向选准了,确定好选题发展思路,给大家创造一个好的环境,把大家的积极性调动起来,更多的是这样。有的人认为你老樊来了以后,也不到编辑部走一走,看一看,巡视巡视,查一查,和哪个人聊两句,说几句话。这样子是不是老樊就不重视编辑了,编辑地位就降低了,我觉得不是这种情况,我在内心里不是这么想的,这只是一个领导方式的改变问题。

二是我希望编辑同志要找准自己的位置。有的同志有一种误解,甚至说过这样不利于团结的话,"你们花的钱都是我们挣的,我们养活你们",不是这样的,不能这样看问题。我们整个办公楼、我们队伍的构成,是有做编辑工作的,编辑工作非常重要。我们还有发行,有营销,有后勤保障,由很多的部门组成,编辑工作重要,但并不是编辑高人一等,这个确实要区分好。三是大家可能还会有些误解。我们编辑的诉求,编辑提的一些意见,有的领导听了,有的领导没有听;也可能过去编辑提的意见,领导听得比较多,这次听得比较少,或是别的什么情况,总之说是不重视编辑工作,编辑地位下降了。不是这种情况。因为三联书店是体制内的出版社,体制内的出版社都是这样的模式。三联书店是有领导班子的,是党领导下的一个文化出版单位,它的决策是要平衡各方面的意见,照顾各方面的利益,听取各方面的诉求。有好的意见我们会吸纳,有的虽然很好,但是暂时实行不了,我们就可能不吸纳,领导班子会有取舍。但大家提出的意见我们都会认真听取,认真地做记录,供领导班子参阅。每个团体都有自己的诉求,人人都有诉求。我们班子不能都去满足,我们会更多地听取编辑同志们的意见,理解大家的诉求,但是我们确实做不到每个意见都能吸收。

关于对我们自己成绩的考量。上次讨论会,汪总、李总和舒炜都谈了一些自己的看法,结合这些看法,我谈一下自己的几点认识:第一,我们要提倡充分肯定自己的成绩,反对自我矮化、妄自菲薄,不然我们就不能自信。实际上三联书店目前还是一流的,还是最好的。汪总和李总也不是说我们三联现在就不行了,不是这样的意思,是说我们现在还面临困境,要关注这个问题。第二,我们提倡自尊,但反对自宠。因为只有以自尊作为一个精神支撑,才能谈得上自立自强,所以说我们要自尊。但是我们在自尊的同时,要特别警惕自宠。所谓自宠,就是盲目地自我感觉良好,或者把自己看得很金贵,失去了自知之明,也软化了自强之志,这也是我们反对的。第三,我们提倡关起门来找问题,走出门去讲成绩。凡是在我们内部开会讨论,都应该重点找出自己的问题,而不是肯定自己的成绩,成绩要年终总结时讲。这不仅是对编辑部,对发行部、对印制,我们都是近乎到严厉和苛刻的地步。我们在内部一定要多找问题,多看问题,反对盲目乐观,这是因为,一是我们本身就有问题,有不适应的问题,二是现在竞争太激烈了,我们后面有追兵,广西师范大学出版社、北京大学出版社,包括长江出版集团等都有一些咄咄逼人之势,这些我们一定要特别清醒,决不可掉以轻心。

关于个人情趣、个人意志和个人作用问题。

第一,关于个人情趣问题。个人情趣是有的,不能否定,但个人情趣要和店里的发展、市场的需求、读者的需求充分结合起来。我上次在会上说"在市场面前个人情趣是微不足道的",可能有点过分,但也有片面的深刻。我们应该承认,个人是有情趣的,它是有选择的,有的同志喜欢电影的书,有的同志喜欢别的书。我们充分尊重编辑的情趣,不应该武断地去否定。但我也希望我们的编辑不要仅仅从自己的情趣出发，要从店里的发展方向和大局以及读者的需求出发，真正把自己的情趣和大众的情趣、读者的情趣结合起来，这才是我们提倡的。

第二，关于个人意志问题。个人意志在编辑出版当中，用好了是很好的。但是个人意志如果过分强调，局限于个人意志，就永远不能拿来好的稿子，永远不能成为大家。富于包容，海纳百川，才是真正成为出版家的一个前提。

第三，关于个人作用问题。有的同志说现在个人作用不好发挥，体制不行。有的同志说既要叫我们完成任务，又不能让我们选题自己说了算，完全是在不自由的情况下，个人作用是难以发挥的。这个问题应该这么看，任何的自由和选择都有它的前提存在。编辑的个人积极性是不是在现行体制下就一定不能发挥？不是。三联书店编辑写书评的很少，在座的编辑同志想一想，你出了那么多书，你要写一篇书评，什么体制束缚你不让你写了？是领导班子说不让你登稿子了，或是哪个地方的体制束缚你了？这完全是编辑积极性的问题。我们一说到编辑作用发挥的问题，有人就会讲到一些体制方面的问题，这不完全公平。对领导来说，是在有限的范围之内尽量创造条件，但我们也不可能完全打破框框来创造条件，大家只能在现有的体制内尽可能地发挥个人的能动性。我在吉林省新闻出版局当副局长的时候，有的编辑来提意见，说现在有一些书不让出，我们怎么解放生产力？我给他们说一个例子，"女同志抹口红的时候，一般都是先涂一个唇线，完了再抹口红，这是有一个范围的，不能把口红抹到脸上去。它总是有点限制的，就像咱们的各种规定，它就是一个唇线"。他们一听就笑了，说我说得很形象。

关于个人心情舒畅和集体统一意志的问题。我们提出店里的同志们有意见有地方提，有气有地方出。因为大家压力都很大，领导也面临强大的压力。大家把自己的意志和愿望说出来，心情就会舒畅。但是说出来后有一个统一意志的问题，因为咱们是一个集体。咱们加起来有二三百人，有书有刊有书店，有整个发展方向，领导班子是要决策的。这实际上就回到老前辈邹韬奋先生说过的，又有民主又有集中的问题。这民主集中制是邹韬奋先生很早就提出的，是三联书店的一个创举。先民主后集中，没有民主就没有个人心情舒畅，但是我们最后是要有个民主集中制，有个决策，关于发展方向问题、干部使用问题及其他问题，不然单位就没法运行，就会四分五裂，甚至坠入无政府主义状态，那吃苦的更是大家了。

关于传统出版的命运。这关系到我们今后的出路。第一，传统出版业的命运问题，我个人看法，传统出版业不会消亡。有人说纸质图书只有几年就完蛋了，我不这么看。也可能我守旧，但我今天把这话说到这，让实践来证明。图书出版是有历史的，在中国有几千年的历史。我们的图书出版从历史上追溯起，简书、帛书，最后造纸术发明后，在纸上写，中国有几千年的纸质阅读的历史和习惯。中国又是一个人口大国。有不同人、不同层次的不同需求，说它完就完了？虽然我也感觉到危机，但我还是对传统的图书出版充满信心，因为总是有人在需求，就是哪怕它最后灭亡了，总有人收藏吧。

这是我的一个看法。第二，我有信心，就因为我们是三联书店，我们是三联人。到最后灭亡的也是三联书店，哪怕是收藏也得收藏三联的书。我们不要妄自菲薄，虽然现在我们还没法完全介入到数字出版里来，但三联书店有做传统出版的优势，传统出版业也不可能最终消亡。我有一点体会，当电视普及的时候，大家都说广播完蛋了，广播局完了。结果广播电台经过改革，死而复生。不要那么悲观，关键是看你怎么做，怎么应对，要有定力。我们的应对之策就是要做精品，做一流的图书，真正的思想是新颖的东西，是自己思考、有自己独到见解的。只要三联书店坚持自己的品牌，坚持自己的文化品位，就一定是有前途的。我们也会介入到新媒体中来，现在《三联生活周刊》已经进了十多个人，投资数百万元，也可能会失败，但我们要做这种尝试。目前还是应该踏踏实实地做好三联的书，这就是我们的应对之策。

（2011年9月9日）

坚持正确导向必须处理好三个关系

　　2009年1月三联书店新班子组成，到现在已经过去五年零两个月了，在这五年当中，我们的社会效益方面——品牌影响力和好书出版以及经济效益，在大家的共同努力下，都取得了很好的成绩。用沈昌文先生的话来说，这是进入到三联书店独立建制以来发展最好的历史时期。在坚持导向方面，我们不仅坚持了正确的出版导向，而且在引导人们更好地理解党和国家的政策，更好地坚持马克思主义和社会主义价值观方面都做出了积极贡献，这是要充分肯定的。但是从去年以来，管理的尺度变了，我们自己的思想却没有发生变化，致使在图书出版、期刊出版方面都存在这样那样的问题，有的还受到上级机关批评。出现这些问题的原因有哪些？为什么这些问题发生在三联，而没有发生在中华书局，没有发生在商务印书馆？我认为这和三联书店固有的传统、出书范围和三联书店的人文情怀、编辑气质有一定的联系。我们在思想上还有一些关系没有处理好，或存在一些偏颇。因此，以下三个关系特别需要关注，特别需要认真研讨。

　　第一，在三联书店如何处理好党性、人民性和知识分子属性之间的关系，或者进一步说党的立场、人民的立场和知识分子立场的关系问题。三联书店过去被称为知识分子的精神家园，是非常受知识分子拥戴的一家出版社。从它成立的那天起，就和知识分子的命运息息相通，也受到知识分子的爱戴。我们和知识分子确实有血肉联系，我自己对这方面也有认识。我认为三联书店是党联系知识分子的重要纽带，三联书店不是宣传部，也不是组织部，而相当于是统战部，是党通过三联书店联系知识分子的地方，我们要把我们的党性和知识分子的立场很好地结合起来。党性和人民性是一致的，党如果不代表人民，它就站不住脚，不能把二者隔离起来、对立起来。过去在强调三联书店特性的时候我们常常讲两句话：第一句是知识分子的精神家园，第二句是坚持知识分子立场。知识分子的精神家园，这句话大家没有什么不同的意见，很多出版社都在争自己是知识分子的精神家园，但是说坚持知识分子立场的唯有三联书店一家，认为自己就是站在知识分子的立场上，是代表知识分子说话的，所以知识分子的研究成果，我们要充分地表达；知识分子的愿望，我们要帮他们声张；知识分子的困难，我们要替他们去克服。我们要替知识分子说话，特别是知识分子的著作、研究成果，我们要充分反映出来。问题在于你反映知识分子研究成果的时候，你能不能把党的立场和知识分子的立场统一起来。三联书店是党办的一个出版社，我们一定要跟党站在同一个角度。当年邹韬奋在创办生活书店的时候，他站的不是知识分子的立场，而是大众的立场，他更多强调的是人民的立场，竭诚为读者服务。我们怎么能把这三者结合在一起？知识分子的立场，和党的立场、人民的立场肯定有一致的方面，因为知识分子也是人民，他也有人民性，知识分子中也有党员，他也有党性，三者之间一定有相互交叉的部分，我们在三者之间找到一致性。知识分子也不是铁板一块，知识分子也不个个都是好样的，不全是真正推动社会进步的。现在你看知识分子分化到什么程度了，沽名钓誉的、腐化堕落的、人云亦云的、出卖个人灵魂的，我们能简简单单地说知识分子的立场吗？我们不能片面地强调知识分子立场，我们能尽量为知识分子提供表达的空间，但我们不能一味地去满足个别知识分子的想法。假如一些人通过自己的文章，含沙射影，攻击他人，或者去捞取自己的名声，或者为达到一些个人目的，去损害党和人民的利益、国家的利益，那么三联书店就不能为他们提供这样的平台。这是我谈的第一个问题。

第二，要正确处理好继承三联传统，特别是韬奋先生创立的追求真理，推动社会进步的优良传统，和现在关心大局、关心社会进步的关系。三联书店之所以不同于别的出版社，恰恰就是继承了或者是秉承了韬奋先生所创造的传统。三联书店为啥在三十年代能够独树高标，成为文化大军中的一员，受到党的重视，发挥那么大的作用，恰恰就在于它传播革命真理，推动社会进步。韬奋先生为了坚持真理六次流亡，身体备受摧残，最后英年早逝。我多次见过邹家华同志，家华同志说到他的父亲时多次讲到，韬奋先生就是为了推动社会进步，就是为了改造社会才从事新闻出版事业的，他不是为了挣钱才搞这个,他是有情怀的。韬奋先生如去经商做买卖,以他的资历和背景,可能做得更好。像他那样坚持真理确实不易,蒋介石派陈布雷等一些人去拉拢他,让他把生活书店合并到中正书局,给予高官厚禄的许愿,他也不动心。他说除非你剥夺我的自由,否则不让我推动社会进步是不行的。他给我们树立了榜样。

三联书店之所以能成为今天的三联书店,是继承了三联的精神——韬奋精神,特别是党的十八大之前举行的八十年店庆,更是举起了弘扬韬奋精神的旗帜。在店里我们一再强调,三联书店必须密切贴近现实,推动社会进步,而不能满足于风花雪月、吃茶饮酒这些东西。但另一方面,我们要意识到我们现在的三联书店、生活书店和当年面临的情况是完全不一样的。我们不能一味地按过去的路子走,而不从我们现在的实际出发。韬奋先生那时候是要砸碎一个万恶的旧世界,砸碎的是锁链,得到的是自由,要把成千上万的老百姓发动起来,实现民族的解放和民主独立自由,建设一个新中国。我们今天面临的现实和那时候是不一样的,我们现在是啄木鸟,要把大树里的虫子给叨出来,使大树枝繁叶茂。我们现在对党的领导方式也好,对我们的国家管理方式也好,对我们的社会现实也好,是可以提出批评建议的,但是就像我们出版的《小漫画大廉政》一书一样,我们是通过各种各样善意的方法去推动社会进步。尽管有些人对现在的社会有意见,但是总的说,我们的社会是进步的,我们目前的状况是好的。我们中国现在在世界上能够站立起来,能有现在这样一种地位,是过去历朝历代,是过去北洋时期、民国时期没有的，我们得承认这种现实。虽然共产党内也有腐败现象，也存在一些问题，但是在中国，也只有中国共产党能够带领中国人民前进，带领中国人民实现伟大民族复兴，我们得客观认识这种形势，承认这个现实。我们能做的是干预现实，把现实的问题找出来，提供积极的建议。干预现实有多种角度，最近《三联生活周刊》出了一期反映习近平总书记执政理念的专刊，还找五个专家来解读李克强总理政府工作报告，这不也是关注现实吗？这不也是反映现实吗？这都是在推动社会进步。关心社会进步是我们的责任，我们不能因为受到批评，就不敢接触现实，就不敢继承韬奋精神，那样的话，我们三联书店真成了风花雪月、品茶饮酒的地方，那你还有存在的必要吗？你的品牌还能保得住吗？这肯定是不行的。但从另一方面说，我们要检查一下我们为什么受到批评，说明我们在掌握的尺度上还存在一些问题，我们本来是要解决现实问题的，想发出一些正义的呼声，但是实际造成的不是这样的结果。你想推动社会进步，结果你反而没有。这个关系一定要处理好。我们还是要大胆地坚持为现实服务、力谋改造社会，让社会更完美，社会完美以后，我们这些人也幸福在其中啊。这是第二个关系。

第三，要特别强调处理好两个效益的关系。这些年强调发展，上面给的指标高，压力也很大，我们自己也有发展的需求，对我个人来说，我也感到很大的压力。要是完不成任务指标，集团领导批评我；要是不出好书，读者骂我；要是不能提高员工收入，员工怨恨我。这些年注重发展对不对呢，完全是对的。从三联书店来说，这几年如果我们没有这么大体量，我们就没有抗风险的能力，我们也不可能给大家提高待遇。我们三联书店一年没有五千万的费用是开不了门的，所以发展是必须的。但是强调发展的时候，我们一定要处理好两个效益的关系。其实三联前辈们过去讲得很清楚，韬奋先生讲，处理好商业性和事业性的关系，我们是为了事业性存在的，我们的根是事业性，没有根，我们就完了。但是我们在坚持事业性的同时，一定要强化经营，不善经营，我们也垮台了。但是我们现在要注意另一个倾向，那就是为了强调经济效益，而放松了政治把关。我们有个编辑，现在已经离职了，她出了一本书，后来这个书全废了，实际上给店里造成了重大损失。书中的严重错误被领导发现以后，赶紧叫停，把书全部销毁，重新印。我觉得有时候我们编辑或是领导过多地注重经济效益，也是造成出现问题的一个原因。为了能够更好地坚持出版导向，我觉得以上三个关系值得我们好好地探讨。

（2014年3月25日）

从中日双语版《鲁迅箴言》出版说起

2011年9月25日，是鲁迅先生诞辰130周年纪念日。在诞辰纪念日到来前夕，生活·读书·新知三联书店和日本平凡社共同出版了中日双语版《鲁迅箴言》，两国友人集聚一堂，共同就《鲁迅箴言》中日双语版的出版做深入的研讨，表达了对鲁迅先生的敬仰和怀念。

鲁迅是伟大的思想家、文学家，他给我们留下了丰富的精神和文化遗产，他的著作卷帙浩繁，让人叹为观止。我们为什么要策划出版这样一本书？最直接的原因，是我看到关于中学教材中要不要删除鲁迅作品的争论。双方言辞激烈，各执一端，我无意介入争论，但却产生一种想法，同意删除也罢，不同意删除也罢，学生喜欢读也罢，不喜欢读也罢，鲁迅精神是不能没有的。在中国现代思想史上，鲁迅的杰出思想力几乎是无人能与之匹敌的。它的厚重，它穿透历史时空和照亮夜空的能力，确实是一些号称思想家的人望尘莫及的。毛泽东说鲁迅是"中国的第一等圣人"，蔡元培称鲁迅是"天才"，郁达夫更是对鲁迅崇敬有加，说过："当别人看现象时，他已看到了实质；当别人看到局部时，他已看到了全局；当别人看到眼前时,他已看到了未来。"德国汉学家顾彬明确提出:"中国现代作家的杰出代表是鲁迅。鲁迅是中国的,也是世界的。"鲁迅是一个充满了批判性、思辨性和忧患情怀的"严密的思想整体"和"完整的精神世界"。他具有"有明确的是非,有热烈的好恶"的"文人品格"。我们的社会,特别是我们的青少年需要鲁迅,需要鲁迅精神。在市场经济条件下,在各种浮躁、快餐式文化、娱乐式消费大量涌来的情况下,特别需要独立思考、独立人格,特别需要对真理的坚守与追寻,特别需要倡导对社会的责任。鲁迅的骨头是最硬的,不读鲁迅,中国的青少年就会缺钙。

策划出版此书,还由于我对鲁迅和鲁迅作品的挚爱。1974年,我在部队当战士报道员,我的一篇稿子在《贵州日报》头版刊出,那时投稿没有稿费,作为"酬劳",报社给我寄来一本天津人民出版社1973年1月出版的《鲁迅杂文选》。40年过去了,这本书随我南北转战,从部队到地方,从贵州到吉林、到北京,一直在我身边,前后读过数十遍。我喜爱它是因为它在特殊年代温暖了我,陪伴了我,更是因为它丰富的内涵、深邃的思想和惊世的才华哺育、征服了我。我深切地知道,在有的人眼里鲁迅是一面旗,在有的人眼里,鲁迅是一座坟。旗也罢,坟也罢,你都不能无视它、绕开它,这就是鲁迅,这就是鲁迅存在的意义。鲁迅的杂文在鲁迅作品中是最具特色和代表性的。这本由北京鲁迅博物院专家用心编选的《鲁迅箴言》,收入鲁迅杂文的精华部分,读之可以听见战士的"呐喊",看见最硬的骨头,感知中华民族的脊梁和未来的希望。全书采用语录体摘编的方式，从鲁迅原著中精选365条，分为十二大类。之所以采取这种形式，主要是因为鲁迅的思想，多用精辟隽永的字词表达，有一种特有的"箴言"句式，读起来意蕴深长又简明上口，让人爱读耐读。

《鲁迅箴言》出版后，在中国国内受到了读者的欢迎，我们即考虑如何使之"走出去"，拥有众多的国外读者。恰在此时，日本平凡社前任社长下中弘先生、其夫人剪纸作家下中菜穗女士、东京大学文化人类学博士丹羽朋子女士应我的邀请访问三联，交谈中日本朋友对《鲁迅箴言》表现出浓厚的兴趣，开始时商谈购买中方版权在日本出版，后最终商定以出版中日双语版作为合作的起点。很快，具体负责此项事务的平凡社总编辑下中美都就给我来信，信中道："两国能够共同打造这本富有价值、值得珍爱的书，能够使我们阅读同一经典、拥有广阔视野、在人生各个阶段深入思考人生意义的书，是难能可贵的机会，并能为未来带来无限丰饶的可能性。"一拍即合，双方就合作的具体事宜进行了商议。非常感谢平凡社的朋友们，他们为这本书的出版选择了最好的设计师，选择了最好的翻译，也为中方出版双语版提出了良好的建议。同一版本，中日双方在两地同时出版同时上市。既有内容的统一性，又有封面的色彩差异，相互交映，堪称绝配。双方的合作是愉快的、成功的。成功得益于双方的积极态度和良好配合，这是容易看得见的。但是其成功，根本在于两国人民对鲁迅精神的高度认同。在日本，鲁迅获得的广泛阅读和深刻理解是其他任何国外作家不可比拟的，鲁迅曾经深刻影响了几代日本知识分子和普通读者，为二战后日本思想解放运动提供了宝贵的思想资源。诺贝尔文学奖获得者大江健三郎称鲁迅是自己文学的"乳母"，他特意为《鲁迅箴言》的腰封写下一段文字："鲁迅的一篇篇小说、随笔是世界近现代散文之王，选取一行行就成为最好的诗集。"这种对鲁迅的高度认同是基础，我们双方的合作是应运而生、顺势而为。在出版过程中，日本突发的地震给书的出版带来了困难，但日本友人硬是克服困难，按时出版了此书。我们及时送去了慰问，也表达了我们的钦佩感激之情。

创办三联书店的前辈们，诸如邹韬奋先生等，都和鲁迅有密切的联系，鲁迅当年也曾对生活书店等给予关注和支持，鲁迅和三联书店有一种内在的精神纽带联系，这就是革命的战斗的批判的精神。三联书店对鲁迅著作出版的关注是一以贯之的，对鲁迅精神的宣传是一脉相承的。新中国成立前，三联就出版过评介、宣传鲁迅精神的著作，由王士菁先生著、许广平女士审定的第一本《鲁迅传》，就是三联书店所属的光华书店出版的。近年来我们先后出版了《鲁迅年谱》《鲁迅评传》《钱理群中学讲鲁迅》，正在策划出版《鲁迅图传》等。《鲁迅箴言》是我们宣传鲁迅思想的重点出版物，除了出版中日双语版，还在香港出版了中文繁体字版，我们正在策划出版《鲁迅箴言》英语版、德语版、法语版，让鲁迅精神走向世界，让外国读者通过鲁迅、鲁迅的思想了解中国。

（刊载于《读书》2011年第9期）

见证历史　弘扬传统

——在《三联经典文库》第一辑出版座谈会上的发言

　　首先我要感谢今天到会的各位领导、各位专家学者，感谢你们对《三联经典文库》出版的关注，也感谢你们多年来对三联书店的厚爱。

　　今天的座谈会在某种意义上也可以说是一个庆功会，我们终于在三联书店80周年店庆前夕，按照国家出版基金项目规划的要求，按时保质地完成了《三联经典文库》第一辑的出版任务。今天也是一个对《文库》第一辑出版工作的总结会，通过总结，吸取经验教训，把以后各辑做得更好。在此，我首先对《文库》第一辑的出版意义与出版过程做一个简要的介绍。

　　《三联经典文库》拟出版五辑，仅从摆在大家眼前的第一辑，就足以印证生活·读书·新知三联书店在历史上是以追求进步、追求光明、传播真理为己任的一家出版社，三联书店的前辈们对国家命运与民族前途有着高度的使命感与责任感。这种对真理与光明的热诚追求、对社会道路的自觉探索，不仅体现在"竭诚为读者服务"的企业文化中，而且体现在对最基层、最广大的人民大众的深切理解与同情中，体现在对于开启民智、传播文化的实际工作中。我认为，即使在今天从出版史、文化史与学术史的角度来看待《三联经典文库》第一辑，它也有着多方面的现实意义与思想价值：

一是鲜明的时代性与现实性。在抗日救亡、民族解放的年代，三联书店既出版了如《津浦北线血战记》《抗战前途与游击战争》《晋察冀边区印象记》等直面现实、唤醒民众的图书，也出版了很多像《马克思传》《〈资本论〉通信集》《韬奋文录》《西行漫记》《大众哲学》等传播马列主义、宣传革命思想的著作，这些著作在今天仍然有其可贵的历史借鉴价值。

二是学术上的开创性与思想上的启蒙意义。三联书店出版的许多学术著作与启蒙读物，如《朱元璋传》《中国文字的演变》《简明中国通史》《中国古代社会史》等中国学者在新的学术思潮与方法影响下研究中国实际问题的学术著作，都是在该学科领域影响深远、甚至称得上开山之作的作品。而像《三民主义读本》《中国经济原论》《中国宪政论》等著作，则起到了对大众的启迪与教育作用。

三是珍贵的文献与史料价值。《三联经典文库》中收入的一些作品，或为作者对自身亲身经历的真实记载，或为对当时周边世界特别是国内现实的真实反映，因而具有珍贵的史料价值。除了上面提到的《西行漫记》外，还有像《中国的一日》《辛亥革命与袁世凯》《苏联五十天》等，都是弥足珍贵的历史文献。

四是值得重视的版本价值。此次选入《三联经典文库》的很多书在后来虽有再版，但大多因修订次数过多以及时势变化的影响等原因而显得面目全非，也有的近于绝版，读者无从得见，我们在尽可能保持原书面貌的前提下重新推出，力求将当年我国出版史、也是文化史上的一道动人的风景予以恢复，也给研究者和藏书爱好者们提供了便利。

基于这样的认识，我们对《三联经典文库》的出版高度重视，列为全社重点出版工程，成立编委会加强领导，成立专题项目部，具体落实出版任务。总编室、出版部等全力配合，要求将它做成精品，做成经得住时间考验的传世之作，做成三联的"镇店之宝"和压卷之作。经过全店上下的共同努力，这一重大工程初告成功，并为今后积累了经验。

这套书之所以成功，追根溯源，我们要感谢三联前辈们团结了一大批进步作者，感谢那些对三联书店给予高度信任的译作者们。20世纪三四十年代，三联书店在国统区和香港起着革命出版阵地的作用，其周围始终团结、凝聚着一大批当时社会一流的学者、思想家、作家以及政治家、革命家。仅在《三联经典文库》第一辑的作者中我们就能够看到像黄炎培、费孝通、千家驹、薛暮桥、王亚南、张申府、翦伯赞、吕振羽、侯外庐、艾思奇、吴晗、瞿秋白、李达、茅盾、臧克家、艾青、胡风等一连串在中国现代政治史、思想史、学术史以及文学史上闪光的名字。当我们重新学习、整理和出版这些前贤的著作时，愈发深切地感到这项工作既是对三联书店辉煌历史的一个回顾，也是对今后三联书店如何更好地服务读者、团结一流的作者的一个鞭策。非常感谢上述译作者的后人们，他们给这套文库的出版提供了许多有益的帮助。非常感谢国家出版基金的支持，使这套文库的出版有了基本的经济支撑。在此还要特别感谢当当网总裁李国庆先生和他的销售管理团队，在这套书尚在运作之中，国庆先生就认为它极有价值，值得推广，在销售方面提出了许多合理化建议，并决定包销3000套，给了我们实实在在的支持。双方的合作，也创造了一个社店联合、网上销售的典型案例。

现在《三联经典文库》第一辑已经摆在大家面前，虽然我们为之付出了很多心血和劳动，在文库选目、工作流程、编辑规范、出版凡例等方面几经讨论、反复斟酌，但对于一次性出版这么大规模与体量的丛书，特别是对于整理民国时期的旧版书我们还存在很多经验上的不足，在选目原则的确立、编辑尺度的把握以及装帧设计上的考量等方面是否尽如人意，诚恳希望各位领导、各位专家学者、各位作者家属代表能够多提宝贵意见，以有利于《三联经典文库》后四辑工作的顺利实施，质量上更上层楼，早日完成这一三联出版史上的重要文化工程。同时，我们会将这些意见和建议运用到其他的精品生产中去，不辜负在座各位和社会各界对三联书店的厚望，组织出版更多的优秀出版物，为我国的文化繁荣做出更大的贡献。

（2012年6月29日）

推荐三联新书《读毛泽东札记》

今天是9月9日，是一代伟人、中华人民共和国开国领袖毛泽东逝世33周年纪念日。在1976年9月9日零时逝世前的24小时里，毛泽东是怎样度过的呢？

从9月8日零时起，便开始腹部人工辅助呼吸，血压高到180，低压到80。11点左右，心律失常。下午4点过，插上鼻饲管。晚上8点半，神志模糊。就是在上下肢插着输液管，胸部安有心电监护导线，鼻子插着鼻饲管的情况下，毛泽东当天看文件、看书十一次，加起来有2小时50分，平均每次不到16分钟，文件和书是由别人用手托着看的。同书打了一辈子交道的毛泽东，最后一次阅读，是9月8日下午4点37分，七个多小时后，他的心脏停止了跳动。

这段话摘自三联版新书、陈晋著《读毛泽东札记》第187~188页。9月8日下午拿到这本书的样书，即被它朴素简洁的封面所吸引。晚上入睡前捧读之，当看到上面摘引的这一段文字时，心灵被深深震撼了。毛泽东去世前这个细节，从前是不曾披露过的。我受到震撼，这不是一个伟大生命衰落的过程，而是在这个生命之火即逝的过程中，毛泽东仍坚持读书，直到生命最后一息。我们都知道毛泽东酷爱读书，但他在读书中结束生命，我还是第一次知道。生命不息，读书不止，毛泽东苦读了一辈子的书，读书、实践、探索，造就了他个人的伟业和国家的基业。今天我们怀念毛泽东，向他学习借鉴的东西很多，且不论他的行为、思想、才识、情感，仅读书一项，便给我们树立了标杆。试问，即使和他同时代的人，有谁达到了他的人生高度？而我们这一辈人，又有谁能达到如此程度？且不论什么领袖、导师、伟人之类，仅仅作为一个普普通通的读书人，毛泽东也足以让他的同辈和后辈钦佩了。即使在毛泽东常常感叹"时来天地皆用力，运去英雄不自由"的被疾病缠身的晚年，他也没放弃过读书，而且知老之将至愈加勤奋。毛泽东与书打了一辈子交道。从北京大学图书馆管理图书，到长征途中的书驮子，转战陕北的书箱子，到新中国成立后书房中的图书方阵，到沙发上、厕所内、睡床上摆放的图书，毛泽东抓紧能够利用的一点一滴时间读书，读书成了生命的一部分，"春蚕到死丝方尽"，他是生命尽时读方休！

我相信陈晋先生在《读毛泽东札记》中所披露毛泽东病逝前读书的细节是真实的，是来自第一手资料的。因为他在中央文献研究室工作，有查阅毛泽东档案资料的天时、地利。而从事实出发进行研究，这是对研究工作者的基本要求，更是对中央文献研究室研究人员的基本要求。据我所知,中央文献研究室分为毛组、邓组、周组、刘组等,他们的研究人员是一边学习整理中央文献,一边进行专题研究的。事实真实是研究的根本前提。因此,《读毛泽东札记》这本书就有了它的第一个特点,资料的真实可信。书中披露的史料都是真实的、有据可查的,绝无"据说""戏说"之嫌。季羡林先生曾说过:他说的话都是真实的,但真实的话不一定都说。我相信陈晋书中所用的资料都是真实的,当然,他所知道的真实材料也并非全都披露。书中的这些史料,唯其真实才显得可贵,才对我们认识毛泽东的性格和了解涉及的其他人物事件有重要帮助。

《读毛泽东札记》的第二个特点是研究的深入。陈晋现任中共中央文献研究室副主任、研究员,多年从事毛泽东和党史文献研究,出版过多部研究毛泽东的专著,为多部有关毛泽东的电影、电视文献片撰稿,是《毛泽东传》的执笔人之一。早在1991年,他就在我所供职的吉林人民出版社出版《毛泽东的文化性格》,因为近水楼台我得以先睹为快,对其运用大量史料,从文化角度分析毛泽东性格的生成,印象深刻。因此也对陈晋研究毛泽东的著作深感兴趣,搜读过多部,对其研究的深入深为叹服。《读毛泽东札记》亦是如此,虽非系统研究专著,但书中的每一篇都是经过深思熟虑落笔的,颇见吹沙见金、拨灰见火之功,读来让人受到启迪。

史论结合是本书的又一大特点。拥有大量真实丰富的资料,又有深入研究的功力,怎样把研究成果反映出来?作者采取了史论结合夹叙夹议的方式,最终达到了"持之有据、言之有理"的效果。比如《遵义会议后毛泽东的领袖地位是怎样确立的》一文,就是边叙边议边分析,让我们看到毛泽东在遵义会议后并非一帆风顺,指挥失误受人讥讽,王明回国后毛泽东被孤立,"命令不出窑洞"。《论持久战》赢得党心,直到1943年才在组织程序上巩固和确认了核心领导地位,从而改变了我们过去误认为毛泽东在遵义会议上"一蹴而就"的看法。

这本书的一点小小不足,是不该把读邓小平的5篇札记收进来,这与书名概念不合,也没有必要。建议再版时删去。必要时可自成体系,另出一本《读邓小平札记》为宜。

在纪念毛泽东逝世33周年之际,适逢《读毛泽东札记》一书出版,这是三联人献给中华人民共和国缔造者的一点敬意。再过20余天,就要迎来中华人民共和国成立60年大庆,人们自然也会怀念这位奠定伟业的创始人,《读毛泽东札记》会对人们读懂毛泽东提供帮助。当然,对历史人物的评价有俟历史。人只有在阳光下行走才会看到影子,伟人只有让历史检验才能识其价值。

(2009年9月9日)

松山巍巍　信史存焉

——在《1944：松山战役笔记》新书发布会上的发言

今天我们在这里召开《1944：松山战役笔记》新书发布会。主持人让我代表店里讲几句话。首先我代表三联书店向这本书的作者余戈同志，向空军少将乔良将军、《军营文化天地》陈虎总编辑、著名博客写手萨苏先生、解放军文艺出版社尹石先生等嘉宾，向一贯关注支持三联书店的媒体朋友们致以谢意。下面我重点讲一下三联书店为什么要出这样一部书，为什么作为重点图书向媒体和读者推广宣传。这部书的责任编辑是叶彤先生，我作为书稿的终审，在他之后较早地接触书稿并先睹为快，对这本书的深刻印象有三点：

一是有重要价值。松山战役是抗日战争末期，中国远征军以牺牲七千人为代价，在滇西用最惨烈的方式消灭盘踞在松山之日军、打通滇湎通道、拉开对日战略反攻序幕的著名战役，是中国军队对日作战中第一次真正意义上取得全胜的攻坚战。该书即是描述海内外著名的松山战役的纪实性作品，是详述松山战役始末的一部微观战史。用微观的笔法，按照每一日推进，详细追记了这场战役经过。作者援引大量的史料,经过甄别、比较、研究,又对战争的经历者和实地进行考证,在很大程度上可信地还原了战争的细节,生动地再现了这场战役的惨烈,表现了战争过程中的战略、战术、武器装备、人员精神面貌等因素,给我们留下了一部翔实而又可读的战役史。

二是真实、客观。第一,选松山战役做写作题材,这本身就是一种客观公正的态度。松山战役是在当时的中央政府领导下,国民党军队同日本侵略者所进行的一场殊死决战,体现了抗日战争中国民党军队在正面战场的表现和作用,还历史本来面目。同时,也客观地记叙了日军在这次战役中的"顽强"。第二,全书翔实、真切、细致、可感,有具体日期、具体人物、具体地点、具体景象、具体过程,给人以身临其境的现场感。第三,该书资料完整、详尽,以史服人。作者多年以来热衷于此领域资料的搜集,达到相当可观的程度,不仅收集了大量国内外的口述史材料和相关研究著作,还特别搜集了当时远征军部队留下的"战斗详报"和"战史"等重要的第一手史料。这是真实性的重要基础。

三是弘扬爱国主义精神。爱国、为国捐躯、"国家兴亡,匹夫有责",我中华民族自古以来就具有爱国主义的优良传统,特别是外敌入侵、民族危难的紧要关头,爱国主义精神和能量就会出现总爆发。这场战役以日军"完败"、我们完胜而告终,日军旭日旗在此降落并焚毁,不仅长了中国人民中国军队的志气,灭了日军的威风和锐气,而且以此为始点,我们转入全面反攻。实事求是地说,以日军的死硬猖狂和他们武器的先进，我们的胜利真的是来之不易。它是数千军人用血肉之躯换来的。"当时参战的官兵们，虽然对抗战的最终胜利抱有信心，但是看到日军如此疯狂地顽抗，都不敢相信自己能看到胜利那一天的到来。很多人的想法是，拼光自己这一代人，杀死全部日本男人，也许中国才能熬到胜利这一天。"事实上，许多人拼死了、献身了，才换来了松山战役的胜利，今天读来荡气回肠，使人在不知不觉中受到爱国主义精神的熏陶。总之，这是一部很有价值，既客观实在，又很有意义的作品，对中日战争历史的研究界和社会各界意义深远。它反映出的战争思想以及体现的文化观念，都和三联所言"人文精神、思想智慧"相一致，又有较为众多的受众，因此我们三联书店决定出版此书。

该书在确定选题前，店内曾请有关史学专家阅读书稿，得到充分肯定，后又请作者按专家意见进行了修改、补充和反复打磨。责编叶彤建议作者将书中史料一一标出来源并做了注释，提升了此书的文史研究性，既加强了此书的可信度，又使它更符合三联图书的人文学术风格。还建议作者增加了一些图片，使图文互证，也更加直观。这本书具有既面向小众、又面向大众的品格和特点。对个别战略战役研究者、军事爱好者来说，这是小众的，同时这本书有很大的阅读空间，能给人阅读快感，会拥有大量读者，因此又是面向大众的。这取决于他的可阅读性、生动性，让人如见其人，如闻其声，如闻到硝烟，如听到枪声炮声，如见到怒江滔滔翻滚的浊浪，和对岸高崖上日军碉堡黑洞洞的枪眼。空军少将乔良称这部作品是真实战史的血腥拼图。他说:"即使如我这种以读战史为己任的读者,也很少读过如此这般字里行间都弥漫着浓烈的血腥、烧焦的皮肉、滚烫的弹壳和刺鼻的硝烟味的作品,以致我至今闭上眼睛,都能马上想象出那片寂静的战场下,被太多的鲜血浸泡过的钢铁和铜的腥气以及暗红色的泥土!"这种生动性、可读性,形成了吸引读者的元素,满足更多人的阅读需求。

今年9月,是松山战役胜利65周年。65年前的今天,中国军队的壮士们正在和日军浴血奋战,也许刚刚取得胜利,在打扫战场,或投入下一场战斗。经过65年风雨洗礼,那幅血腥图画也远离我们而去,但试想想,如果没有千千万万勇士们的牺牲,就很难有我们的今天。换句话说,我们能有今天,是千千万万先烈用鲜血换来的。顺便说一点看法,我认为这本书的出版,包括我们召开今天的发布会,都对庆祝中华人民共和国成立60周年有积极意义。中华人民共和国是中国共产党领导全国人民推翻三座大山而建立的,其中一座大山就是帝国主义。从1840年开始,我国人民同入侵的帝国主义进行了殊死斗争,经过几代人的努力,终于在中国共产党领导下,打败了各个帝国主义列强,同时战胜了封建主义、殖民主义,取得了中国革命的胜利。中华人民共和国的建立,包括各党派、各进步人士、各积极力量的共同努力,当然也包括松山壮士们的牺牲。新中国的建立不是凭空产生的,是几代中国人民共同奋斗奠定的基础。因此,人民英雄纪念碑的碑文明确写道"由此上溯到一千八百四十年,从那时起,为了反对内外敌人,争取民族独立和人民自由幸福,在历次斗争中牺牲的英雄永垂不朽。"这其中当然也包括牺牲在松山的7000名壮士。从此意义上说,我们在庆祝新中国成立60周年之际出版此书,也有政治上的积极意义,也是献给新中国成立60周年的礼物。

(2009年8月29日)

记忆深处的老人艺

北京人艺,全称北京人民艺术剧院,创建于1952年6月,是我国顶尖的著名话剧艺术殿堂。由辛夷楣、张桐著,三联书店出版的《记忆深处的老人艺》甫一问世,就受到读者欢迎和艺术界的关注。

5月16日上午,"记忆深处的老人艺"座谈会,在王府井大街22号北京人艺实验剧场召开。会议由三联书店和北京人艺联合举办。我店出版的《记忆深处的老人艺》首发式同时举行。北京人艺戏剧博物馆副馆长刘章春主持座谈会。人艺著名老艺术家蓝天野、苏民、吕恩、郑榕、金雅琴、蓝荫海、赵玉昌、张学礼、金昭、王宏韬、梁秉堃、刘华、李光复、李曼宜(于是之的夫人)群星毕至。史家胡同56号"人艺大院"的子女们也来了一大批。其中有焦菊隐之子焦士宁、舒绣文之子舒兆元、方琯德之女方子春、赵启扬之女高芹、夏淳之子夏刚、宋垠之子宋苗苗、田冲之女田晓慧。还有一百多名人艺之友从四面八方赶来。会场气氛热烈,人气旺盛,可谓话剧艺术界的一次盛会。

我和责任编辑张荷、市场推广部詹那达、黄大刚、王竞等代表出版方参加会议。对大家来说，这是一次难得的学习、交流，也是一次很好的艺术熏陶。

会议发言热烈，其间笑声、掌声此起彼伏。年届89岁高龄的作者辛夷楣、张桐之母，曾任老人艺焦菊隐秘书的张定华老人，动情地介绍了她为什么支持和配合子女们写出这么一本书：这是因为老人艺曾经的辉煌和繁盛，永远在她头脑里挥之不去，她有浓厚的老人艺情结。正因为如此，她采取口述的方式，回忆了一个个精彩片段，一个个艺术家的往事，为子女们的写作提供了真实的第一手资料。老艺术家们在发言中称赞张定华及子女为国家、为人艺做了一件极其有意义的事，并回顾了当年胸怀理想"玩命干"的场景，"三大作家、四大导演"时期的辉煌，以及生活、创作经历和相互间的友谊。蓝天野发完言后退席，他风趣地说："今天是我60岁的儿子的儿子举办婚礼，我得赶去！"引来一片笑声、祝福声。金雅琴就坐在我的身旁，她眼睛近乎失明，但嗓音洪亮、激情依旧，言语智慧幽默。她说："当年演《骆驼祥子》，开始叫我演虎妞，挺高兴，后来却叫演'跳大神'的。我为此大哭了一场，怎么也想不通，就跑去找领导。书记赵起扬给我做工作说：跳大神的演好了，以后让你演别的。结果'跳大神'跳出了名，以后三跳六跳，只要有跳大神的，就是我的了。"后来她从"跳大神"中跳了出来，成功饰演了许多角色，成为全国观众喜爱的著名艺术家。金雅琴谦虚地把自己的成功归于导演和其他演员的帮助，说当年焦菊隐对演员要求极其严格，人物一出场就能看出是干什么的、人物之间的相互关系。在演一个角色时，舒绣文就曾给她许多有益帮助。

作者辛夷楣在澳大利亚定居，这部书的大部分是在澳洲完成的，其中的五万字左右首先在悉尼的中文报纸上刊登，引起了很大反响，她才下决心把它写成一本书的。在写作出版过程中，她得到了三联书店黄大刚(黄苗子之子、与辛熟识)、张荷(该书责任编辑、综合编辑室主任)、詹那达(市场推广部副主任)的热情帮助，提出了使之"茅塞顿开"的修改意见，提供了很好的宣传策划方案。她对此特别感动，认为三联书店有很好的、会做事的团队。我注意到，通过责编这本书，张荷已经与作者张定华、辛夷楣母女建立了很深的友谊。当张定华要坐轮椅从休息室进入会场时，张荷细心地把她的双脚抬起来放到脚踏板上。

会议期间，我代表三联书店做了一个发言。我说：

尊敬的莅临今天会议的各位老艺术家、各位来宾：

首先请允许我代表三联书店，对《记忆深处的老人艺》座谈会的召开表示祝贺，对北京人民艺术剧院及各位艺术家表示诚挚的敬意！

北京人艺和三联书店隔路相望，幸为近邻，我们是美术馆东街22号，北京人艺是王府井大街22号，门牌号一字不差，而我们的心也是相通的。《记忆深处的老人艺》一书的出版，把我们两个单位联结到一起，今日的座谈会，又让我们亲密接触，有一次深入交流的机会。说实话，我对北京人艺，对北京人艺的艺术家们，有一种景仰之情,每次步行路过人艺,看见剧院,看见路口"首都剧场"四个字,就会生出一种敬意,一种崇拜,甚至是一种敬畏,为它对国家和人民的贡献,为它在艺术创造上达到的高度和厚度。认真阅读《记忆深处的老人艺》一书之后,这种敬畏和崇敬之情就更加浓烈了。因之,主持会议的同志让我做一个发言,我便欣然从命了。

三联书店所以要出版《记忆深处的老人艺》一书,是因为三联书店秉承"思想智慧、人文精神"的理念,着力进行文化传承和艺术创造,努力为读者提供增加素养、丰富心灵的精品力作。而《记忆深处的老人艺》符合我们的选题标准和价值判断。我们认为这是一本好书,是一本生动有趣的书,是挖掘弘扬老人艺精神的力作。全书纵横交错,为我们打捞出一网又一网鲜活的美好记忆,讲述一个又一个精彩的动人故事,塑造一个又一个艺术家的典型形象。全书用回忆及口述的方式,真实地反映老人艺的历程和艺术家们的甘苦,描绘他们的辉煌和困惑,探索成功的喜悦和遇到挫折的迷茫,呈现他们台上的艺术创造和台下的现实生活。全书虽然只有两百多页,却很厚重,有质量,使人读之受到启迪和艺术的熏陶。为此,我们要感谢这本书的作者辛夷楣女士、张桐先生,感谢为他们口述人艺历史的张定华女士。因为这本书不是文学创作,而是真实的记录和客观的"照相"。人有所依,物有所本,因此,我们也特别感谢作为传主的曹禺、焦菊隐、凤子、舒绣文、叶子、赵韫如、吕恩、朱琳、刁光覃、田冲、方琯德、苏民、蓝天野、于是之等众多著名艺术家们,感谢他们为人民创作了《龙须沟》《茶馆》《雷雨》《北京人》《丹心谱》《天下第一楼》等经典力作。"数辈高才心血凝，一串明珠足可珍"。黄钟大吕，空山足音，这些话剧给一代又一代观众留下深刻印象。不仅如此，书中最使我们感动的是老艺术家为艺术献身的精神和思想境界，为了艺术，不惜献出一切，个人利益、幸福、前途、甚至是生命，而这正是"老人艺精神"，是人艺所以成为人艺并不断延续的精神动力。正因为有了人艺精神，人艺才能达到前所未有的高度，让人敬仰、敬畏，让人肃然起敬。

北京人艺和三联书店心心相通，还在于双方都有辉煌的历史，也存着共同的文化价值取向，创新传承经典文化是我们的共同坚守，同时也都有面对市场的困惑，甚至在前进中会遇到相同的困难。我们的合作也可戏称为"难难合作"，因此我们会增加我们的情分和友谊，我们会从老人艺的艺术家们身上汲取我们需要的力量。俗话说远亲不如近邻。昨天下午和同我们比邻而居的中国美术馆馆长范迪安聚会，他听说我今天要来人艺参加《记忆深处的老人艺》座谈会，让我给人艺的领导带话，希望三联书店、中国美术馆、北京人艺加强沟通和合作，形成王府井大街北京文化"铁三角"。我很拥护这个提议。你想想，一个人在三联书店买了好书，再去中国美术馆看一场精品展，再去看一场人艺精彩的演出，该是怎样快乐的一天！我们欢迎人艺的艺术家多写书多出书，反映人艺美好的过去，探讨研究艺术的发展，前瞻人艺美好的未来。我们三联书店一定会秉承邹韬奋先生"竭诚为读者服务"的教诲，努力为各位服好务，为更多的优秀出版物问世提供帮助。

　　"莫愁前路无知己,天下谁人不识君。"北京人艺走过了近六十年的道路,已经创造了辉煌,今后还会创造更加灿烂的辉煌。祝北京人民艺术剧院薪火相传、兴旺发达;祝各位老艺术家健康长寿、永葆艺术青春。

(2009年5月16日)

弘扬中华饮食文化　品味台湾经典小吃

——在《舌尖上的台湾小吃》简繁体版新书首发式上的发言

近日,由三联书店恢复设立的中国出版界老字号生活书店,携手台湾华品文创出版公司,于两岸同步推出中文简繁体版新书《舌尖上的台湾小吃》。今天,我们在第九届海峡两岸图书交易会上举行隆重的首发式。

《舌尖上的台湾小吃》有浓浓的"台湾味道",荟萃了全台湾最具人气的100种美味小吃,并将其分为五大类:热门小吃、羹面汤饭、热门点心、冰热(甜)饮品及名气小吃。同时还介绍每种小吃的典故、发源地、做法,读者吃完后还可以回家自己做。

另外,针对每种小吃,作者特别整理了五至十家热门推荐人气店,并附上各夜市的交通信息、台湾捷运地图及2012年票选出的101台湾小吃名店,为广大读者于台湾生活、工作、自由行时就近品尝美食提供了极大的便利。

作者林二少为台湾资深美食旅游记者。他表示,多年来一张嘴尝遍台湾乡镇小吃,也越发深刻了解到,饮食是人类文化与经济、社会背景、地理气候条件的缩小与反映，对于吃越发尊重。

该书是为满足近年来"井喷式"赴台旅游的大陆游客的热切需要而出版的。2013年，大陆游客赴台旅游届满5周年，期间累计有623万人次到台湾游玩，旅游消费高达156.8亿美元。有调查显示，超过一半以上的游客到台湾，最喜欢去的不是地标性建筑台北101大楼、台北故宫等名胜，而是充满市民美食、深具台湾特色的夜市！

这本权威独家、原汁原味的台湾小吃指南，内容丰富，图文并茂，书中摩肩接踵的夜市、别具风味的老店、色泽诱人的美食，以及小吃背后蕴含的故事传说，都让人强烈地感受到宝岛独特的饮食文化。

许多台湾小吃源自大陆，属于中国味道。该书的出版，让读者更加了解台湾、亲近台湾，依托小吃这种全世界共通的文化，近距离体验中华饮食文化的博大精深，深切感受到两岸人民同根生、血脉连、一家亲的宝贵亲情。我们出版这本书的目的，就是让读者了解品味台湾小吃，品味小吃后面的饮食文化，品味两岸同根同源的血脉关系。

该书也是生活书店和台湾华品文创密切合作的成果。在日益加深的两岸文化交流和出版合作中，我们选择台湾华品文创，并建立了合作伙伴关系。这是我们密切合作共同推出的第一个成果，今后我们将按这种模式继续合作，让同一本书用简繁体字同时在两岸推出，给读者提供阅读便利，而我们也在"共享"中实现共赢，促进各方的发展。再一次感谢华品文创总经理王承惠先生，祝首发式圆满成功。

（2013年10月25日）

真喜欢　真重视　真有真知灼见

——编辑出版《李瑞环谈京剧艺术》一书的几点体会

今天由全国政协京昆室和中国出版集团公司主办的《李瑞环谈京剧艺术》出版暨京剧艺术发展座谈会在这里召开,作为该书的出版方和会议的协办方,我首先代表生活·读书·新知三联书店对会议的召开表示热烈祝贺!对各位来宾的莅临表示热烈欢迎!对关心支持三联书店发展的领导和朋友们表示诚挚的谢意!在文化艺术界和新闻出版界深入学习贯彻党的十八大精神、全力推进文化强国建设、提高我国文化软实力之际举办这一座谈会,无疑有着重要意义。我仅站在该书出版者的角度,谈一点粗浅的认识。

三联书店是我国出版业的老字号,是邹韬奋等老一辈创办的进步出版机构,被读者誉为"知识分子的精神家园",在社会上有广泛影响。文化类图书是我店的重要产品,进行文化艺术普及是我们努力的方向。2011年七八月间,我们在考虑出版有关京剧方面的图书时,很自然地想到李瑞环同志对京剧艺术做出的重要贡献,进而想到,如果能出版一部《李瑞环谈京剧艺术》,无论对三联书店,对京剧艺术发展,都是一件幸事。于是由我给李瑞环同志写了一封信，信中写道：

> 我们知道，您在京剧艺术领域有很深的造诣，组织过"京剧音配像工程"，出版过《李瑞环改编剧本集》，多年来为在人民群众中普及京剧艺术做出了很大的贡献。我们诚邀您为我店编写一本《李瑞环谈京剧艺术》，把您历年有关京剧的讲话、文章，以及您对这门国粹的更多心得，结集起来提供给读者。我们相信，这会是一部读者喜闻乐见的好书。如果他们读完这本书，从此对京剧产生兴趣，愿意进一步学习京剧知识提高欣赏水平，我们的愿望就达到了。

接到信后，李瑞环同志经过慎重考虑，答应了我们的请求。惊喜之余，我们很快投入到这本书的编辑出版中，今年2012年6月顺利出版了该书。

该书中收录了李瑞环同志自1985年12月5日至2009年4月12日之间有关京剧艺术的讲话、文稿五十篇，分为"弘扬民族文化、振兴京剧艺术""振兴京剧要在继承中求发展""重视京剧人才的选拔和培养""音配像工程是一个功在当代、利在千秋的事业""抓好文艺体制改革、激活艺术生产力"五个部分，很多内容系首次披露。从这本书中，可以看出李瑞环同志对京剧艺术的独到见解，对艺术院团的改革思路，以及管理文化艺术工作时宽容、开明的态度。全书充分反映了李瑞环同志在京剧艺术领域的深厚造诣和高明举措。

作为该书的责任编辑,我们因工作需要,数次通读书稿,从中受到了深刻教益,也有几点深刻感受。一是李瑞环同志真喜欢京剧艺术,他认为京剧是中华民族文化的艺术瑰宝,应该很好地把老祖宗的遗产继承下来,并在继承的基础上提高和发展。

二是李瑞环同志真重视、真支持京剧艺术的发展,为振兴京剧艺术做了许多实实在在的工作。比如,创建于1984年的天津市青年京剧团,长期得到了李瑞环同志的深切关怀和具体扶持,先后涌现了一大批京剧名角儿,现已是国家级的重点院团。

三是李瑞环同志对发展京剧艺术真有真知灼见。早在1985年,为了抢救濒临失传的剧目,他就提出了"京剧精粹音配像"的创意,并进行了试录。"音配像",就是把搜集到的老辈名家大师当年的录音,在曾经参加或观看过他们演出的老艺术家的指导下,由亲传弟子或后代为之配上图像。这项大工程最终在2006年底基本完成,为后人留下了一套完整的、高水平的珍贵资料。对于观众欣赏高水平的京剧艺术和演员们学习传统名剧、提高演出水平,起到了极为重要的作用。

这一切均源于李瑞环同志对京剧艺术发展规律的深刻认识,他还以身示范,亲自动手改编剧本,使一些已不适于当代演出的剧目得以重新搬上舞台。李瑞环同志对京剧艺术发展贡献良多,功莫大焉。

该书出版后,适逢深入贯彻党的十七届六中全会精神、推进文化大发展大繁荣之际,产生了良好的社会影响,不仅在京剧界,在知识界、文化界和领导干部中也颇受好评。有的同志说："建设文化强国，不能靠空谈，需要真抓实干。李瑞环同志是一位务实求理的政治家，他主抓京剧工作的宝贵经历，他关于京剧工作的理论和实践，正是一个很好的范例。"

我们同时也感受到，李瑞环同志作为长期处于领导岗位的中央领导同志，他不仅关心京剧艺术发展，也重视我国文化事业发展和繁荣，这在他的讲话中多有论及。他高度重视意识形态工作，在指导和推动我国文化事业发展方面卓有成效，他对我国文化事业发展的支持是热心的、一贯的。今年（2012年）三联书店80周年店庆之际，他欣然挥笔，为我们写下了"传承文明、服务社会、功在千秋"的题词，给三联人以莫大鼓励。作为《李瑞环谈京剧艺术》的出版者，作为李瑞环同志关心文化事业发展的受益者，我们借此机会向瑞环同志表达由衷的深深敬意。我们希望这部书的出版，对我国京剧艺术发展能有有益的推动。

（2012年12月19日）

金声玉振　幽谷洪钟

——在《金克木集》出版座谈会上的发言

尊敬的各位来宾、各位专家学者,传媒界的朋友、各位同人:

国家"十二五"重点出版规划项目、金克木先生一生著述集大成之成果——八卷本《金克木集》经过数年编辑,今天终于由三联出版了。我第一时间得到样书,有一种先睹为快的享受。抚摸着散发着幽幽书香的八卷大书,细看文集的总目,翻读其中的篇章,我感受到了文脉的律动和思想的厚重,深感《金克木集》在三联的出版,是三联书店的荣幸,也是三联人的荣幸。出版文集,是我们对金先生的崇敬和景仰,对他学术文化成就的一种致敬。为此,全店上下对该书的出版给予高度重视,为它的按时高质量出版投入了很大的人力物力。三联书店一向秉承坚守学术高端、传承思想文化的宗旨,恪守"一流、新锐"的出版标准,多年来非常重视对那些影响深远、声望卓著的学术名家在出版专集上给予优先的考虑。继《陈寅恪集》《钱钟书集》、冯友兰、钱穆作品系列之后,今天我们又看到了《金克木集》的面世,《王世襄集》也已列入我店重大出版项目并开始启动。这些个人专集类的重点图书与我们其他学术系列丛书如"西学源流""三联·哈佛燕京学术丛书"等，一起构成三联书店赖以生存和立足的学术高地。

金克木先生与三联有着特殊的缘分。他的著作，特别是他晚年学问见识愈加成熟而臻于化境的著作有许多都是在我们三联出版的，像《比较文化论集》《文化的解释》《旧学新知集》等，还有几本是在上海三联出的。金克木先生更是三联主办的《读书》杂志最为勤奋的老作者之一，很多人可能不一定读过金先生的著作，但一定领略过金先生在《读书》杂志发表的文章中所体现出的那种博洽、会通之妙与发人深省之智。

限于自身才疏学浅，我对金克木先生的学问与学术地位不敢妄加评价，但对金先生的道德风范与文章却是素来钦慕并深有所感的。我们都知道金先生的主业是印度学，但他治学领域的宽广与视野的开阔却远远超出了某一专业范围的局限，这当然首先是得益于金先生对多种语言和文化的融会贯通上。除了梵文、巴利文之外，金先生还精通印地语、乌尔都语、世界语、英语、法语等多种语言文字。这种语言天赋在当代中国学者中堪称凤毛麟角。金先生自己也在他所著的《蜗角古今谈》的"前言"里说："古今中外通了气。看古文如看外文，中外成古今，愈分别，愈通连，愈求其同，愈显其异；愈判其异，愈见其同。"不仅是对多种语言工具的掌握，金先生还善于文理打通，对自然科学如数学、天文学等都有着深刻的认识与相当的造诣。金先生对于各种新学科、新知识始终保持着足够的热情与敏感，据称金先生是当初北大80岁以上学者中唯一会使用电脑的人。所以我们读金先生的文章，一方面感到会通、广博，另一方面就是新见迭出、启人深思。

在金克木先生的著述里，我们很少看到大部头的高头讲章，多的是思想博杂、文风活泼而略带俏皮的随笔，我自己正是从阅读这些随笔中认知金克木先生并产生敬仰之情的。正如一些学者所论，这与金先生的从学经历和治学风格都很有关系。作为一个只有小学毕业学历、凭借在北大图书馆做过几年馆员的便利而自学成才的学者，金先生一生追求的是发现，是智慧。凡是恰当的，就是最好的，陈寅恪先生善于以小见大，钱钟书先生也没有刻意追求严密完整的理论体系，正是随笔这一通俗的文体与金先生灵动的文风相结合，反而更充分地体现出金先生在诸多学科间的左右逢源与从容洒脱，体现出金先生治学的独特个性与旨趣。在金先生突享盛名后，社会上似乎对金先生产生了一个误解，就是以为金先生是职业的散文家，金先生的散文小品被汇编、选入各种选本中，流传版本不计其数。其实，金先生所写的散文并非纯粹文学意义上的散文，而是我们通常意义上的学术随笔，看似轻松、随意，绝无一般学术著作的深奥繁累，但内容却博涉中西方历史、哲学、文学以及佛教、天文、数学等，其中所展现的丰富的思想意趣、迷人的哲理风采与超卓的见识眼光更是非知识学养与人生境界达到随心所欲、略无窒碍之境者所不能为。金先生说，做梦的是诗人，苦斗的是凡人，沉思的是智者。我认为，金先生一生苦斗，按他的说法，除小学外，没有得到在课堂上听老师讲课的福气，但他不是凡人，而是一个诗人，更是超然的智者，仰之弥高，是许多人难以企及的。

金克木先生生前对三联书店，对三联主办的《读书》杂志，给予了许多支持和关爱，我们三联同人对金先生的扶持深怀感激之情。《金克木集》的出版，既是知识界、学术界的一件盛事，也是对金克木先生的一个最好的纪念。我相信它必将对我们促进学术出版繁荣、积累传承优秀文化发挥良好的作用。今后，三联书店将对学术和文化大家的专集类图书、高端的学术丛书继续予以关注，在葆有中国学术文化高地方面做出不懈努力。恳请各位领导、专家予以支持和帮助。

（2011年5月21日）

打造传世精品佳作　弘扬优秀传统文化
——在《王世襄集》出版首发式上的发言

　　今天，由生活·读书·新知三联书店和凤凰出版传媒有限公司联合举办的《王世襄集》首发式在南京举行。我首先代表三联书店对为首发式做出精心准备的凤凰出版传媒股份有限公司的领导和同志们，向今天到会的发行界、新闻界的朋友们致以深深的谢意。《王世襄集》由三联书店隆重推出，由凤凰出版传媒股份有限公司独家包销发行，这是一次打造精品力作的具有战略意义的合作。

　　王世襄先生为文物界泰斗级人物，以95岁高龄谢世。王老家学渊源，自幼聪慧，24岁时获燕京大学文学学士学位，后又获硕士学位，这对他理解文物、表达内涵起了决定作用。王老一生著作等身，除《明式家具研究》《髹饰录解说》等专业论著，《说葫芦》《蟋蟀谱集成》等冷门著作开民间艺术研究先河。王老著作严谨又不失可读性，在文物研究者与爱好者中声望极高。《王世襄集》全套10卷14册全面展示了王世襄先生一生的研究成果，多层面地将中国文物国宝级作品及一般小品展示出来，充分地显示了王老的学术风格。

　　首先，《王世襄集》从书目选择上几乎涵盖了王世襄先生一生的研究成果，可谓集大成。如《明式家具研究》，此书汇集了作者四十余年的研究积累和研究精华，享誉海内外，被誉为明式家具的"圣经"，被公认为中国古典家具学术研究领域的一部里程碑式的奠基之作。

其次，《王世襄集》在编排上，既考虑到突出王世襄先生的研究精髓，同时又有互相之间的关联和参照。如《髹饰录解说》是王世襄先生对我国现存唯一一部古代关于漆器工艺专著的解读。王世襄先生曾用二三十年的时间，对古代漆器进行了大量研究，并对现代漆工技师进行了大量的走访，同时以古代文献加以印证，完成了对这样一部古代工艺专著的整理和研究工作。这本书对中国古代漆器研究、美术史研究和文物考古均有极高的参考价值。而另一部《中国古代漆器》，收录了150件从新石器时代到清晚期各类的漆器作品，不仅在图片上较《髹饰录解说》更加丰富，更概述了我国漆器工艺的生产历史、生产工艺、品类、造型、装饰，对了解我国古代各个时期漆器的特色，对传世漆器的鉴定与断代均有参考价值。两部书相互参照，可对中国漆器这个古老的民族工艺有更全面的理解。

《王世襄集》的编辑整理工作也颇费心思。自1998年王世襄先生自选集《锦灰堆》出版以来，王先生又相继出版了《锦灰二堆》《锦灰三堆》《锦灰不成堆》。"锦灰堆"系列已经成为王世襄先生绝学的集大成者。因为是不同年代所编，各门类杂糅，《王世襄集》将以上四书中的文章按门类编排，分别收入各卷。此种编排门类清晰，更便于读者阅览。《蟋蟀谱集成》原为影印本，收入《王世襄集》，经整理改为排印本，亦是为便于读者阅读，同时也无损原著。

　　王世襄先生是三联书店的老作者、老朋友,他始终关心三联书店成长进步,写过"以书为伴 三联挚友"的题词,还把多部书作交由三联书店出版。他和范用先生过从甚密。听说三联书店整理出版《王世襄集》,范用先生说:"很好,很有必要。这是三联书店应当做的事情,因为三联书店和王世襄的关系不一般。这些学问如果得不到整理,没有一个权威的本子传下去,那是很可惜的。从小里说,对读者是一个损失,从大里说,对国家是一个损失。其实,王世襄的学问是世界性的,是人类宝贵的文化遗产。"

　　王世襄先生2009年11月28日过世后,我店征得其亲属同意并获得授权,着手进行《王世襄集》的整理出版工作。这不仅仅是出于对王世襄先生的缅怀和纪念,更是基于我们对其研究成果价值的认识。

　　王世襄先生学识渊博,对文物研究与鉴定有精深的造诣。他的研究范围广泛,涉及书画、家具、髹漆、竹刻、民间游艺、音乐等方面。他的研究见解独到、深刻,研究成果惠及海内外。2003年12月3日,荷兰王子约翰·佛利苏专程到北京为89岁高龄的王世襄先生颁发"克劳斯亲王奖最高荣誉奖",其中一个重要的缘由就是他对明式家具的研究奠定了该学科的基础,把明式家具推向了至高无上的地位。杨宪益先生称王世襄:"名士风流天下闻,方言苍泳寄情深。少年燕市称玩主,老大京华辑逸文。"启功先生评价王世襄是最不丧志玩物大家。黄苗子先生说:"老友王世襄于去冬故去,他的绝学奇才,不应随他而去。他是一个了解中国文化生活和民众学的人。他做学问爱搞些'偏门',人弃我取,从不被注意的角度深入反映中国传统文化。这种治学方向在今天更显得难能可贵,这些学问也更值得珍惜。"

鉴于《王世襄集》的重大价值,三联书店一开始就立足于将其打造成具有国家和世界水准的传世精品,全面系统地展示王氏绝学,使其在传承优秀文化和传承民间工艺等方面起到重要作用。我们调集优秀编辑团队,以国家出版政府奖获奖著作《明式家具研究》为标杆,要求本本是精品。我们组织精选精编精校,确保学术质量和编校质量。我们高度重视设计制作和印制质量,要求该套丛书从内容到形式都达到上乘水平。这一历时三载的文化工程得到了国家出版基金的资助,得到了凤凰出版传媒股份有限公司周斌总经理等领导和发行人员的支持和关注,他们早就介入出版工作,不仅解除了本书发行的后顾之忧,而且在出版方面提出了许多好的建议,为这本书的臻于完美做出了贡献。目前展示在大家面前的这部传世精品,向我们展示了王世襄先生的研究成果,通过它,我们也可以学习到王先生精益求精的研究态度和虚心向民间工艺学习的谦虚姿态,感受到他之所以成为大家的原因。相信经过出版社、发行界的共同努力,《王世襄集》会在传承中华民族优秀文化、传播民间制作工艺、提高文物鉴赏水平和引领健康审美情趣诸方面,发挥积极作用。

（2013年8月21日）

三联为什么看重《邓小平时代》

——在《邓小平时代》北京首发式上的致辞

　　根据议程安排,让我代表出版方作一个致辞,我们事先已经拟定了一个文稿,但是根据现在开会的新风,讲话不拿稿,我今天早上也有几点感悟,就脱稿谈谈我个人的一些想法。

　　第一,我非常敬佩傅高义先生。因为三联书店要出版《邓小平时代》这本书,从去年开始我们三联书店的李昕总编辑和一些同志就和傅高义先生广为接触。我本人是昨天晚上接待傅高义先生才第一次和他会面。我认为他是一个非常儒雅的谦谦长者,值得令我们尊重。更使我感动和敬佩的是他十年磨一剑,用十年时间写一本书,写一本大书的这种精神。在我们中国有个词语叫十年磨一剑,十年坚持做一件事情,这是锲而不舍的精神,是坚持的精神,没有多少人能做到这一点。看看我们当下,有的学者不是十年磨一剑,而是一年磨十剑,学术心态非常浮躁,这就更显得傅高义先生坚持精神的难能可贵。不仅傅高义先生有坚持精神,而且他磨剑的方式非常科学,是采取了科学论证的方式,所以他收到了事半功倍的效果。他磨剑所用的"磨剑石"也很好,他广为搜集材料,搜集国内外所能搜集到的所有材料,把所有的研究成果进行对比,最后得出自己的结论。因为这样十年磨一剑的精神,他终于出版了一本好书,磨出了"龙泉宝剑",我敬佩他。

第二,我个人很喜欢这本书。我拿到书稿以后,连续几天时间把它读完,我很喜欢这本书。我个人的看法是,这本书有以下几个特点:

一是客观真实。追求客观、中立,追求资料的真实性,非常难能可贵。

二是视角独特。因为他是美国人,他并没有在邓小平时代生活过,而我们是在邓小平时代生活过的,我们对邓小平时代是感同身受的。中国也有一种说法,"不识庐山真面目,只缘身在此山中"。傅高义先生是从邓小平时代外面来看我们这个时代,有独特的角度和视角。

三是通俗易懂。傅先生把高深宏大的东西写得雅俗共赏,所以这本书是很好读的,看这本书就像读文学作品一样。

四是研究扎实。他做的研究都是在资料的研究和叙述当中得出自己的结论,或者隐含他自己的结论,让读者去领会的。而不是像我们中国人通常写的,先有自己的观点,再去找材料论证,所以他的研究是实证主义的研究,是非常扎实的。他如果不阅读大量的材料是没法研究出来的,他给我们一桶水,但他研阅的材料足有三缸水之多。

五是有思想深度。所谓的思想深度就是说,他把邓小平放在与时代的联系当中去研究,而不是看作单独的一个人。他把邓小平和中国这个国家联系起来研究,把邓小平和世界的发展联系起来研究,他把邓小平和其他重要的人物放到人物关系当中去进行研究,所以他得出的结论很有思想深度。

以上几个特点,就是我喜欢这本书的原因。

第三,我想说三联书店很想把这本书做好,做出水平,做出影响。我们对这本书的关注已经很长时间了,这本书由英文版向中文版翻译的过程当中,甘琦女士请我们给介绍译者,我们就知道了这本书的信息。后来我们知道这本书的中文繁体字版已经授权给香港中文大学出版社,我们通过积极努力,最终争取到这本书的中文简体字版出版权。

三联书店为什么对这本书情有独钟? 为什么会花费这么大的心力? 这是三联书店独到的追求、独到的办店宗旨所决定的。可以坦白地说,三联书店出版这本书不是着眼于经济效益,而是着眼于它的社会价值。三联书店创办时期由韬奋先生所提出的生活书店存在的价值就是推动社会进步,"力谋改造社会"。80年来,三联书店就是本着这个宗旨,推动时代进步,推动社会前进,与时代同行。在改革开放初期,三联书店起到了推进改革的作用,倡导"读书无禁区",出版了《随想录》等一批好书,对改革开放起到了很大的推进作用。现在的改革开放依然在进行过程当中,最近中央领导指出,改革没有终止时,只有进行时,改革正在进入关键时期,我们想通过这样一本书研究改革,推动改革,尽到三联书店推动社会进步的责任，这也是我们非常积极出版这本书的一个最为重要的因素。在80年店庆的时候，我们三联同人总结三联书店80年来最大的特点就是激流勇进，就是推动社会进步，这是我们出版这本书最重要的目的。

为此，三联书店举全店之力，对这本书进行前所未有的编辑出版、营销组织、宣传推广活动。我们的营销宣传活动得到了在座各位媒体朋友的大力支持，方方面面的朋友给予了极大关注，已经形成了一个话题和热点。三联书店专门成立了出版营销工作领导小组，我和李总任组长，所有领导班子成员参加，每人都有分工，全员密切合作。今天我们在全国三地举行首发式，第一个首发城市是北京，第二个首发城市是深圳——今天同时有一个纪念邓小平南行讲话20周年的座谈会，第三个首发城市是四川成都，我们请到了邓小平老家邓小平纪念馆的馆长前往成都参加这个活动，并在那里举行赠书仪式。

通过这样的活动加强营销宣传，已经收到了很好的效果，首印50万册图书已经全部征订完毕，全部发货完毕。目前正在做重印30万册的准备，今年3月份，傅高义先生还要来中国，并且要到全国各地巡回演讲，4月份的海南书市，我们也要做营销活动。明年是邓小平同志诞辰100周年，我们还要做纪念活动。我们提出的目标是，打造2013年中国社会科学类第一畅销书，我想我们的目标一定能够达到！

（2013年1月18日）

了解真实鲜活的西藏

继揭露达赖集团和某些西方媒体歪曲报道西藏"3·14"暴力事件的《谎言与真相》出版后,生活·读书·新知三联书店又在近期用一周时间推出《西藏今昔》一书。通过文字、照片、图表,向人们展示了一个真实的西藏,帮助广大读者特别是国外读者确切了解西藏的过去和现在,了解西藏的真实面貌。

西藏是中国领土不可分割的一部分,藏族自古以来就是中华民族大家庭中的一员。元朝以来,中国中央政府一直对西藏实行有效治理。中华人民共和国成立后,中央人民政府在加强对西藏管理的同时,对西藏人民实施了许多优惠政策,促进了西藏的发展和繁荣。民族区域自治制度在西藏的实施和发展,使得封建农奴制度被彻底废除,西藏人民从此享有充分的政治权利,信教群众的宗教信仰自由得到很好的保障,人民群众走上了幸福美满的社会主义康庄大道。中国实行改革开放以来,西藏自治区更是发生了翻天覆地的变化,经济社会实现跨越发展,宗教自由拥有广阔天地,文化艺术得到全面继承和发展,教育事业得到进一步普及和提高,科技水平得到极大增强,西藏人民物质生活丰富,精神生活快乐,在现代文明与信仰自由中安居乐业。西藏成为欣欣向荣、充满光明与希望的新西藏,进入前所未有的人民得到福祉最多的时期。这是有目共睹的事实,也是包括藏族同胞在内的各族人民的切身感受。

拉萨"3·14"暴力事件发生后,西方一些媒体有意进行歪曲报道,流亡国外的达赖集团也极力散布谎言,他们不仅掩盖事件真相,而且对西藏的现状做了许多歪曲宣传,试图混淆视听。为了让广大读者特别是国外读者确切了解西藏的过去和现在,了解西藏的真实面貌,以正视听,三联书店精心选编了《西藏今昔》这本书。其间得到了国家有关部门的大力支持。中国出版集团公司领导进行具体指导,中国对外翻译出版公司予以大力协助,中国大百科全书出版社提供了相关资料,这些都保证了本书在一周时间内完成组稿、编辑、印制出书。

该书分为西藏概况、西藏的主权归属、西藏的社会制度、西藏人民今天的幸福生活等若干部分,重点反映西藏和平解放以来在中央政府大力支持和各族人民共同努力下所发生的重大变化,社会事业及各方面取得的伟大成就及人民生活水平的显著提高。事实胜于雄辩,数字最具有说服力。该书用事实说话、用数字说话。除了每篇都引用数字来说明外,还开辟了《从数字看西藏变化》专章,用大量的数字进行经济、文化、医疗卫生、教育、社会生活等各个方面的今昔对比,使雪域高原翻天覆地的变化清晰可见。这里仅举几组对比数字:西藏人口平均寿命由1959年民主改革前的35.5岁提高到67岁;藏族人口总数比西藏自治区成立前翻了一番;旧西藏适龄儿童入学率不到2%,现今小学、初中、高中阶段和高等教育入学率分别达到98.2%、90.7%、42.96%、17.4%;1950年西藏约90%的人口没有属于自己的住房,现今除少数牧区外,西藏的家庭都有固定的住房,每20人拥有1辆私车;旧西藏没有一条公路,2007年西藏公路总通车里程达48611公里。这些具有说服力的数字,反映了西藏的现实状况,对达赖集团的歪曲宣传是有力的批驳。这本书采用汉英文字对照形式出版,方便国外读者阅读,会对他们了解西藏提供有效的帮助。

（刊载于《中国新闻出版报》2008年5月9日）

戳穿达赖集团和某些西方媒体的谎言

由生活·读书·新知三联书店出版的《谎言与真相》一书刚一问世,就受到读者的热烈欢迎。上市首日初印一万册即征订一空。

"3·14"拉萨暴力事件发生后,许多读者极为关注事件的真相和相关问题,渴望阅读这方面的图书。这本书从组稿到发行只用了8天时间,用最快的时间回答了读者最为关注的热点和焦点问题。时效性强是该书一个显著特点。

达赖集团为了掩盖"3·14"拉萨暴力事件的真相,散布了大量谎言;某些西方媒体出于不可告人的目的,对事件做了许多歪曲报道,散布谎言诋毁中国,贬低我国在国际上的形象。《谎言与真相》一书将重点放在事实的陈述上。运用大量有说服力的资料和图片,对事实真相做了澄清,对西方媒体的不实报道进行了批驳。通过大量事实,使读者认识到达赖集团是拉萨暴力事件的策划者和煽动者,谎言和欺骗掩盖不了他们"西藏独立"的图谋;认识到新中国从根本上保障了西藏人民的生存权和发展权,西藏文化在继承和保护中得到巨大发展,宗教信仰自由政策在西藏得到了全面落实,当前是西藏经济发展最快、人民群众得到实惠最多的时期,达赖集团鼓吹和图谋"西藏独立",就是要使西藏人民重回过去苦难的深渊;认识到西藏是中国领土不可分割的一部分,13世纪中叶西藏正式归入中国元朝版图,自此之后,尽管中国经历了几代王朝的兴衰,多次更换过中央政权,但西藏一直处于中央政权的管辖之下,达赖集团分裂祖国的图谋是逆历史潮流而动,是永远也得逞不了的;认识到西方某些媒体置事实真相于不顾,违背职业道德炮制不实报道,歪曲拉萨暴力事件真相,完全是出于他们的偏见和贬低中国的目的。事实胜于雄辩,让达赖集团和西方某些媒体散布的谎言在事实的阳光下彻底显形。

在有限的篇幅内,该书突出了针对性。针对达赖集团和西方某些媒体散布的谎言,针锋相对地摆事实、揭真相,让读者一眼看穿撒谎者的真面目。该书除了一一进行有针对性的揭露外,还以"某些西方媒体图片造假示例"为题,专门列出一组组照片进行真假对比的展示。使读者看到某些西方媒体为达到造谣撒谎的目的,是如何张冠李戴、移花接木、捕风捉影、误导舆论的,从而进一步认清了西方新闻的虚伪性、欺骗性和所谓西方"新闻自由"的本质。为了增加说服力和可读性,该书还收入了一组有关西藏的背景知识和名词解释,使读者深入了解西藏封建农奴制的由来和西藏和平解放及1959年西藏武装叛乱的过程,了解藏传佛教的相关知识,有助于全面认清"3·14"拉萨暴力事件的真相。

(刊载于《光明日报》2008年4月15日)

第三辑　事在人为

文化企业家的责任和使命

很高兴参加今天2014年中国文化产业年度人物揭晓典礼暨第三届中国文化产业主题对话活动,感谢《光明日报》领导和筹办这次活动的同志们,感谢评委和参与本次活动的读者。能够当选"2014中国文化产业年度人物",我既高兴,又深感肩上社会责任的沉重,须鞭策自己在今后付出更大的努力,不辜负社会和公众期望。

2014年4月,我在生活·读书·新知三联书店任总经理时,和同事们一起创办了三联韬奋24小时书店,为首都民众打造一处深夜书房,产生积极社会影响,受到李克强总理的高度肯定,总理回信称赞"这很有创意,是对全民阅读的生动践行"。开办三联韬奋24小时书店的实质意义,就是把过去书店单一的售书功能变为售书和提供阅读场所两种功能,利用晚上的时间和空间,吸引更多的人参与到读书活动中来。它引领了全国各地一批24小时书店的诞生,许多实体书店和图书馆也积极拓展或扩大服务阅读的功能,在全国范围内助推了全民阅读的开展。三联韬奋24小时书店运营8个月来,经受住读者和时间的检验,获得了两个效益双丰收。截至2014

年底，年度实现销售收入与上年同比增长58%，利润同比增长80%，客流比24小时书店开办前增加68%，并经受住冬季的考验，充满生机和活力，正在成为总理期望的"城市的精神地标"。

　　说实在话，当时开办24小时书店，我并没想到有这么好的经济效益，也不以经济效益为目的，完全是着眼社会公益，尽社会责任。只要能够盈亏持平，我们就长期办下去。有人问，你们图个啥？我说就为吸引更多的人来这里读书。因为人流增加，经济效益好，晚上的销售还明显拉动了白天的销售。这也说明我们办24小时书店切中了读者和市场的需求，实现了社会效益和经济效益相统一。当初开办时，有的人说开24小时书店违反了人的生活规律，注定不能成功。也有人怀疑"红旗到底能打多久"，说考验"大约在冬季"，认为北京这边的书店和台湾诚品书店比不了，咱们北方冬天晚上冷，没人愿意上街，谁会去书店？面对这些质疑我没有动摇，敢于坚持，从根本上说是源于文化企业家的社会责任。我们从事的是文化行业，我们的企业是文化企业，我们文化企业家担负着传承文化和服务社会的职能。正因为如此，我们要把服务社会和社会效益放在首位。为企业的生存，我们也要搞好经营，要挣钱，但是我们的目的是传承文化服务社会，这是我们创业的初衷和根本。这方面许多文化出版界的老前辈们给我们树立了榜样，张元济先生"昌明教育生平愿，故向书林努力来"。邹韬奋先生提出要处理事业性和商业性的关系，强调出版的"文化本位"，倡导竭诚为读者服务。他们都是我辈学习的榜样。我们开办24小时书店不图名、不图利，图的是更多人来读书。当夜深人静时，一些年轻人坐在书店的阅读桌前，坐在书丛中的小凳子上读书，看到他们孜孜不倦的样子，就看到了国家和民族的希望。我还发起并主持召开了全国24小时书店创新发展研讨会，起草发表了"共同宣言"，倡议把社会效益放在第一位，切实把创新经营和完善服务落到实处，为推进全民阅读做出更大努力。人生大道留真迹，岁月长空布正声。对出版工作者来说，出好书，让更多的人读书，是我们永远的追求，是比什么都重要的事情。我将用余生之力在推进全民阅读、建设"书香"社会方面做更多的工作。

习近平总书记在文艺座谈会上指出，文艺不能当市场的奴隶，不要充满了铜臭气。我理解，文化也不能当市场的奴隶，文化企业要坚持文化本位和文化追求，文化企业家肩负着弘扬优秀文化、传播社会主义核心价值观及匡扶世道人心的责任和使命，要有职业道德、职业操守和职业良心。一是要坚持正确的政治方向，自觉为党和国家的大局服务，始终把社会效益放在首位；二是正确处理社会效益和经济效益的关系，摆正"义"与"利"的位置；三是坚持一切为了人民的准则，弘扬服务精神，增强服务意识，关注广大群众的文化需求，努力满足他们对文化产品的需要；四是大胆开拓创新，努力提高经济效益，不断壮大经济实力，推动文化产业的发展。让我们携起手来，为社会文明进步、国家兴旺发达、民族繁荣昌盛做出文化企业家应有的贡献。

（刊载于《光明日报》2015年2月3日）

激流勇进　砥砺前行

——在三联书店创建80周年庆祝大会上的发言

尊敬的各位领导、各位来宾、三联书店老前辈、各位同人：

　　今天是个喜庆的日子，是所有三联人激动而又难忘的日子。下面我仅从三个方面，表达对三联前辈的景仰之情，表达对来自各方面关爱的感激之意，表达我们对推进三联事业发展的决心。

　　三联书店自邹韬奋先生等前辈1932年7月1日创办生活书店发端，至今已经走过八十年历程。八十载发展进步，八十载顽强进取，八十载激流勇进，三联书店由幼苗长成大树，从当年的"红色出版中心"到今天的"学术出版重镇"，成为我国著名出版品牌，在中国人读书生活中占据重要地位。三联的事业和党的事业、国家利益、社会昌明紧密相连；三联的进步同时代的进步、社会的进步、人民的进步始终同行。三联书店最鲜明的特色，三联同人最可贵的品质，就是始终坚定不移地坚守理想、探索真理、追求光明，始终站在时代的前沿。三联人有激情，有理想，有"力谋改造社会"的高远情怀，有在时代洪流中激流勇进的进取之心。

　　民主革命时期，三联人是"播火者"，在党的领导下宣传革命、传播真理，共出版带有红色印记的读物2000余种，刊物50余种，"在国民党统治区及香港起过巨大的革命出版事业主要负责者的作用"。新中国成立后，三联书店随党的主要任务目标转移，积极参与社会主义文化建设，开始涉足学术出版领域，进行全新的探索和发展，成为学术出版重镇。改革开放新时期，"读书无禁区"一声春雷，炸开了沉闷僵化的空气，以新的面貌出现在改革开放前沿。开风气之先，领先他人半步，是三联人的追求，也是读者的赞誉。进入新世纪特别是加入中国出版集团以来，三联书店站在我国文化体制改革的前列，在推动时代和社会进步的同时，实现自身的改革和进步，从"小而特"变为"大而强"，成为我国新闻出版系统先进集体，两个效益显著增长，社会影响力明显提升，贡献了一大批精品力作，受到社会各界广泛赞誉。在此，我向开创了三联基业、发扬了三联优秀传统的前辈们，向为三联事业顽强拼搏、奋斗不息的三联同人，致以最崇高的敬意和最衷心的感谢！

　　三联书店能有今天的成就，离不开党和国家、社会各界及广大读者、作者的厚爱。中国共产党几代领导人都对三联书店的创始人邹韬奋先生和他开创的事业予以高度评价，用各种方式对三联的事业给予指导和支持。

　　三联八十年店庆活动得到了胡锦涛、吴邦国、温家宝、贾庆林、李长春、习近平、李克强、刘云山、刘延东等中央领导同志的高度重视和亲切关怀。今天，云山同志、延东同志出席会议，云山同志还要做重要讲话，这是对我们莫大的鼓舞和鞭策。在三联事业的发展中，中宣部、新闻出版总署、中国出版集团公司给予了大量的具体指导和重要帮助，各发行机构、出版界同行、新闻媒体也多有帮扶。八十年来，同样有无数的读者、作者精心地呵护，认真地关注着三联，给我们鞭策和鼓励。这些指导、帮助、鞭策、鼓励，这些来自四面八方的温暖，都融入我们心中，化作激励我们前行的力量。借此机会，我们对所有支持和关心三联的领导和朋友表示诚挚的感谢！

党的十七届六中全会做出深化文化体制改革，推动社会主义大发展大繁荣的决定，给我们带来新的机遇。勇于争先的三联人又在谋划未来，决心以文化体制改革为动力，按照"做强做开"的基本思路，继续实施品牌、人才、企业文化建设战略，向集团化发展的近期目标和努力成为国际著名出版品牌的远大目标奋力前行！上海三联书店、三联书店(香港)有限公司与生活·读书·新知三联书店同根同源，三家三联书店是三联事业的共同继承者，多年来形成了发挥各自优势、在不同区域竭诚为读者服务、共同弘扬三联品牌的基本格局。近年来京沪港三家三联书店加强战略合作，共同投资成立三联时空国际文化传播(北京)有限公司，以实际行动打造"大三联"品牌，携手共创三联大业。

我们决心按照胡锦涛总书记的嘱托，以创建80周年为契机，创新体制机制，发挥特色优势，不断推出思想性、知识性、可读性有机统一的精品出版物，为建设社会主义文化强国贡献新的力量！

（2012年7月26日）

让一盏灯点亮一座城市

——在三联韬奋书店24小时书店开业仪式上的发言

今天上午，我们在这里隆重举行三联韬奋书店24小时书店开业揭牌仪式，从此之后，北京就有了首家24小时不打烊书店。各位领导、各位嘉宾、各位朋友前来祝贺和共襄盛举，请允许我代表三联书店、三联韬奋书店24小时书店全体员工，向大家的到来表示热烈的欢迎和衷心的感谢。

三联韬奋书店24小时书店为三联书店的全资子公司，是在1996年创办的三联韬奋图书中心（2010年转制为韬奋书店有限公司）基础上拓展创办的，经营面积1500平方米，图书品种8万种，和"雕刻时光"咖啡馆联动经营，满足读者24小时购书、阅读、餐饮、购物、休闲等各种活动。创办京城首家24小时书店，主要有这样几点考虑。

一是今年《政府工作报告》首次写入"倡导全民阅读"，将全民阅读上升为"国家行动"，广大新闻出版工作者在推进全民阅读中有义不容辞的责任。三联书店作为著名出版品牌，应该在推进全民阅读中起带头和示范作用，不仅要多出好书，为人们的阅读提供更多的选择，还要用力所能及的方式，为读者的阅读创造条件，满足人们的不同阅读需求。

二是践行韬奋先生倡导的服务精神，竭诚为读者服务，为读者提供热心、周到、详尽的服务。韬奋先生最为看重服务精神，他说，为读者服务要"竭心尽力""诚心恳意""尽我们的心力去做，以最诚恳的心情去做"，他要求店员"服务不仅仅是替人做事，而且要努力把事情做得好。所以我们不但要做事，而且要做得诚恳、热诚、周到、敏捷、有礼貌"等，而且这种服务是无条件的、不计报酬的。我们开办24小时书店，秉持三联传统，着眼社会公益，旨在为读者夜晚购书、阅读提供一块"阅读的绿洲""精神的净土"，给愿意到公共场所挑灯夜读的人打造一处"深夜书房"。

三是在国家出台相关政策扶持实体书店的利好形势下，我们决心尝试创新经营模式，拓展经营范围，提高经营水平，为书店注入新的生机和活力。开办24小时书店，不仅仅是经营时间的延伸和拉长，更是企业升级换代转型的一个契机。我们决心以此为起点，建立新的运营机制和激励机制，紧密结合读者的需要提高服务质量，提升管理水平，提高企业的运营能力、赢利能力、抵御风险的能力，获得两个效益双丰收。我们的着眼点是社会公益，着力点是搞好经营，通过自身努力为实体书店的生存发展闯出一条新路。可喜的是，我们的愿望在一步步变为现实。从4月8日夜到4月16日夜，八晚试运营效果良好，每晚平均售书251笔，销售额达到2.87万元。同时也拉动了白天的销售，试营业期间白天平均销售额为4.6万元，比日常销售增长55.56%。更为可喜的是，午夜12点之后至天亮这一时段来购书读书的全是年轻人。年轻人爱读书，我们国家就有希望。读者流的不断递增和年轻人的阅读激情，使我们看到了读者潜在的和现实的需求，更加坚定了办好24小时书店的信心。

三联书店创办24小时书店受到了党和国家的高度重视和全社会的热切关注。李克强总理日理万机之际，给韬奋24小时书店全体员工回信，高度赞誉这一举措，称创建24小时不打烊书店，为读者提供"深夜书房"很有创意，是对"全民阅读"的生动践行，喻示在快速变革的时代仍需一种内在的定力和沉静的品格，并勉励书店员工要把24小时不打烊书店打造成为城市的精神地标，引领手不释卷蔚然成风。一位年轻读者说三联韬奋书店"一盏灯点亮一座城市"；央视节目主持人海霞说我们"给年轻人的夜生活增添了文化色彩"；台湾资深出版人王承惠说："现在开办实体书店已很不易，开办24小时书店更需要决心和勇气，令人敬佩。"原生活书店总经理徐伯昕的外甥女徐虹说："听说三联开办24小时书店很激动、很兴奋，外公地下有知，也会很高兴的。"这些赞誉和肯定是对我们的激励和鞭策。我们将努力提高服务质量，围绕读书组织丰富多彩的文化活动，把24小时书店长期持久地开办下去，使之成为北京的一座"精神地标"，成为首都一盏引导阅读的明灯。

本着低调务实的原则，三联书店在创办北京三联韬奋24小时书店之初并没有举行任何新闻发布会等宣传活动，仅在豆瓣网三联小站、三联书店微博等自有媒体上作了简短预告，出乎意料的是,闻讯而来、竞相报道的国内外媒体有上千家之多,产生了巨大的社会反响,刮起了一阵24小时书店"旋风",街头巷尾、网络纸媒持续热议。中央电视台、新华社、《人民日报》《光明日报》、中央人民广播电台、中国国际广播电台、《经济日报》等中央媒体进行了重点报道,4月23日晚新闻联播播出北京三联韬奋24小时书店开业仪式;《中国新闻出版报》《中国新闻出版传媒商报》《中华读书报》等行业媒体进行了深入报道;人民网、新华网、光明网、中国新闻网、中国日报网、中国广播网、凤凰网、财经网、新浪微博等网络媒体的报道引起广大网民热评;北京电视台、江西电视台、《广州日报》《成都商报》等地方媒体进行了系列采访宣传;香港电视台、香港《大公报》、香港《文汇报》、台湾电视台、澳门电视台等媒体进行了宣传报道;韩国电视台、法国电视台、新加坡电视台、阿拉伯电视台等境外几十家媒体进行大量报道,在境外引发了良好反响。关于北京三联韬奋24小时书店在网上可以搜到的消息有66.4万条,关于三联书店的消息可以搜到1440多万条,大大增强了三联书店品牌的影响力。

尤为值得一提的是读者在韬奋24小时书店的感人留言。韬奋24小时书店开办以来,"读者园地"反响热烈,总计收到了上千份读者留言。留言的读者,上至耄耋老人,下到总角幼童,近有京城学子,远及海外友人,专程从全国各地赶来感受与支持24小时书店的读者亦不在少数。他们遗情笔墨,书写心香,将对三联书店的深情厚谊、对24小时书店的支持赞誉、对读书阅读的嘉许向往、对精神生活的孜孜追求、对营造书香社会、提高国民阅读品质的殷殷期盼,全都留在留言墙上的彩色纸片上。

我们决心不负读者的厚望,坚守文化定力和文化品位,勇于文化担当,坚持多出好书好刊,为读者提供优质精神食粮,同时办好旗下的三联韬奋书店24小时书店、韬奋图书馆和读者俱乐部,为全民阅读提供良好的活动场所,利用多种形式助推和引导全民阅读活动,引领手不释卷蔚然成风,让更多的人从知识中汲取力量,为提高全民素质和促进社会文明进步做出新贡献。

（2014年4月23日）

时代的召唤让生活书店应运而生

——在"弘扬韬奋精神,恢复设立生活书店"座谈会上的发言

　　今天,2013年7月1日,对三联人来说是一个特殊的日子,是一个值得纪念的日子。81年前的今天,1932年7月1日,我国现代出版先驱邹韬奋先生等在上海创办生活书店。从创办到1948年的17年间,生活书店共出版期刊30多种,图书1200多种,这些出版物在知识界、青年学生和广大读者中产生了巨大影响,广泛传播了马克思主义革命真理和进步文化科学知识,推动了抗日救亡运动和社会进步,为中国民族、民主革命的胜利做出了宝贵贡献。对此党中央几代领导人和社会各界著名人士都有高度评价。前几天,我店总编辑李昕去拜访原人民出版社社长、94岁高龄的曾彦修同志。曾老说:"没有生活书店,就没有'一·二九'运动;没有生活书店,就没有'三八式'干部。"这一评价甚高甚隆,可见生活书店在老一辈革命者心中的位置。去年我店迎来了80周年店庆。在店庆活动中,我们通过编辑和出版三联店史,进一步认识到邹韬奋先生所开创的三联传统在今天的现实意义,同时也更加深切地感受到"生活书店"

"读书出版社"和"新知书店"这三个出版品牌对于今天的三联书店的重要性。众所周知,1948年10月,基于当时对敌政治斗争环境的需要,这三个独立的出版品牌合并为一,开始使用"生活·读书·新知三联书店"的名义出书,并在此基础上形成了"三联书店"出版品牌。在今天推动社会主义文化大发展大繁荣的新形势下,三联书店"做强做开"的步伐也在加速,迫切需要出版品牌的延伸和拓展。经过慎重考虑和事先沟通,我们向中国出版集团公司、国家新闻出版管理部门提出了恢复设立"生活书店"的申请。今年4月26日,国家新闻出版广电总局批准了我们的申请。6月5日,国家工商管理部门为恢复成立的"生活书店"颁发了营业执照。

今天我们在这里隆重集会,见证"生活书店"的重生。生活书店的恢复设立,是三联书店进入一个新的发展阶段的显著标志,具有重要现实意义。一是可以更好地发挥品牌的效能,在建设文化强国中起到排头兵的作用。因为文化大发展大繁荣和文化强国的建设,需要更多文化品牌来支撑。二是作为韬奋事业的后继者,生活书店成为实体存在,有利于弘扬韬奋精神和他开创的"生活精神"。三是通过品牌扩张、裂变和延伸,形成三联品牌集群,有利于集团化发展。我店目前拥有"三联书店"品牌,《读书》品牌,《三联生活周刊》品牌,"三联韬奋书店"品牌,前年成立了三联上海公司,去年设立韬奋图书馆,致力于打造"三联文化场";与沪港三联牵手成立"三联时空国际文化传播(北京)有限公司",初步形成"三联国际"品牌。今年创办《新知》杂志,以求延续"新知"品牌。今天生活书店的开业重张,使我们又拥有"生活"品牌。而内部机制改革,建立学术、文化、大众、综合四个分社,也是为今后品牌的扩张、裂变做组织准备。我们的目标是在中国出版集团领导下,经过一段时间努力,成立三联书店出版传媒集团。作为中国出版集团旗下的子集团,在出版强国建设中发挥更大作用。四是有利于生活书店这一出版品牌的保护。"生活书店"品牌长期不使用,已经面临流失和被别人注册使用的现实危险。因此,恢复生活书店是几代三联人的夙愿,也是现实的需要。这一夙愿能在我们这一代实现,生活书店得以重生,是我们赶上了好时代。是建设文化强国和实现伟大民族复兴的中国梦给我们创造了机遇和条件,是时代的呼唤让"生活书店"应运而生。同时也是各级领导关心帮助和社会各界鼎力相助的结果。

借此机会,我们要特别感谢中央领导刘云山同志以及原党和国家领导人邹家华同志,他们的亲自过问,使生活书店的恢复提上了议事日程;我们要特别感谢新闻出版广电总局领导,特别是党组书记蒋建国同志,他亲力亲为、具体协调,责成有关部门研究相关事宜,使生活书店的恢复得到尽快落实;我们要特别感谢中宣部出版局局长郭义强同志,他一直给我们支持和鼓励,并出面帮助我们解决在商标注册方面遇到的难题,使"生活书店"的恢复得以顺利进行。新闻出版广电总局出版管理司、综合业务司、国家工商总局、国家商标局、北京市新闻出版局,三联书店、生活书店一些老前辈,媒体界的各位朋友,都对"生活书店"的恢复设立提供了"正能量",起到了"助产""助推"的作用,我代表三联书店、生活书店全体员工,一并致以深深的谢忱和崇高的敬意。

今天,是值得高兴的日子,但眉梢的笑容还没有散去,沉甸甸的压力便压在了三联人肩头,任重道远,我们深知肩上的担子不轻。生活书店就好比珍贵的文物,长期埋在地下,今天被我们挖了出来,但如果保护不好、利用不好,那将造成更大的损失。不是没有这种可能,也不是没有这种危险。而且,与邹韬奋等生活书店开创者和三联书店老前辈相比,我们的胸襟、视野、才识、能力都难望先驱们项背。但重任在肩,不容犹疑,我们会竭尽心力,在中宣部和国家新闻出版广电总局领导下,在中国出版集团的具体指导下,紧紧依托三联书店,按照各级领导要求和三联前辈的期望,牢牢树立文化责任感和使命感,弘扬韬奋精神,继承优良传统,坚持正确出版导向,以"促进文化,服务社会"为宗旨,竭诚为读者服务。我们将坚持三联书店"一流、新锐"的质量标准,放下身段,面向大众,但决不降低格调和品位。我们会深入研究市场,搞好定位,发挥自身优势,和三联书店实行差异化经营,努力在大众出版领域开拓,为广大读者提供优质精神食粮,获取社会效益、经济效益双丰收。我们会加强队伍建设,用好作风建班子,用好传统带队伍,用好机制出人才,用好环境聚人气,为生活书店的长远发展奠定基础。现在全国人民都在为实现伟大民族复兴的中国梦而奋斗,作为韬奋"生活"事业的传人,我们也有一个梦想,这就是重现生活书店当年的辉煌,相信经过长期不懈的努力,这一梦想最终会得以实现。

(2013年7月1日)

继往开来　服务社会

——在韬奋图书馆开馆仪式上的发言

作为三联书店80周年店庆的重要组成部分，韬奋图书馆经过紧张筹备，今天建成开馆了，这是三联书店发展史上的一件大事。建立韬奋图书馆的打算由来已久。三联书店的主要创始人之一、我国进步出版事业的开拓者邹韬奋先生1944年7月因病去世后，周恩来同志主持拟定的《纪念和追悼邹韬奋先生办法》中就有"在重庆设立韬奋图书馆，由各界人士自愿捐赠书报"一项内容，由于当时复杂的社会环境，建馆工作未能展开。抗战胜利后，经过生活书店同人和沈钧儒、李公朴等知名人士不断努力，1948年韬奋图书馆的筹建又得以积极进行。生活书店为筹建韬奋图书馆，将"生活出版合作社股金"四万元捐献出来，将珍藏的大部分图书及韬奋先生的藏书集中到上海。郭沫若还为韬奋图书馆的建立题写了一幅以韬奋先生的名字作为句首的嵌字联："韬略终须建新国，奋飞还得读良书。"由于时局紧张，这次筹建又未能实现。新中国成立后，三联书店并入人民出版社成为其副牌，大部分藏书归入人民出版社资料室。1986年1月三联书店独立建制，1996年9月迁入东城区美术馆东街22号新办公楼后，开始着手建立韬奋图书馆事宜，当时做出了《关于设立三联书店韬奋图书馆建制的决定》，由专人负责具体事务，开始搜集整理已有图书，经多年努力，一个供内部使用的资料室初步形成。近年来三联书店得到快速发展，经济实力大幅增强，馆藏书籍也具备了一定规模，在此基础上，我店经过一年多的精心筹备，于今年5月做出了《关于设立面向社会开放的公共图书馆——韬奋图书馆的决定》，并在建店80周年之际建成开馆。

我们建立韬奋图书馆的根本目的，就是传承弘扬韬奋精神，就是服务社会、为建设书香社会做贡献，就是建立一个与读者、作者、知识界、文化界等社会各界深入交流沟通的平台，更好地"竭诚为读者服务"，同时也是为了丰富三联品牌、提升社会影响力。近年来我店提出"做强做开"的发展思路和打造"三联文化场"的概念，以美术馆东街22号综合业务楼为依托，成功改制韬奋书店，建立读者俱乐部、开通书香巷、创建韬奋图书馆，设立"网上书店"，开通淘宝网三联旗舰店，旨在形成一个上下立体、内外贯通、文化氛围浓郁、高度密集的核心文化圈，其中韬奋图书馆是打造"三联文化场"的重要举措。我们的规划是，先期建成研究近现代出版史和出版人物的专题图书馆，然后逐渐向综合性图书馆过渡；先以三联书店建店八十年来出版的本版图书为主体，然后向各出版单位所出版的图书扩展；先建立实体图书馆，再开通"网上图书馆"；先以立足北京，服务本地为主，同时以多种形式向外延伸发展。目前我们已在韬奋先生家乡江西省余江县建立了一批"韬奋书屋"，这些由三联书店员工捐建的"韬奋书屋",就是我们延伸服务的具体体现。

在韬奋图书馆筹建过程中,我们得到了许多领导、朋友以及各方面的大力支持。邹家华同志听取了我们的汇报,非常重视和支持图书馆的建设,提出了重要指导意见;中宣部、新闻出版总署的各级领导对韬奋图书馆的建设给予了亲切的关怀;中国出版集团领导给予我们具体的经济支持;许多三联老前辈热心图书馆建设,主动捐献图书资料。这些都使我们备感温暖,同时更坚定了把图书馆办好的信心和决心。我们深知,虽然在图书馆工作人员不懈的努力和全店同人的全力支持下,达到了开馆要求,但是我们的设施还不齐全,场地面积不够宽阔,馆藏资料不够丰富,这些都需要在以后不断完善扩展。我作为三联书店的主要负责人和韬奋图书馆馆长,谨代表三联书店和韬奋图书馆全体同人郑重表态:我们绝不辜负各位领导、各位来宾和社会各界的期望,一定把韬奋图书馆办好、利用好,为更好地传承韬奋精神、建设书香社会贡献三联书店的一份力量。

（2012年7月16日）

携手开创三联新时代

——在三联时空国际文化传播(北京)有限公司揭牌仪式上的致辞

　　三联书店是一家有着光荣历史传统和独特发展道路的出版机构。由于历史原因，目前作为出版机构的三联书店在中国内地和香港共有三家，分别是北京的生活·读书·新知三联书店、上海三联书店、三联书店(香港)有限公司。这三家三联书店同根同源，文化追求和出版定位十分接近，过去多年来一直保持较为密切的联系。2010年，京沪港三家三联为了维护和发展品牌，曾发表关于弘扬和光大三联品牌的共同宣言，内容包括：勇于文化担当、保持格调和品位、努力拓展海内外市场等。但与此同时，我们都感觉到，由于历史原因，三家三联分布在北京、上海、香港三地，各自独立出版，虽不存在严重的竞争关系，但因为三地人才不能集中利用，作者和出版资源得不到整合，彼此的优势也得不到互补，从共同品牌出发，三家三联需要更加密切和带有实质性的合作。为此，我们在2011年举办的第二届三家三联高层年会上商议成立一家三方合资公司，主要借助香港的高端人才、经营理念、管理经验以及丰富的选题资源和京沪两店在中国内地的出版品牌优势、编辑人才优势和发行渠道优势，迅速实现规模化发展，同时注重引进和开发版权，借助香港的地域优势和在世界各地建有网店的优势，促进"走出去"工作的开展。这样一间新公司将有助于从整体上提升三联品牌在国际国内的影响力，使读者和文化界知晓有着光荣历史和传统的三联书店，在新时代仍然是团结合作的，是有共同的理想和追求的，是大有作为的。这就是我们创办三联国际的初衷。

经过近一年的筹备，借助党的十八大召开的东风，"三联国际"今天挂牌成立了。近一段时间通过认真学习党的十八大报告，我对创办"三联国际"又有了新的认识。我认为，它的成立是扎实推进社会主义文化强国建设的实际行动，是深化文化体制改革、解放和发展文化生产力的积极探索，是"为人民提供更好更多精神食粮"的具体实践。这是真正跨地区跨海内外的合作，是一种大胆尝试。我们坚信，有三联品牌的号召优势，有三家三联的鼎力协助，有奋发向上的团队，有不拘一格的创新机制，我们一定会成功。作为"三联国际"的控股方，生活·读书·新知三联书店一定会全力支持"三联国际"的运营发展，一定按照公司法的要求尊重公司的经营，一定支持"三联国际"在机制体制和产品内容上的创新，一定会尊重合作各方的利益。

我在这里要特别感谢上海三联书店有限公司、三联书店（香港）有限公司，我们本是同根生，继承相同的衣钵，今天为共同的目标、共同的利益又走到了一起，在"继承老三联、建立新三联、打造大三联"的旗帜下，共同为建设社会主义文化强国、出版强国而奋斗，我们深感牵手并肩抱团的力量，我相信，我们的奋斗一定会取得成功！

（2012年11月29日）

少小离家老大回　寻根感恩谋发展

　　首先感谢中国出版集团公司主办这次"回家"大型主题庆典活动，我作为生活·读书·新知三联书店的代表，很高兴和商务印书馆、荣宝斋、人民音乐出版社的各位同人一道参与这次盛会。"回家"这一主题很贴切、很温暖，也很有诗意，我们重返沪上申城，的确有一种温馨的、回家的感受。

　　生活·读书·新知三联书店和上海的渊源颇深，可以追溯到20世纪二三十年代。1932年7月1日，邹韬奋先生在上海市陶尔菲斯路42号（就是现在的兴业路）创办了"生活书店"，1935年、1936年，新知书店、读书生活出版社相继在上海成立，也就是说生活·读书·新知三联书店的前身都是起家于上海，三联书店和上海可谓血脉相承、割舍不断。所以我们和上海有着深厚的感情，对三联书店来说，这是一次寻根之行，是一次感恩之行，是一次共谋发展之行。

　　今年是三联书店建店80周年。八十年来，三联书店秉承"竭诚为读者服务"的宗旨，恪守"人文精神、思想智慧"的理念，坚持"一流、新锐"的标准，致力于打造知识分子的精神家园，共出版了各类图书五千余种,旗下的《读书》和《三联生活周刊》跻身于中国最具影响力的刊物阵营。尤其是近几年来,发展迅速,取得了令人瞩目的业绩,社会影响力和经济实力都处于历史最好时期。2009年我店荣获新闻出版总署授予的全国百佳图书出版单位荣誉称号;2010年获得第二届中国出版政府奖六项大奖,荣登全国单体出版社"状元榜";2011年我店又获得"全国新闻出版系统先进集体"的殊荣。涌现了一大批优秀出版物,比如《金克木集》《鲁迅箴言》《杨振宁传》《毛泽东的读书生活》《傅雷书信集》《巨流河》《老子十八讲》《明式家具研究》《传统与现代》《太平轮一九四九》《七十年代》《万水朝东》《辛亥年》《我在故宫看大门》《城门开》《目送》等,受到众多媒体和广大读者的好评。取得良好社会反响的同时,经济效益也逐年大幅度提高,今年主营业务收入达到1.9亿元,利润超过2500万元。

我们这次回到上海办分店,既有历史渊源的继承,又有现实发展战略的考量。上海是一座全球性的大都市,是中国的经济、金融、贸易和航运中心,也是南方的文化中心,海派文化历史悠久、底蕴深厚,并且在世博会上展现了她璀璨的国际化风采。我们成立生活·读书·新知三联书店上海分公司,把它作为三联品牌向华东以至南方深入发展的桥头堡,作为一个学习上海出版经验、创新出版机制的试验田。我们希望依托上海的文化特质和国际影响,借助党的十七届六中全会推动社会主义文化大繁荣大发展的东风,立足北京、联通上海、辐射全国,将主营业务进一步做强做开,在全世界范围内扩大三联的品牌影响力。

三联书店上海公司要紧紧依托三联书店平台，根据三联书店产业布局和发展要求，借助上海及长三角地区文化发展、教育培训、产业资源基础等优势，以打造具有三联特色的文化场为追求，以图书出版发行为主业；积极进行新业态培育，推进产业与商业融合，积极开拓国际市场，拓展与图书出版产业相关的教育培训及文化咨询业务。

三联书店上海公司在成立之后，运营平稳，业务逐步步入正轨，发展态势良好，这与中国出版集团公司的指导和上海各级领导及朋友的支持和帮助是分不开的。在此我向各位领导、各位同人致以深深的谢意，期待能和上海各界进一步精诚合作，抱团发展，实现优势互补和资源共享，强化三联品牌的影响力，共创出版业的美好明天。

（2012年6月5日）

同舟共济　各尽各心

——在青岛社店战略合作联席会欢迎晚宴上的致辞

女士们、先生们、与会的各位朋友们：

大家晚上好！

今天由我们一社五店共同举办的社店战略合作联席会，在美丽的青岛，在富丽堂皇的巨无霸大酒店拉开序幕了。请允许我代表三联书店领导班子和全体员工对大家拨冗前来参会表示真诚的欢迎和诚挚的感谢。

面对市场激烈竞争的风浪，我们共同的目的是打造一艘同舟共济的战船，大家捆绑在一条船上，向我们共同的目标进发。此时此刻我想起了"八仙过海各显神通"的传说，想起蓬莱岛上雕塑的活灵活现的八位神仙。此次会前，我意外砸伤了脚，说实话伤得还不轻，是右脚大拇指骨裂，医生让我静养，但我还是拄着拐杖一瘸一拐地来了。大家说我现在的模样很像"铁拐李"，那我就自愿来当铁拐李吧。我们一社五店，加上青岛出版集团吴宝安老总，加上中国图书商报邹昱琴女士，八个单位应该够"八仙"了吧。谁是何仙姑呢,我想青岛新华书店的袁总是最为合适了,当然,河南省新华发行集团的林疆燕副总、中国图书商报的邹昱琴女士也可以"竞争上岗",其他角色如张果老、吕洞宾、蓝采和等就由两个周总、一个刘总、一个曲总等去对号入座吧。在这么一艘新造的船上,有我们出版发行界的八位神仙,大家同舟共济,成了互相配合、紧密团结,将战胜任何风浪、可胜利到达彼岸的战斗集体。我相信大家都会竭诚尽心,发挥各自的优势和聪明才智,驶往胜利的彼岸。此时此刻,我也想起了前晚在电视里看到的20世纪50年代由常香玉出演的豫剧《花木兰》。花木兰女扮男装,上阵前交代姐姐要侍奉好爹娘,交代小弟弟要好学上进,长大了报效国家。她动情地唱道:"我的姐姐呀我的弟弟呀,咱们都需要各尽各心!"各尽各心,说得真好。八仙过海各怀绝技,又各尽各心,想不成功都办不到。

以上,自称"铁拐李"的我讲了这么多,耽误大家时间了。我的脚是被掉下的鲁迅铜像砸伤的,有人说,你是被文豪鲁迅砸伤的,一定是文思泉涌了。不,我今天说了这么多,不是被砸的结果,是被在座的同志们真心真意竭诚合作感动的结果。女士们、先生们,我已经感动得不能用言辞来形容了,就用杯中的美酒来表达心中波涛汹涌的感激之情吧!

请大家共同举杯,祝我们的战略合作圆满成功!

(2011年4月25日)

用"大文化场"探求品牌营销新路径

2011年图书营销中最引人关注的莫过于传统销售手段与网络营销的此消彼长。下半年发生的两件大事空前惹人注目，一个是苹果公司创始人乔布斯的传记，借助微博等网络营销手段开辟了图书销售的新版图，与之对比鲜明的是光合作用连锁书店不堪重负的黯然闭店。图书的网络营销来势汹汹，原本经营电器的苏宁易购、经营服装的凡客诚品，都因为图书销售的准入门槛低，纷纷加入图书销售战团，这恐怕是最近图书行业所面临的最重要的机遇，也是图书传统营销面临的挑战。

2011年，尽管图书市场整体不景气，三联书店却实现了较大幅度的业绩提升。图书发货码洋连续递增，2011年达到1.813亿元，同比增加了3930万元，增长20.76%，图书、期刊等主营业务达到1.9亿元，创历史新高。这和三联进一步调整营销策略有重要关系。过去三联重视单本书的推广营销，从2011年开始，品牌营销成为主要着力点，即三联开始着力打造"大文化场"，在北京，三联开始以建立读者俱乐部、开设书香巷、改制并促进韬奋书店的发展，引进"雕刻时光",开办网上书店及三联"淘宝店",特别是收回"祥升行",开办"三联韬奋图书馆",从实体上形成一个"三联文化场"。走进北京三联,就会发现楼内(三联书店、《读书》、中国版协)、楼下(韬奋图书馆、三联韬奋书店)、楼外(书香巷、读者俱乐部)形成了一个内外结合、上下立体的文化场。同时,三联还积极谋求实体的区域延伸,为此,2011年建立生活·读书·新知三联书店(上海)有限公司,和沪港三联合资成立三联时空国际文化传播(北京)有限公司,拟和重庆出版集团联合开办重庆三联公司,形成出版力的向外扩张。并在宁夏、黑龙江、辽宁建设数十家图书零售书店,同时整合修复已有的郑州、济南、汕头等地分销店,并在中国台北开始"生活·读书·新知三联书店特约经销店"和图书销售专柜,通过实体的延展来形成品牌影响力的延伸。当然,文化场辐射力的终结点是广大读者。通过打造文化场,使广大读者受到感染、影响,从而高度认同三联品牌,认同三联品位,认同三联产品所内涵的价值观,以三联为伴,与三联为友,三联大发展才最终成为现实。

　　2012年,书业的竞争还不可预知,但可以肯定的是,三联书店将以建店80周年为契机,以打造"三联文化场"为抓手,狠抓品牌建设与营销,深化发展,进一步做强做开。具体的营销策略是以品牌营销为核心,内容营销为支撑,作者营销为外延,网络营销为重要手段,同时继续加强渠道营销和店面营销的力度。

（刊载于《中国图书商报》2012年1月13日）

让黑土地上盛开合作之花

——在三联书店哈尔滨图书零售店揭牌仪式上的致辞

第21届全国图书交易博览会开幕之际，生活·读书·新知三联书店在这里举行图书零售店揭牌仪式，爱建、远大、报业三家图书零售书店正式投入运营。参加今天揭牌仪式的有中国出版集团公司副总裁刘伯根、黑龙江省委宣传部副部长陈永芳、黑龙江省新闻出版局局长赵勤义等。让我们对各位领导和来宾的到来表示热烈的欢迎和衷心的感谢！我店领导班子成员、部分中层干部、全体编辑参加今天揭牌仪式，可见我们对在哈尔滨建立图书零售店的重视，以及按"十二五"规划既定目标开拓图书市场的坚定决心。让我们用热烈的掌声，祝贺三家图书零售店的开张运营。

创建于1932年的生活·读书·新知三联书店是我国著名出版品牌，有着在全国各地开办分销店和零售店的经营传统，在当时广有影响。进入改革开放新时期之后，三联书店分别在济南、郑州、武汉、南宁、汕头开设零售店，扩大了三联版图书的影响力，提升了三联版图书的美誉度，使三联的精品文化得以广泛传播。为了进一步拓展品牌影响力,2010年三联书店和黄河出版集团合作在宁夏开设了一批"黄河三联书店"。此次三家三联书店图书零售店在哈尔滨开张,大庆市的三联新美零售书店亦同时开业,覆盖黑龙江乃至东北地区的三联书店图书零售店销售网络的建立已经拉开了序幕,一朵鲜艳的文化之花将在黑土地上绚烂绽放。这是三联书店利用当地资源进行战略合作,加快改革发展的新举措,也是对出版社跨地区发展之路的积极探索,标志着三联品牌社会化又向前迈出了坚实的一步。

和三联书店合作的原哈尔滨三联人书店,在近十年的业务开拓中总结了建立销售渠道的成功经验,打造出了一套与商场有机结合的崭新经营模式,信誉良好,是理想的合作伙伴。经过近两年的接触和业务合作,双方自愿结成战略伙伴关系,发挥各自优势,互利共赢,为促进文化大发展大繁荣贡献力量。我们希望建立在哈尔滨以及大庆等黑龙江省内的这批图书零售店,要遵守三联书店一贯倡导的经营理念和方针,继承和发扬邹韬奋先生倡导的"竭诚为读者服务"的精神,始终把社会效益摆在第一位;要为广大读者提供精美的精神食粮,积极为读者推荐介绍三联版及其他优秀图书;要模范遵守国家有关法律和政策,守法经营;要善于经营,在坚持把社会效益放在首位的前提下,取得最大的经济效益。作为合作方,三联书店愿就三联品牌在黑龙江范围内推广及所属产品的销售为图书零售店提供全方位的支持,在图书品种、数量、折扣、回款等各方面给予最优惠待遇,为其顺利发展创造良好条件。

最后，衷心祝愿生活·读书·新知三联书店哈尔滨三家图书零售店开张大吉，生意兴隆。祝愿有更多的三联图书零售店在黑龙江大地上生根、开花、结果。

（2010年5月27日）

善待专家　借用外脑

——在三联书店首席专家聘请仪式上的致辞

　　我们今天在此聚会，举行生活·读书·新知三联书店首席专家聘任仪式。刚才振平、李昕同志宣布了集团有关规定及对三联书店聘请首席专家的批复。吴老、金老做了热情洋溢的发言。两位专家冒着严寒赶到店里，接受我们的聘请，愿意为三联书店的发展献计献策，助推出力，这让我们很受感动。我代表全体三联同人对两位专家表示崇高的敬意和诚挚的谢意！

　　吴敬琏先生是我国著名经济学家，1954年毕业于上海复旦大学经济系，现为国务院发展研究中心研究员、中欧国际工商学院宝钢经济学教席教授，主要研究领域是理论经济学、比较制度分析、中国经济改革的理论和政策、现代公司治理，连续五次获得中国"孙冶方经济科学奖"，2003年获得国际管理学会（IAM）"杰出成就奖"，2005年荣获首届"中国经济学奖杰出贡献奖"，主要著作有《论竞争性市场体制》（合著）、《当代中国经济改革》《改革：我们正在过大关》《何处寻求大智慧》《呼唤法治的市场经济》等。金冲及先生是我国著名历史学家，1951年毕业于复旦大学历史系，研究员，复旦大学兼任教授,俄罗斯科学院外籍院士,曾任中共中央文献研究室常务副主任,中国史学会会长。他长期从事中国近代史、中国革命史的研究工作,著有《20世纪中国史纲》《1947:转折年代》,与胡绳武合著《论清末的立宪运动》、《辛亥革命史稿》(第1~4卷)、《从辛亥革命到五四运动》,还主编写作了《毛泽东传》《周恩来传》等。两位专家均是当代中国著名的专家学者。他们政治坚定,拥护党的领导,拥护社会主义,有丰富的学术成果和很高的学术造诣,是相关领域的权威和领军人物,社会知名度高,有很强的影响力和号召力。同时,他们也都是三联书店的老作者、老读者,关心三联,爱护三联,同三联保持着良好关系。聘请他们担任我店首席专家,参与我店战略发展规划、重大年度选题计划及重大出版项目的论证,并提供咨询意见;为我店的经营和发展建言献策,提供智力支持;根据实际需要,参加我店的重大活动;发挥学术优势和社会影响力,联络学界和高层人士,为我店拓展出版资源和交流平台等,两位专家的参与会大大有益于我店今后出版事业的持续发展。

我们店领导班子和全体员工,一定会尊重吴老、金老,认真听取他们的意见和建议,为他们提供必要的工作条件和经费,指定专人做好联络和服务工作,最大限度地发挥首席专家的重要作用。目前三联书店面临新的发展时期,去年是改革调整年,今年是改革发展年,社会效益和经济效益任务都很重,一方面必须多出好书,为读者提供优质精神食粮,另一方面也要狠抓经济效益,完成集团公司最新下达的1777万元年度利润指标。但我们有信心,因为去年我们奠定了很好的基础。要发展光靠我们自己不行，还要借助外部力量，特别是"外脑"的力量，专家学者就是我们的"外脑"。我们不仅要尊重知识、尊重专家，还要用各种方式借用他们的才能，发挥他们的作用。三联书店被誉为知识分子的精神家园，理应在这方面做得更好。除了聘任首席专家，我们还要聘请一批专家顾问，把他们的智力化为发展的推力。"好风凭借力，送我上青云"，有众多专家学者的助推，三联书店一定有更加美好的前景。

最后再一次感谢吴敬琏先生、金冲及先生在春节将临之际来我店参加聘请仪式，提前给两位先生拜年，也给在座各位同人拜年，祝大家虎年吉祥，诸事顺达，身体康健！

（2010年2月1日）

＼ 第四辑 情寄八方 ＼

纪念5·12汶川地震1周年

今天是5·12汶川地震1周年纪念日。

我提议召开三联书店5·12汶川地震一周年座谈会，寄托我们的哀思，弘扬四川精神，奉献我们的爱心。除领导班子成员、党支部书记等骨干，其他职工自愿参加。虽然是自愿，但来的职工很多，会议室坐满了人，这使我发自内心地感动。

会议开始前，全体默哀一分钟，表示对汶川大地震中遇难同胞的哀悼和追思。

去年5·12汶川县8级特大地震发生后，全店职工心系灾区，立即行动起来，体现出了前所未有的社会责任感和对灾区群众的爱心。《三联生活周刊》快速反应，13日即派遣文字和摄影记者，奔赴抗震救灾第一线，克服种种难以想象的困难，进入重灾区，在短时间内做了大量踏实、广泛的采访。在此基础上，《周刊》根据记者从灾区发回的采访和在京记者的有关报道，以128页内容完成了第一期专刊《汶川地震举国大救援——生命高于一切》，用丰富的信息和众多感人的细节构筑了全民总动员进行生命大救援的权威叙述，表现出期刊出版人快速反应、忠于职守的责任心和使命感，受到中宣部出版局第21期《出版阅评》的表扬。在大地震发生后近一个月内，周刊全体总动员，累计派出主笔、主任记者、记者30人次赶赴灾区，共完成四期专刊，累计329页，总印数90万册。很好地发挥了周刊的品牌优势，受到了广泛好评。我店还与美国慈善机构合作出版了震后儿童心理治疗手册《我的地震经历》，印刷35000册，免费送交灾区。中国科学院心理研究所所长写序，赞扬这是一本实用的书，对治疗震后儿童心理疾病有良好作用。在这本书的出版过程中，编辑室、版权部及总编室、美编室、出版部通力合作，又快又好地完成了支援灾区的任务。此外，我们还出版了《震中熊猫影像日记》一书，反映了中国政府对震中大熊猫的抢救和关爱，得到中外读者好评。

为了帮助灾区群众克服困难、渡过难关，店党委、工会在店里开展了募捐活动。《为四川地震灾区募捐启事》是我起草的，贴出后应者云集，到总经理办公室捐款的同志排成了长队。一些在外地出差的同志，也让别人代交了捐款。有自己捐的，也有替全家捐的；离退休老同志得到消息也纷纷捐款。据统计，全店职工共捐款70242元，党员交特殊党费26316元，单位前后两次捐130万元，店内合计捐款139.64588万元。而这些尚不包括职工通过社会各种渠道的捐款。最令人感动的是，在我们单位负责打扫卫生的6名保洁员，也在捐款人群走散后，悄悄来捐了款。她们不属于店内编制，挣钱很少，虽然每人只捐了10元钱，但其体现的爱心和社会责任感，使我内心深受震撼。为此我写了题为《献给向灾区捐款的保洁员》的诗，向她们表达由衷的敬意。诗被《诗刊》和人民文学出版社所出诗集《有爱相伴》发表、收录，产生了一定的社会影响。

此外，我们还对店内家在灾区的职工进行慰问，对家庭财产受到损失和遇到生活困难的职工，送去了慰问金。张琳等职工给灾区儿童寄去了图书，李小坚和其他人一道在安县费水镇建立公益图书馆。爱心爱意，善心善举，在店内大量涌现，恕不一一列举。

在5·12汶川地震1周年之际，三联人没有忘记肩上的社会责任，没有忘记灾区百姓。《三联生活周刊》派记者重去灾区深入采访，出版了《四川精神进行时》专刊，深刻挖掘四川精神，反映一年来灾区所发生的深刻变化，受到读者好评。主编朱伟专程带队到成都，组织召开"四川精神"研讨会，在新浪网直播后网友反应热烈。我们还将献爱心活动持续下去：向受灾严重的广元日报社捐款10万元；重印《我的地震经历》1.5万册运往灾区；店里向灾区儿童捐赠一批2000册图书等等。

刚才，大家一起观看了朱伟从灾区带回的地震实录资料，看到了一时间山崩地裂，财产化为乌有，生命瞬间而去，悲伤又一次充塞人们心头。朱伟在发言中说得好："我们今天聚在一起，不是为了重温去年那场撕心裂肺的灾难，也不是去做所谓地震的反思，而是要探讨精神力量在重建家园中的作用，深入挖掘坚韧不拔、迎难而上的'四川精神'。"他说："我这次到四川，也还有人说这次灾难是人祸大于天灾，这真是屁话！""看到学校死去了那么多孩子，都感到心痛。但财政局、交通局整栋整栋楼也都塌了,公务员都死在里边,公安局也是如此,因此不能说政府的大楼都是结实的,学校的楼都建得偷工减料。"他认为,知识分子应秉承知识分子应有的社会责任感,冷静地去分析问题而不是极端地去批判,不能像"愤青"那样用偏激的心理去面对现实。我对朱伟的看法深以为然。

袁越是去年地震后,第一批深入到灾区采访的周刊记者。当时没来得及请示,就自作主张地只身前往了。结果遇到了许多意想不到的困难,他克服重重困难进入都江堰、北川、汶川、映秀,写回一篇又一篇很有分量的稿件,他说:"作为一名记者,不能悲痛地丧失理智,从而只停留在事物的表面,而是冷静分析深层的原因,从而启发读者从更深的角度思考问题。"对于袁越的勇敢、冷静,我从内心里钦佩。

我认为所谓"四川精神",就是万众一心、众志成城、不畏艰险、百折不挠、以人为本、尊重科学的伟大抗震救灾精神。抗震救灾的胜利告诉我们,团结的精神、凝聚的力量,对于战胜困难多么重要。汶川地震发生之后,举国上下患难与共,前方后方同心协力,海内海外和衷共济,是战胜灾难最重要的基础。抗震救灾的胜利还告诉我们,拼搏的精神、奋斗的意志,是克服危机不可或缺的力量。面对汶川地震极其惨烈的灾难,面对各种难以想象的困难,广大军民临危不惧、奋不顾身、舍生忘死,这种泰山压顶不弯腰的英勇气概,是战胜危机必需的精神力量。抗震救灾的胜利更昭示了以人为本、对人的关爱,是我们的根本出发点。灾难无情,人间有爱,举国赴难各伸援手,感动天地,也震撼了世界。同时按科学规律办事,充分利用科技的力量,对人的关爱才能落到实处。"四川精神"是特定时间、特定地域、特定事件、特定环境中群体意识的强烈迸发,是传统精神、民族精神和时代精神的凝聚,"四川精神"是由小到大、由单一到丰富,不断完善和发展的。我认为,之所以能夺取抗震救灾的伟大胜利,国家强盛、国力强大是根本保障。经过三十年改革开放,我们国家国力强大了,大大提高了抗灾的能力。这次地震破坏程度最强、涉及面最广、救灾难度最大,与之相对应,抗震救灾也有"三个之最",即救援速度最快、动员范围最广、投入力量最大。能做到这一点,最根本的是国家强大了,国力强盛了。汶川地震前一年,我带车前往九寨沟,回来经过松潘、茂县、映秀、都江堰这一线,看沿途风景,印象颇深。在松潘与茂县之间,有一个地方叫叠溪,是一个重镇,古时叫蚕陵,唐贞观时筑城。在这里我们看到了地震的遗迹,乱石嶙峋,岷江堰塞形成"叠溪海子"。据史料记载,1933年8月25日15时50分30秒,叠溪发生7.5级地震,蚕陵重镇荡然无存,方圆二十多个羌寨化为平地。《尘封的历史瞬间》记曰:"这座山城已全部陆沉在岷江底下,它的上面已变成了一个20里长的湖沼。据说这次历史上罕有的大惨剧发生时,叠溪镇上没有一人一犬一鸡幸免于难,后来有路人神乎其神地说,湖下时有鸡鸣犬吠之声。"叠溪地震惨剧发生时,国家正值内忧外患、日本强敌侵略我们之时,当时国力微薄,没有有效地组织救灾,几个月之后,才弄清地震的准确位置并进行数字统计。这和今天是一个鲜明对比。再和1976年的唐山地震相比,这一点也能看得十分清楚。唐山大地震发生后,我所在的部队是第一批赶去救灾的,缺少物资,缺少技术条件,基本上是用手作业,而现在救援的条件大不相同,重建恢复工作也比那时加快了许多,到明年,所有灾民均可告别板房住进新房了。这在三十多年前的唐山是不可想象的,在七十多年前的叠溪,更是天方夜谭。因此,抵抗外敌入侵也好,抗震救灾也好,没有强大的国力是不行的。说到这里,就和我们每个人的作为联系到一起了,或者说产生了一个话题:怎样使我们国家更强大、国力更强盛?我想到这么几点:第一,国家不好战、不内乱,一心一意谋发展。第二,人人爱岗敬业,争做贡献。所有的细胞强盛了,国家就会强大。第三,人人献爱心,促和谐,不争斗,形成良好的社会发展条件,团结、安定是促进国家发展的前提。为此,人与人之间要和气,要有爱心,形成"各美其美、各安所安"的良好局面。

（2009年5月12日）

彝良灾区行

　　据中国地震台测定,北京时间2012年9月7日11时19分,在云南省昭通市彝良县、贵州省毕节市威宁彝族回族自治县交界(北纬27.5度东经104.0度)发生5.7级地震,震源深度14千米,震中距离彝良县城约15千米,距昭通市约30千米。虽然地震级数不算高,但由于彝良周边地质地貌复杂,加之同级别余震接踵而至,导致受灾情况严重,人民生命财产蒙受重大损失。

　　中央电视台新闻报道中有这样悲惨一幕:角奎镇云落小学校舍在地震瞬间轰然坍塌,七名正在吃午饭的一年级学生全被掩埋,代课教师朱银全和村民们把他们扒了出来,结果是两个轻伤、两个重伤,三个被夺去花季般的生命。在悲伤的同时,三联人也在想着为彝良灾区的人民做点什么。三联书店历来重视社会公益事业,曾多次捐助灾区。此时正好有一笔二三十万的善款准备捐出去,于是店领导班子很快做出决定:捐建云落小学,使失去校舍的孩子们早日在宽敞明亮和安全整洁的教室中复课。云落小学最早建于1957年,随后经过三次修缮,最后一次是2006年,是用黄土夯墙,校舍不坚固,是导致伤亡的重要原因。我们决心建一所足够坚固的学校,让孩子们在这里安心地读书,快乐地成长。

我就是带着这一重要使命赶赴彝良的,同时肩负的任务是带《三联生活周刊》采访小分队去震区采访。四川汶川和青海玉树地震,周刊记者都曾深入震中采访和报道,这次也不例外,我们必须到震中探查真情、实地采访。"集结号"很快吹响,我和周刊社会部主笔李菁、记者葛维樱、新媒体部编辑康晰,在最短的时间内整装出发。从9月10日中午12时定下此事,到15时50分飞机起飞,中间只有三小时多一点时间。而摄影记者关海彤原本正在家中照顾刚生孩子的爱人,接到任务后立即乘后续航班赶来,到昆明已是次日凌晨两点十分了。

11日天刚蒙蒙亮,我们一行五人就奔赴昆明机场,拟搭乘9时50分去昭通的航班赶往灾区。先是播报晚点,候至中午,却得到因暴雨取消航班的消息。情急之下,我们花2300元租了一辆"猎豹"直赴昭通,路上时而大雨如注,时而大雾笼罩,到傍晚才抵达昭通,经过整整一天的劳顿,我们终于到了震区的边缘。

昭通市新华书店蒋洪斌经理热情地接待我们并给予有力的支持,派出最好的司机和最好的车送我们去彝良灾区。12日上午11时我们抵达彝良县城,踏着泥泞去抗震救灾指挥部领了"车辆特别通行证"和"采访证"后,即向这次地震震中、受灾最严重的洛泽河镇进发。虽然我们已有思想准备,但还是为眼前的惨象而震惊。沿途众多房屋倒塌,道路严重损毁,一些被巨石砸毁的汽车扭曲变形,一辆摩托车被砸得只剩后轮，旁边散落着一双鞋子，让人目不忍睹。而最危险的还是通往洛泽河镇的道路。地震后通往镇里唯一的路被塌方和落石掩埋，我们去时虽然已经开通，但沿途山上落石不断，随时有坍塌的危险。除了有"特别通行证"的车辆，其他车禁止通过，为了保证安全，每隔一百米就有一人察看险情。我们的车走走停停，前面靠铲土机开道。警察告诉我们，为了防止被砸伤，开车须快速通行。但我们想快也快不了，不时停下来等前面的挖掘机、推土机开通道路。说实话，每当车停时，我心里都捏一把汗，赶忙招呼几个记者站在离山坡远一点的洛泽河旁，而在悬崖下等候也只有听天由命了。谢天谢地，我们终于在下午2时到达震中——洛泽河镇。

　　洛泽河镇是此次地震受损最重，也是目前最危险的小镇，小镇街道长200米左右，所有房屋沿街道而建，一边背靠高达500米、近90度角的悬崖，一边背对流水湍急的洛泽河，而对岸同样是高达500米、直立的山崖，地理环境极为险恶。这次地震最大的毁坏多来自山上的落石，很多房屋、车辆是被滚下来的石头砸坏，行人被砸死、砸伤。我们到达时，天又下起了雨，不时有滚石落下。街道上的房屋因是水泥钢筋结构，大部分都在，但因地震破坏了架构而不得不废弃。地震已过去几天，小镇很平静，一些不愿撤离的人们仍在这里生活。一户居民房子被砸坏，前天大雨，泥石流还涌进了屋里。问女主人为什么还不走？她说留下来为抢修水电线路的工人做饭，为救灾尽一分微力。不远处，两位中年妇女在挥铲做一大锅米饭，桌上摆着还算丰盛的菜肴，免费为过往行人提供饮食。这里到处是感人的救灾事迹：一位私营业主在地震后开自家挖掘机去修路，被落石砸伤；一名女教师为抢救学校财产摔成重伤；一些来灾区救援的人们开着装满月饼、矿泉水、方便面的汽车，到镇上卸下物资就走，来去匆匆，也不知姓甚名谁……我们一边走访，一边被深深地感动着。大家分头去采访、拍照，搜集写文章的素材，很快两个多小时过去了，雨越下越大，天色也暗了下来。我和李菁正在镇中心小学了解受灾情况，突然接到司机华师傅打来的电话，说救灾指挥部紧急通知有余震，很快就要"封路"，再不走就出不去了。我急忙把大家召集起来，刚要出发，不远的路又被塌方封死了，耐心等待中，我们在一辆被砸坏的汽车前合影，作为此次到震区采访的见证。我还捡了一块从山上滚落下来的石块，也作为此行的纪念。

回程还算顺利，当我们终于到达安全地带时，全车的人都松了一口气，车上的气氛也活跃起来。我说："今晚大家喝点酒，压压惊。""我儿子才刚两个月呢！"关海彤说。葛维樱说："我还没结婚呢！我说："我儿子还没找对象，我还没孙子呢！"我们这一行五人，海彤和李菁有了儿子，年轻的女记者葛维樱、康晰尚未结婚，自然没有孩子，我则是没见到孙子，"五子登科酒"就成了我们这晚饮酒的名目。实际上我是想犒劳大家，这次同周刊记者同行，深感他们工作的不易。特别是社会部的女记者，哪里有灾害有险情就奔向哪里，其中艰辛鲜为人知。

晚上，在彝良县新华书店罗经理引荐下，我们见到了县教育局周、黄两位副局长，"一拍即合"，双方达成了捐建云落小学的意向，并商定了相关细节。在餐桌上,我们喝了当地产的苞谷酒,为了捐建事宜的落实,也为了我们"五子登科"的洛泽镇一行。

入夜的彝良县城又显露了震前的生机和繁华,华灯初上,街道人来人往,救灾的车辆依次摆放在街道两旁,只是满街的泥巴仍记录着大雨引发山洪的洗劫痕迹。一些人家在用水管冲洗从泥石流中挖出的电器。在回小旅馆的路上,几个灾民正从洛泽河岸往上拉几天前地震时被冲走的摩托车,我们几个赶上前去搭把手帮他们拽了上来。四千多元新买来的摩托车,只剩空荡荡的一个骨架。车主说:没事,配上发动机还管用。我们从他自信的眼神中看到了生活的希望。

9月13日上午,"角奎镇云落小学捐建仪式"在县示范小学举行,我代表三联书店和教育局周光富副局长分别在捐建协议上签字。三联书店出资30万元重建被地震摧毁的云落小学,彝良县教育局监督校舍建设质量和进度,确保2013年2月竣工并投入使用。在简朴的捐赠仪式上,角奎镇中心学校校长潘华军代表云落小学向三联书店员工表达了诚挚谢意,表示尽快建好学校、用好学校,不辜负捐建者期望。随后我同记者们又分赴罗炳辉纪念广场灾民安置点、县人民医院等处采访,在完成任务后,全部安全返回了北京。

从彝良灾区回到北京,从电视中看那里的一举一动、一草一木都很亲切,因为那里留下了我们的脚印,有我们捐建的"三联云落希望小学"。彝良,我们还会去看你,相信你浴火重生后明天会更美好。

(2012年9月18日)

秋水长天　美美与共

——在三联书店2010年新年作者聚谈会上的致辞

　　再过两天,2010年新年就要到来。在辞旧迎新、新的一年即将到来之际,三联书店在华侨大厦举办新年作者聚谈会。首先请允许我代表三联书店领导班子和全体员工,向各位新老作者朋友的到来,表示诚挚热烈的欢迎!

　　今天可谓高朋满座,胜友如云。大家的到来,使我们感到很温暖、很温馨。三联书店自创办之日起,经过前辈们的引导,我们就和广大作者建立了血肉相连的密切关系,形成了竭诚为读者服务、与著译者精诚合作的优良传统。三联书店之所以能有今天的发展,得益于拥有一大批一流的作者队伍,许多文化大家、著名学者,都与三联书店有着长期的良好的合作关系,这是我店创始以来创立品牌、继往开来、文脉不断,实现可持续性发展的重要基础。许多年以来,这种信任、支持、关心、呵护,是我们能够不断前行的精神力量。在此,我代表全店员工,向贡献卓著、老当益壮的老著译家们致谢,向成果丰硕、年富力强的中年著译者致谢,向创作力旺盛、在各学术文化领域领军的青年才俊致谢。我今天要特别提到今年先后辞世的丁聪、季羡林、任继愈、杨宪益、王世襄、陈乐民先生。我们对这些曾经为三联书店做出贡献的老先生、老作者表示深深的怀念。我们刚出版的《京华忆往》就是对王世襄先生的纪念版，"玩物成家，奇人驾鹤归去；鸽哨空鸣，余音不绝如缕"，这不仅是对王世襄先生的怀念，其实也是对已辞世大家们的追思。三联人将永远铭记对三联做出贡献的人们。

　　2009年是三联书店班子新老交替，深化改革，加大调整力度的一年。店领导班子提出以改革发展统领全局，全心全意谋发展，坚持传统特色，勇于开拓创新，坚持书、刊并举，正确处理事业性与商业性的关系，努力提高社会效益和经济效益。确定了品牌发展战略、人才队伍战略、企业文化建设战略三大战略，修改完善了《三联书店五年发展规划》，提出了新的奋斗目标，采取了更加扎实的措施。为了调整选题结构，进一步明确三联书店产品线，有利于和作者对接，我们撤销原生活、读书、新知三个编辑室，成立学术、文化、大众、旅行四个出版中心和一个审读室，保留原综合编辑室，形成四个中心加两室的新格局。召开了编辑工作会议、2010年年度选题研讨会，明确选题思路，面向市场调整选题结构，在坚持特色的同时，加强大众文化读物的出版。还下发了新的生产流程，进一步理顺各环节的关系，为持续发展奠定了基础。年终盘点，我们的图书和期刊出版都喜获丰收，上了一个新台阶。新书重印书合计出书450种，出版规模进一步扩大。社会效益取得丰硕成果，推出《陈寅恪集》（重印）、《记忆深处的老人艺》《1944：松山战役笔记》《镜中爹》《七十年代》《目送》《老子十八讲》等一批重点图书。《七十年代》《目送》《老子十八讲》还先后登上全国畅销书排行榜。《亲历者的记忆——协商建国》《亲历者的记忆——重大转折》被中宣部、新闻出版总署列为庆祝新中国成立六十年重点图书。《中国文化导读》《毛泽东的读书生活》被推荐为中央国家机关读书活动重点书目。《我在伊朗长大》入选《新闻周刊》评出的"当代五十书"。《基督教经典译丛》等15部作品,入选第七届全国书籍设计艺术展。《呼唤法制的市场经济》等19种图书获中国出版集团公司第四届图书奖。《目送》获中国图书评论学会组织、光明日报等百家媒体评选的"2009年十大图书"奖,《1944:松山战役笔记》《从甲午到戊戌:康有为〈我史〉鉴注》《洞穴奇案》《七十年代》入选《中华读书报》评选的年度"百佳图书",《1944:松山战役笔记》还被评为十佳之一。《继承与叛逆:现代科学为何出现于西方》获国家图书馆第五届文津图书奖和《科技日报》评"十大好书"。

我店靠品牌影响力进入《中国图书商报》最有影响力出版社排行榜前20位,在全国出版社等级评估中被评为一级一类出版单位,获新闻出版总署授予的全国百佳图书出版单位荣誉称号。版权输出取得了前所未有的成果,输出《文心》《音符上的奥地利》《雪域求法记》《思考与回忆》《战略高度》《像自由一样美丽》《美术史十议》《民主四讲》《苦命天子》《中国史前考古学史研究》等12种版权。期刊出版稳定增长,经营成果突出。《三联生活周刊》《读书》荣获"新中国60年有影响力的期刊"称号,获中国出版集团公司第三届报刊奖多种奖项。《爱乐》获集团公司第三届报刊奖优秀印制奖,《竞争力》下半月刊正式启动,期刊资源得到开发利用。

在社会效益取得良好成绩的同时,经济效益也明显提高,图书销售创历史新高,全店实现利润一千余万元,完成了上级下达的任务指标。这些成绩的取得固然是全店同志的辛勤努力所得,但这里面有作者朋友的辛劳和汗水,有你们的智慧和心血。我们获得的奖章,有我们的一半,也有你们的一半。如果没有作者的著译成果,我们将一事无成。因此我们发自内心地感谢作者朋友对我们的支持。

即将跨入的2010年是三联书店深化改革加速发展的一年,三联书店将正式转制为企业,面临巨大的市场压力。但无论是否转制,以及面对怎样的市场压力,我们都会坚持自己的文化理想,坚守文化本位,牢记自己的文化使命,勇于文化担当,以出好书,出传世之作为己任,出版在学术知识界能"拿得出手"、在国内有重要影响、在世界文化之林立得住的文化精品。我们会继续坚持"人文精神、思想智慧"的出版理念,坚持知识分子立场和文化立场,面向多层次的知识大众;注重与文化界、知识界、学术界的血肉联系,营造知识分子的精神家园;出版物注重思想性、启发性,重在给人以启迪;引领阅读,服务阅读,强调阅读的乐趣;体现人文关怀,关注民生;注重独立思考,不随波逐流、人云亦云,突出个性、品位和特色。我们会坚持"一流、新锐"的出版标准,出最好的书、质量一流的书。勇于创新,站在时代前列,善于捕捉潮流信息,具有前瞻性,与众不同,比别人领先半步。坚持宁缺毋滥,走高品质的特色出版之路。

我们会牢记作者朋友们对我们的鼓励，努力维护三联品牌，无论什么时间，什么场合，关注现实、与时代同行的革新精神不能变，"竭诚为读者服务"的办店宗旨不能变，以文化为本位、注重文化传承、文化贡献的定位不能变，以员工为本、实行民主化管理的方式不能变，"不官不商有书香"的格调不能变。我们会继承我店竭诚为读者服务和与著译者精诚合作的优良传统，紧紧依靠老作者、骨干作者，着力培养优秀青年作者、着力培养在哲学社会科学等方面有创见的作者。在同一目标下合作，在紧密合作中共赢，和广大作者队伍紧密团结，美美与共，共生共长，形成"落霞与孤鹜齐飞，秋水共长天一色"的壮丽景象。让我们携手前行，努力创造学术新成果，打造文化新天地。

最后祝各位作者朋友虎年吉祥、身体康健、万事顺遂、阖家安康！

（2009年12月29日）

庾信文章老更成

——在王蒙先生八十寿宴上的贺词

尊敬的王蒙先生、单三娅女士,各位来宾,三联书店各位同人:

　　今晚我们借沪江香满楼一席之地举行宴会,祝贺王蒙先生八十大寿,祝贺王蒙先生和单三娅女士喜结连理,祝贺王蒙先生从事文学创作活动60周年暨"青春万岁——王蒙文学生涯六十年展览"在国家博物馆开展。王蒙先生喜事连连,我们今天的小小宴会承载着太多的欢悦和喜庆,承载着太多的美意和祝福,首先,我和李昕总编辑代表三联书店领导班子和全店同人,向王蒙先生送上最诚挚的祝贺!

　　王蒙先生是我国著名作家,是三联书店的老朋友,是我们这一代三联人的老前辈,我们对王蒙先生有一种油然而生的崇敬之心、景仰之情。王蒙先生是文坛的常青树、不老松,著作等身、硕果盈身、荣誉满身,为大家所熟知。这里我要特别提到并表示特别钦佩的是,王蒙先生近年来"庾信文章老更成",以高度的社会责任感、深邃的目光和独到的文化视野,在著作中,在《光明日报》和《读书》

杂志等主流媒体上,针对中国的社会问题和文化建设,发表了有深度、有广度、有建树的宏文力作,读之让人有洪钟大吕、振聋发聩之感,而我本人就是众多读者中的一个。这些文字,在先生文字生涯中留下浓墨重彩的一笔,使王蒙先生的身躯更显伟岸了,腰板更显挺拔了,在我心目中的形象更加完美高大了。这些业绩同样是可喜可贺的。

王蒙先生众喜临门,我们在这里为他祝福,这是他的幸福,是单三娅女士的幸福,也是我们的幸福和幸运。我们来这里也能沾点喜气、沾点才气、沾点运气。今天光临宴会的有于浩成先生,赵一凡先生,陈冠中、于奇夫妇,还有我们三联书店前辈沈昌文先生,三联同人吴彬女士、倪乐女士,让我们一并致以敬意和问候。我们的宴会是简朴的,但我们的心情是热烈的;室外雾霾天是灰蒙蒙的,但宴会的空气是清新洁净的。在这个充满温馨和爱意的夜晚,让我们高举酒杯,共同祝愿:

一愿王蒙先生寿比南山,相期茶年。

二愿王蒙先生、单三娅女士琴瑟和鸣、百岁相守。

三愿王蒙先生青春常在、宝刀不老,为我国文坛和文化强国建设再做新贡献。

(2013年10月9日)

致张至璋先生、夏祖丽女士

张至璋先生、夏祖丽女士：

　　您们好。

　　接至璋先生信后，曾回一简短电邮，告"得空时将写一长信，现先行问候，容稍后飞鸿"。然一恍多日过去，竟未兑现诺言，至惭至愧！至璋先生给我的信，我打印出放在公文包内，经常拿出展看，以期尽早回信，但仍拖到今天，皆因杂务缠身，心难以沉静。今天终于静下心来，在秋阳普照案头的时刻来兑现诺言了。我们在上海晤面时，还是炎炎夏日，而今已然是秋风渐起落叶飞黄了，时光过得好快啊，但我们初步建立起来的友谊，却未因时间增加而淡化，它总是淡淡地甜甜地存贮在我的心头。这是出版者和作者的友谊，是文友之间的友谊，也是偶然相逢但心却相通者的友谊。8月13日中午，上海俏江南大酒店"满江红"餐厅那和谐融洽的一幕，那暖人心扉开人眼界的交流，那斟满红酒的代表心声的杯与杯的撞击声，真令人难以忘怀。

至璋先生太客气了，信中说了许多感谢的话，这是我和同人们所不敢承受的。其实要说感谢，我们要感谢至璋先生和夏祖丽女士。是至璋先生在祖丽女士协助下，完成《镜中爹》并以高度的信任交给我们三联书店出版。至璋先生在大陆出第一本书就交给我店，这是对我们的信任。我们所做的工作，是不辜负先生的信任，不使"明珠暗投"，事实是您这颗明珠受到了读者的青睐，给我店赢得了荣誉。我们非常感谢至璋先生和祖丽女士，这并非寻常客套，而是基于我们对出版者和作者关系的认识。邹韬奋先生创办生活书店之初，就创立了"竭诚为读者服务"的店训。所谓"竭诚为读者服务"，从根本上说，是为读者提供优质精神食粮，出版受其欢迎的读品。而这一目的的实现，作者的作用至关重要。出版社要紧紧依靠作者，将他们的作品出版问世。如果离开众多作者，出版社就成了无源之水、无本之木，连一天都难以生存。从这个意义上说，读者是出版社的衣食父母（他们的阅读和购买使出版社得以生存），作者也是出版社的衣食父母。因此，尊重作者、努力为作者服务，是我们应该做的，也是我们的生存之道。三联书店的老前辈们非常重视同作者的关系，不仅认真处理他们的书稿，而且帮助解决家庭中的难事，对生活困难者给以资助等，从而赢得了一大批资深而有名望的作者的信任，出版了许多有重大影响的作品，开创了三联历史上的辉煌。为了开创新的局面，创造新的辉煌，我们在新的时期也注意作者队伍的维护，注意密切和作者的关系，但和前辈们相比，我们做得还很不够，还须更加努力。除了稳固原有作者队伍，还要开辟新的作者队伍,使我们源泉不断,永续利用。我们对您做的一切,都是您作为一名作者应该享有的,也是您的辛苦劳动给自己换来的。我特意经停上海于"俏江南"一晤,是想代表三联书店表示一点尊重作者的诚心,承蒙您不弃欣然见晤,虽然劳累一些,但我心里是充满喜悦的。

虽说出版者和作者的关系至为重要,对这一点,凡从事出版业的人均都知悉,但是并非所有的出版者和作者都建立了良好关系,合作也并不都是愉快的。这里有种种原因,在市场化浪潮冲击的今天,出版社和作者反目的事件已是屡见不鲜。唯此,我们更加珍视与作者的合作与友谊。《镜中爹》的出版,使我店和您有了一次合作的机会。这次合作是愉快的、令人难忘的。从责任编辑王振峰女士"相中"此稿,到李昕副总编辑拍板敲定,一直到此书正式出版,从一开始的信息交流,到出版后的营销活动,我们的合作都是在充分信任的基础上进行的。应该说,我们的编辑、分管副总编辑对书稿的审定、编辑是认真的,是倾注了心血的,是想把它打造成一流作品奉献给读者的,交流中也是充分尊重作者意见的,这体现了三联书店一贯认真的行事风格和爱岗敬业的职业精神。但是,与您的支持配合相比,我们做得还不够。您在合作中体现了一个谦谦君子的风范。尽管您曾在台湾做过著名主持人,又是资深作家,但一点架子都没有。您认真听取编辑的意见,在寻爹主线外增加了副线,增添了您在台湾的丰富生活内容。您在百忙中按照编辑的建议,补充了若干章节,增加了文字量,也增加了工作量,而这一切您都欣然接受。为配合我店营销，扩大此书的影响，您和祖丽女士从台湾远道而来，又到炎热的上海出席活动，行程匆匆，劳累有加，而我们又多有照顾不周，这一切您们都没有任何怨言，这给我店接触过您的同人都留下了美好印象。遇到您和祖丽女士这样的"愉快"之人，我们的合作当然也是愉快的。顺便说一句，除了对您谦谦君子之风印象深刻，我们也对祖丽女士颇有好感，谈吐温文尔雅，身集女性沉静雅致之美，大家说，不愧是林海音之女，到底是大家闺秀。她是您的好伴侣，也是我们尊敬的好大姐。我们在上海给您们安排饭店时，开始竟开了一间充满浪漫情调的婚房，红毯铺地，囍字盈墙，彩灯喜人。李昕副总编辑和我商量，我让他们给换了一间有公务气氛的商住房，因为您们尚有公务打理，还要接待来访客人。在"俏江南"，我给您说了这一趣事，您笑着说："住婚房也好，我们再来一次新婚浪漫之旅！"写此信时想起此事，我的祝福油然涌上心头："祝至璋先生和祖丽女士天天新婚感，幸福到永远！"

我店与至璋先生能合作愉快，除了相互尊重和信任，能深入展开交流，也是重要原因。一种文人情怀拉近了我们的距离，以文友视之，我们进行了无阻碍的交流。我们在"俏江南"晤面时间不长，但交谈甚欢，我事先认真拜读了大作，能够从作品去窥视您的内心世界。说实话，我也为文多年，也读过不少当代文学作品，但我对《镜中爹》是钦佩有加的。首先是书中的文字很老到，不愠不火，徐徐道来，给人一种亲切感，拉近了与读者的距离。二是整个架构以"寻爹"为主线，又不限于寻爹，似一篇大散文，又做到"形散而神不散"。三是立场公允,虽然写家庭私事却能跳出极易偏狭的立场,站在回望历史的高度。四是把视角投向未来,通过"寻爹",在无言中给出了台湾与大陆发展趋势的答案。我在和您晤面时,直言说到的我对大作的评价都是发自内心的。我说到我对您书中所写父亲教您叠双桅船的细节印象深刻,建议不妨将书名《镜中爹》改为《双桅船》。我还说到,我儿时在河南故乡农村所见到的一对老夫妇,每天站在村口等待被拉去当兵并撤退到台湾的儿子。他们站在夕阳下,或在风雨中,那种"依门望儿归"的场景深印在我的脑海里。这,也是我对《镜中爹》颇有好感的一个原因。往事皆已矣,来者犹可追,我们祈愿社会和平,消除战乱,人类和谐共美,不再发生"寻爹"的痛心之事。我想,这也是《镜中爹》的主旨所在吧。事小却关家国事,举子喜逢时代棋,您这本书是有时代意义的。台湾书评家称这本书是"个人与历史和解,血肉与血泪和解",这是颇有见地的。"度尽劫波兄弟在,相逢一笑泯恩仇",无须再去拷问历史发个人幽怨,"团结一致向前看"才是正确的选择,也有利于大陆和台湾关系的融洽和美,符合全中国人民的根本利益。

　　大概是接您信之后积久未回的缘故,写起信来信马由缰,拉拉杂杂写了许多。将要打住之际,请转告夏祖丽女士,我若有机会访问台湾,一定去台南参观台湾文学馆展出的林海音特展,去目睹她的母亲、我们喜爱的作家林海音的事迹和风采。

　　今天是农历九月初三,再过几日,便是我国人民的传统节日——重阳节了。"遥知兄弟登高处,遍插茱萸少一人",王维的《九月九日忆山东兄弟》，使我想起远方的您们，我新结识的两位作家朋友。值此佳节将至之际，向至璋先生、祖丽女士致以亲切的问候，祝您们重阳登高，佳节快乐。

敬颂幸福安康！

樊希安　敬上

2009年10月20日

关于《牛的印迹》的通信

张琳:

你好!

你的选题《牛的印迹》报至我处后,我批的意见是:"这个选题先放一放。"对此你有不同看法。在6月3日下午发短信给我,希望就此选题面谈一次。因为我在国图公司(编者注:中国国际图书贸易集团有限公司)开出访行前会议,故让你找李昕副总编,我已将对这个选题的看法告诉他了,你们先做个交流。当晚你给我邮箱发了邮件,进一步阐述了坚持此选题的理由。你说:"本书是教授人身心康宁之道的难得的好书,十分适合生活编辑室,是否您认为这是宗教类图书? 我虽然附加的书名有佛教二字,但您可不必顾虑这样的书会在政策上出问题。看《正信的佛教》就会了解,佛教不同于基督教和天主教,不是有神论而是无神论,但是又不同于实证唯物主义。佛教的意思就是觉悟,不是追求来世,而是当下觉照,开发天性中本来就具有的慈悲智慧,在现实生活中落实。本书正可以告诉读者一些入手处。"第二天上午我给你回信谈了看法:"宗教类图书上面管理得严,要求严格按照分工,已有被卡住的先例。因此,我店这类图书出不出,怎么出,我和班子成员尚未想好。我的想法,这一本先放弃吧。等我想一想,我们再沟通。我出访埃及在即,不多说了,回来再沟通。"

从国外回来上班头一天上午,我就从吴桐处拿到《牛的印迹》繁体字版,也看了你发给我的"补充意见",你希望我读书后再商讨。为此,我利用周六、周日两天休息时间详细读了此书,对书的内容有了大致了解,也形成了一些基本看法。

第一,这本书确乎是宗教类图书。从内容上看,它是宣讲佛教信仰,向读者传播礼佛禅坐修炼方法的;从读者对象看,它不是一般的大众,而是佛教信徒或崇拜者。比对有关规定,此书是宗教类书确定无疑。不是说宗教书就不好,或者就不能出,但是对其是否安排出版取慎重态度是必要的。这是因为按照现行出版管理规定,宗教类图书应由国家宗教类出版单位出版,三联书店不具备这类书的"出书范围"。另外是宗教类图书一般都比较敏感,这是因为宗教具有较强政治性。对此,荷兰莱顿大学的巴伦德·哈尔教授在2000年出版的研究专著中曾有精辟论述:"中国的宗教,或者至少部分宗教的基本特征是政治性的,而且'政治'的范围也不限于仅仅规定人与人之间的关系。"你在邮件中曾建议修改一下副标题,淡化一下宗教的味道,但是内容决定了这本书的性质,"内容"是没法调整的。

第二,三联书店出什么样的宗教类图书? 如上所述,我们对出版宗教类图书采取审慎的态度,但是,三联书店是否就一概不出宗教类图书了呢? 不是这样的。事实上我们过去出版过弘一法师等宗教人物和《世界宗教寻踪》等宗教文化类图书,还正在安排基督教经典类图书的出版。对出版宗教类图书,我的想法是,有所为有所不为。何者不为? 凡是正面宣传宗教信仰、介绍礼佛参禅修炼方法、指导人们如何修行的实际操作类图书不为。何者可为? 介绍宗教起源等知识类图书、阐述宗教文化类书、介绍世所公认的宗教人物(偏重于人品、德行)类图书可为。基于这种认识,我对你这类选题的把握有两种态度,否定了圣严法师和学生同著的《牛的印迹》,而对圣严法师的人物传记却予以通过(注:有"删去不适合大陆部分"的批语)。这种态度、这种选择不仅是基于国家有关规定,还出于我对三联图书品格的认识。前者既不是我们的"出书范围",又过于注重操作性,与三联总体风格不合。后者符合我店"人文精神、思想智慧"的出版理念,偏重在精神文化的客观介绍层面,对丰富读者知识、开阔视野、提升境界和促进中外文化交流都是有益的,也是我们所擅长的,且和三联书店的一贯追求和出书品格相一致。你想在禅文化方面组织选题,不妨照此路径做一些探索。

第三,期望能得到你的理解。基于以上认识,我在详读了《牛的印迹》繁体字版之后,态度并没有像你期望的那样得到转变。但为了慎重起见,也为了尊重一个编辑的劳动和创造,我昨天上午将此选题提交到店务会上研讨,想听听大家的看法后再做决定。结果与会同志的看法与我相一致,认为不宜由我店安排此书出版。因此,我们就决定不做这个选题了。对你来说这意味着"割爱",因为你太看好这个选题了。当我决定"先放一放"时,你回家后哭了,"流了一行泪"。得知这个结果,你一定会伤心的。我尊重你的信仰、情感,也相信你有独到的眼光,但是更期望能得到你的理解和支持,期望不因此挫伤你组稿和工作的积极性。禅修讲"放下",希望你能把这件事放下来,开开心心地投入到工作中去。

我在给你的邮件中写道:我不信佛,但我对佛教并无偏见。中国的佛教名山圣地,我都探访过;京郊的红螺寺、大觉寺、戒台寺、潭柘寺等,我一一寻访过,有的还去过多次。包括你崇敬的赵州柏林禅寺,我也去过两次。我深深感叹佛文化的精深博大和对人心灵的震撼。"仁者见仁,智者见智",我和你着眼点不同,但对佛教的敬畏是一致的。不仅对佛教,对其他宗教,我们也应当给予尊重。因为宗教对于维系人们的信仰、惩恶扬善和维持社会秩序都有重要的作用。此次出访埃及,导游是当地青年,是一个伊斯兰教信徒,汉语名字叫"高大伟"。他给我们介绍说:"在埃及,百分之八十五的人信伊斯兰教,百分之十五的人信基督教,因此社会秩序良好,你们中国人不要怕被偷被抢,因为人们信教,他不仅怕法律,更怕真主。因为他做什么事,真主都是知道的,做了不好的事,真主会惩罚。"在埃及期间,我们确实没有遇到偷抢的事,可见宗教对人们行为的约束作用。你在给我的邮件中,除了谈《牛的印迹》这个选题,还对店里的选题及其他工作提出了许多好的建议。比如如何开拓新的选题领域,比如注意图文书销量下降等,这些都已引起我的重视。我店将于近期召开经营工作会议, 研究大众文化读物出版及加强营销工作等问题,届时还请你多多建言献计。

昨天上午研究《牛的印迹》选题后,因为我要参加集团召开的期刊工作会议,就请李昕和你交流一次。今天见到李总,他说你们还没有谈上。为了尽快地能和你深入交流,我在今天参加完期刊工作会议之后,挤时间给你写此邮件。提笔匆匆定有不妥之处,请你批评指正。

顺祝安康!

樊希安

2009年6月23日晚7时35分

人性化管理要有实实在在的行动

2010年1月3日,北京降了四十年不遇的一场暴雪。中午时分,我参加完一个婚礼从京广大厦出来,鹅毛大雪仍在飘飞,打不着出租车,在雪地里艰难行走,一个多小时才到家。

在家喝了口热茶,缓了口气,我草拟了一个通知发给店总经理办公室主任白杨。《通知》全文如下:"近日雪天路滑,乘车不便,本周内请店内员工自行掌握上下班时间,上班迟到不视为违纪,请大家妥当安排,上班、走路、乘车多加小心,防止滑倒和摔伤,确保平安出行。"正在此时,接到白杨短信:"樊总,北京市政府紧急通知,明天北京的中小学停课一天,各社会单位灵活掌握上下班时间,就有部门主任打来电话问,咱们明天上班是否也可以灵活掌握? 家远的是否可以不用来了,部门留个值班的就行。向您请示一下,如何答复?"我即回短信:"我正想通知你,你可通知各部门,明天上下班时间自行灵活掌握。"后又一想,当机立断做出决定:"白杨,请群发我的意见:明天编辑可以在家看稿,家中有中小学生的可在家照顾孩子,路途远上班确有困难者可不上班,其余人灵活掌握上下班时间。除编辑部门外,其他部门应有一人值班。"

　　发白杨后,又怕一些同志通知不到,又陆续转发了学术中心主任舒炜、美编室主任罗洪、综合室主任张荷、文化中心主任郑勇及曹永平、贾宝兰、夏丽英、徐建平、詹那达、张作珍、程进宝、刘高源、李小坚。这一决定反响甚好。夏丽英回信:"樊总新年好! 谢谢! 我马上通知我们室的人。"李小坚回信:"好的。收到! 谢谢樊总。"曹永平回信:"收到! 谢谢领导关心! 我们部门已经安排好了值班的人员。"张荷回信:"谢谢领导关怀! 新年吉祥安康!"舒炜回信:"好的,多谢领导体恤!"约半个小时之后,白杨告诉我全都通知到了,怕发短信收不到,她还打了一遍电话,各部门都做了妥善安排。大家一致感谢店领导的关心,认为这样的人性化安排更能激发人们的积极性。这句话引起我的深思:我们常说人性化管理,而人性化管理要有实实在在的具体行动。这不仅是企业文化建设的一项重要内容,更是激发员工积极性的管理措施。尊重人、爱护人、关心人,就能凝聚起强大的精神力量,收到克敌制胜的效果。对此,管理者不可不察,我们今后也会努力做得更好。

(2010年1月3日)

真诚的道歉

今天是端午节。端午节吃粽子、赛龙舟是两项重要活动，据说这两项活动均和屈原投江相关。屈原是五月初五听说楚国都城被破悲愤至极抱石投江的。吃粽子习俗，始于人们将饭团投于江中喂鱼，以免鱼类伤及屈原身体。而赛龙舟，则是人们闻说屈原投江后速划舟来救，遂演变成一固定习俗，年年延续下来。

自国家把端午节定为法定假日后，历史的记忆在人们心头被重新唤起，端午吃粽子之风更盛。"端午尚未至，满城已飘香"，并不怎么喜食粽子的我也深受影响，也"佳节来临数品尝"了。

一日在"娃哈哈大酒店"招待客人，席间上有豆沙馅粽子，食之众皆曰好。询之悉此粽子为"五芳斋"特制，从南方运来。美味岂可独食？第二天上班，即让办公室主任白杨和"娃哈哈"付小姐联系，欲为每位职工购买一盒粽子在端午节共享。白杨和潘健去酒店看了样品，质量不错，样式繁多，但价格偏贵，于是转向网上寻购。好在"五芳斋"大名鼎鼎，网上购买很顺利，即敲定88元的一种款式，铁盒装，内装粽子各馅均有，可让不同口味者皆大欢喜。共购得116

盒,除正式员工,库房、保安、保洁,都一一关照到了。"任可落一屯,也别落一人",应该说考虑得很周到了,但是忙中出错,还是出现了疏漏。

第二天,白杨告诉我出了点小问题。"什么问题?"我问。"咱店王振峰、薛宇是回族,发的粽子里有猪肉馅的!"白杨道。"这确实是问题!"我立即让白杨去办:"一,当面向王振峰、薛宇道歉;二,发下去的粽子收回,或换其他样式,或发钱让他们自行购买。"不久,白杨回话,都一一办妥了。

此事虽然过去了,却在我心头挥之不去。事情是下面工作人员办的,责任却在我这个总经理,为什么不考虑得细点再细点呢!事情虽小,但往大里说,涉及党和国家的民族政策,涉及对少数民族员工民族感情的尊重,涉及员工积极性的调动和发挥。想到此,我分别给王振峰、薛宇打了致歉电话。薛宇去了工厂,电话没打通,王振峰的电话通了。振锋说:"没关系的,没关系的,粽子我已经送人啦。"我在电话中真诚道歉,表示今后在这方面多加注意,希望她给予谅解。对方反应是积极的、和谐的,至此,我心始安。说实话,我对少数民族风俗和饮食习惯历来是尊重的,如供应午餐,我们专供有清真食品;出去旅游开会,也都有专供回族员工的饭菜,等等。这次偶有疏漏,确实是很不应该的。

我之所以对此非常懊悔,是自以为此事不应该发生在我的身上。因为我长期从事图书出版管理工作和编辑工作,对党的民族政策是熟知的,对少数民族的风俗禁忌是熟悉的,编辑过不少涉及我国少数民族风俗的书稿，也参与处理过一些伤害伊斯兰信教群众感情的事件，又长期生活在多民族地区，接受过多次宗教和少数民族知识的培训，因此头脑中"少数民族禁忌"这根弦还是有的。发生"肉粽事件"始料不及，也给我们敲了警钟，对少数民族员工民族感情和民族习俗的尊重一时一刻也不能放松。

实事求是地说，就我的经历和所目及到的伤害少数民族感情特别是穆斯林群众感情的事件而言，绝大多数并不是来自"阶级敌人的破坏"和"反党反社会主义敌人的挑唆"，在多数情况下，这种伤害是不经意为之的。在北京市的公共汽车上，我曾听到过两个人吵架。一个说："你那么凶，还能把我吃了啊！"另一个说："对不起，我是回民！"这后者够机智幽默，惹得满车厢的人哄堂大笑。假如车上有穆斯林群众，此刻一定会很难堪：干吗呀，这不是拿信教群众开涮吗！我也曾审读过一部书稿，其中有一段描写：河中有十只鳄鱼十头小猪，九只鳄鱼吃了九头小猪，只剩下一只鳄鱼一头小猪，问那只鳄鱼为何不食小猪？答曰：我是信伊斯兰教的。也许作者无意，但竟将鳄鱼和信教群众画了等号，这是很不严肃也是极其错误的。幸好被我发现删去，才没有酿成大错。也有把关不严导致严重后果的。我有个朋友曾是某报副总编辑，几年前因登了伤害伊斯兰信教群众的稿件被撤了职。负责头道把关的女编辑，那天急着回家给孩子喂奶，草草看稿了事，而他没怎么看便签字发稿。事情是在不经意间发生的，但教训却是惨痛的。因此，我们决不能因为是不经意和不是故意为之而原谅自己。要知道，伤害亲人、伤害朋友的许多事，都是不经意而为之的。夫妻分手、朋友反目、分道扬镳，其原因多在不经意之间，不经意的伤害也是伤害，也会酿成严重后果。所以我们要从"肉粽事件"中吸取教训，举一反三，把尊重少数民族风俗习惯的工作做得好些再好些，考虑得周到再周到些。

（2009年5月30日）

"随喜"之喜

5月13日早上收到生活编辑室编辑张琳发来邮件："上月小坚大喜，同人们有愿意随喜（建议50~200元间，平均100元），本周四前交张琳最好（小坚下周出去）。"几分钟后又收到张琳补充邮件："小坚做希望工程的志愿者已有数载，爱妻（湖北籍）是同道。恭贺。（只列名写总额，多少勿虑。）"

今天早上记起此事，拿100元礼钱装信封，写明"为小坚大喜随礼"，放到张琳办公桌上。不久，张琳回邮件："收到，谢谢。"

李小坚是我店孤独星球旅游图书出版事业部副经理，系年轻才俊，不到三十岁便主导店内一个重要部门的工作，具有开拓意识，为店里对外合作出版做出了贡献，目前国际旅游图书稳固发展，国内游又在谋创，可谓事业有成。同时佳偶天成喜结连理，人生幸事皆备于他，可喜可贺。"久旱逢甘霖、他乡遇故知、洞房花烛夜、金榜题名时"，古人称人生四大喜之一，小坚欣然遇之。张琳不仅是我店屡出佳书的好编辑，而且是一位热心人，曾多年担任工会委员，热心为同人做好事谋福利，乐此不疲。因此，她"登高一呼"，大家都来响应,听说随喜的人不少。张琳将礼钱集起来,封包交给小坚,自是一番盛情美意按下不表。

我响应张琳"号召",为小坚新婚随喜,是发自内心的。一百元区区小数,钱虽不多,表达的确是一点心意。我非常赞同这样做,因为一个集体的温暖,除来自组织,还来自友人们的互助。有难相帮,有福同享,从来都是中华民族的美德。今年新的店领导班子组建后,把企业文化建设作为重要的战略选择,就是要增强企业的向心力、内聚力,而企业文化的建设就是要从一点一滴小事做起凝聚人心。店里坚持职工过生日送生日蛋糕,或赠送购书票使之生日时喜读新书,坚持直系亲属去世都由领导到家探望亲属,并送去慰问金,对患病职工及时探望送去温暖,过年过节给职工发节日礼金或节日礼物,支持职工组织俱乐部参加各类球类比赛,等等。但仅靠组织上的力量是不够的,还要靠民间"拾遗补缺",共同营造企业内部职工之间的和谐亲密氛围。因此,张琳的"随喜"之举我深表赞成。一人有事,多方献爱心,个人得关爱,集体增加凝聚力,此举多多益善矣。

同时,我还有一点小小的建议:今后像这类善事,应"普度众生"。即不管哪位职工新禧,不管有无职务,先进店后进店,均应有一点"随喜"之举。说这样的话是因为心有所感。我2005年进店以来,已有六七位职工喜结连理结婚成家,他(她)们挨屋发糖,也送给我一袋又一袋"甜蜜之果",但在我的记忆中,没有谁为之张罗"随喜",我也没有送出过一份"礼钱"。也许他们是小人物,也许他们进店晚众人不熟识，但是不应该被"忽略不计"。他们的"随喜"，应该有更多的张琳们张罗，而我自己，也应该更多地平等地献出每一份爱心。科学发展观的核心是以人为本。我认为，以人为本的前提是人人平等。西方人本说强调人人生而平等，而我们社会主义社会更是看重人与人之间的平等关系。在三联书店，发扬民主、人人平等是我们的传统，也是我们的行事准则，新班子更强调这一点。我因为出身平民，对此尤为看重。我曾就不平等之事"怒发冲冠"，发过两次火。一次是针对丧葬补助的。过去有的职工老人去世，店领导去看望，并带去店里行政和工会的补贴（标准：店500元，工会300元），而有的职工老人去世，不仅没人去看望，而且迟迟不发丧葬补助，致使个别职工自行"索取"，造成不良影响。我大声疾呼："普通职工的爹也是爹，娘也是娘，人人平等，生而平等，死而平等，概莫能外！"并着意解决好这一问题，使职工中不再有不良反应。再一次是针对"临时工"洗澡遇阻的（"临时工"是过时概念，不过在有的人心目中，"临时工"就是"临时工"）。工作在地下二层的职工给我反映，有人把洗澡间的门锁上，将钥匙带回家，他们洗澡遇到了困难，反映给有关部门解决不了。我一听发火了：这些职工工作生活在基层，吃最大的苦，干最累的活，家又在外地，连洗澡都不能正常解决，这么做像话吗？让行政管理部门马上协调解决，使"临时工"们的基本工作生活条件得到了保障。

说实话，我对人与人不平等的事很敏感很在意。社会上的事我管不了，但是在我任总经理的三联书店，我会竭尽所能去创造人人平等的和谐环境,竭尽所能地铲除和禁止不平等的事情发生。这不仅符合党和人民的要求,也是佛教佛德的向善之举。我最近读某期《禅》刊就从中受到这方面的教益。《编者小语》中说:"佛教提倡的供善,是'普同供善''清净供善'。"所谓"普同",就是平等无分别,没有高下、贤愚、美丑之分。所谓"清净",一是供善者自己发心清净,二是能令接受供善者道心清净。所以从这个意义来讲,供养常住大众远比以好恶心单独地供养某一个人更有意义、更清净。片面地供善自己所喜欢的某一个人,一方面会增长自己的分别心和执着心,另一方面也有可能会诱使对方产生贪恋之心,从而远离出家人的本分。文章批评了"有不少居士到了寺院之后,只供善那些跟自己投缘的出家人,或者供善自己比较喜欢的出家人,而对其他的出家人视而不见,甚至产生轻慢之心"等种种不良事况。我们不是礼佛之人,也没有"供善"之举,但是在日常生活中,有没有佛界所言的种种状况呢? 如有,改之则善莫大焉。

(2009年5月14日)

小孙的兰花

今天给兰花浇水，想起了小孙。兰花是小孙的，自然便想起了她。

小孙叫什么名字，我不知道；住在哪里，我不知道；现在在什么地方，我也不知道。只知道她姓孙，是从外地到北京打工的一个女孩子，在一个我不知道名字的保洁公司打工。素昧平生，小孙的兰花怎么到了我的手里呢？

三年前我从外地调到北京，在三联书店工作。初来一地人地两生，忙余有一些孤寂，便捡起过去的爱好，在办公室外敞亮的平台上养了几盆花。两盆君子兰，两盆文竹，不时侍弄，自得其乐。一次在给花浇水，小孙走了过来说：您喜欢养花？在得到我肯定的答复后，她笑着说："您单位养花的人不多，我原来给人做保洁的单位，养花的人可多了，啥花都有，真好看！我在老家时，也爱养花。我妈妈可会养花了，院子里一片一片。"小孙在我所在楼层搞保洁，时常碰面，但从来是不过话的，也不知道她姓孙。看上去二十岁左右的样子，细高挑的个子，很朴实，有一双机灵的眼睛。在攀谈中，我听出了她的苏北口音,问她是不是徐州人？她连说是是,问我怎么知道的？我告诉她我在徐州当过兵,对那里的口音、习俗、名胜很熟悉。她听说后顿感亲切,说话也就放松畅快了许多。她告诉我她姓孙,家在苏北农村,高中没毕业就来北京打工,挣钱供弟弟上学,给有病的父亲看病。从谈话中,我知道这是一个懂事、孝顺的孩子,也从内心为她中断学业而惋惜。过了几天,我又在浇花,小孙搬了一盆兰花过来,笑着说:来凑凑堆,借借光。从此,我养的花的旁边就多了一盆兰花。兰花的品种很多,这盆兰花我叫不上名字,看上去普普通通,但很茂盛,生机盎然,洋溢着生命的活力。花盆也普普通通,是泥质的,花土上层放十数枚圆圆的小石子,和兰花映衬别有其趣。

日子一天天过去,花儿一天天成长,我和小孙一天天各自忙着,也没再交谈过。大约两三个月之后,小孙突然不见了。待我发现询问时,说轮岗到别的单位搞保洁去了,也有说她回老家去了。小孙人离开了,花却留给了我。虽然是盆花,也没当面托我照看,但实际上寄养在我这里,我感到了沉甸甸的压力。像一个负责任的保姆,把人家的宝宝好好看护着,不敢有一丝一毫的怠慢。说来也奇怪,自打小孙走后,这盆兰花就一反常态,不仅萎靡不振,还常常闹病,病病殃殃、半死不活的。为救活她,我真费了老劲。又换花盆,又换花土,定时浇水,时常照看,但一点都不见好转,先是烂根,接着烂茎,叶子一条条坏掉。我并非惜花,就是觉得对不起小孙,对不起小孙的一片爱花之心。大概是精诚所至,这棵兰花终于起死回生,从根部发出新芽,一番呵护后,开始一点点焕发生机,恢复了昔日的茂盛,且比过去活泼兴旺。我悬着的心放了下来,轻松不少,从此把它当成自己的"宝宝"精心侍养下去。

两三年过去了,这盆兰花茂盛依然,只是我再也没有见到小孙,也没有关于小孙的任何消息。我也快忘记了小孙,只是浇花时才偶尔想起。是啊,花和小孙都是普普通通的存在,有谁会格外关注呢,但是要知道,社会就是由芸芸众生组成的啊。我希望小孙像兰花一样,而且比兰花更加茂盛,虽然普通,却也洋溢着生命的绿色。

（2008年11月4日）

＼ 第五辑　榜样在前 ＼

追怀三联前辈

在三联书店创立80周年之际，我们更加怀念开创三联大业的老前辈，同时怀着追思溯源的心情，去为邹韬奋先生和朱枫烈士扫墓。

韬奋先生墓坐落在上海龙华烈士公墓。在墓园的一角有一个小小的墓碑，墓碑上镶嵌着韬奋烈士的照片，掩映在绿草丛中。80年前，邹韬奋先生创立的生活书店在上海诞生，三联事业由此起步。也许是我们的虔诚感动了苍天，也许是苍天有意和我们共同祭奠，我们刚进墓园就下起了雨，而且越来越大。韬奋先生的女儿邹嘉骊和亲友们及各地三联人都抬着花篮来到墓前。我们怀着无比崇敬的心情献花、宣誓，追忆先生往昔……

墓园里凝聚起的声音，似春雷，透过道道雨线在空中响起。举拳宣誓的那一刻，我久已麻木的心灵受到震撼，泪水和着雨水而下，打湿手中的讲稿，融入脚下的土地。韬奋先生不仅是生活书店的创始人，也是我国进步出版事业的代表；韬奋先生不仅受到三联人的崇敬，也受到一切追求进步、追求真理的人的尊敬。他编杂志、出报纸、办书店，为抗日救国、追求进步，和国民党反动派坚决斗争。为此他六次流亡，一次入狱，是著名"七君子"之一。他的立场像泰山一样坚定，任何利诱也拉拢不了他，把他变成"第二个陈布雷"只是蒋介石的幻想。他的骨头和鲁迅一样坚硬，不仅敢不听杜月笙的"规劝"，而且敢在戴笠面前拂袖而去。他真的为追求自由、真理做好了牺牲一切的准备。"一介书生壮士心"，他为中国知识分子树立了榜样。"韬奋精神"是韬奋先生留给我们民族的宝贵精神遗产，其中关于进步出版事业的实践和论述，对我们出版工作者更有直接的昭示作用。"坚定，虚心，公正，负责，刻苦，耐劳，服务精神，同志爱"，被同人牢记和继承；韬奋先生关于正确处理事业性和商业性关系的教诲和实践，今天仍是我们坚守的准则。

祭扫韬奋先生墓的当天下午，我们又赶往宁波，去参加第二天上午祭扫朱枫烈士墓的活动。匆匆赶往宁波，到宁波再转至镇海，已近夜半时分了。

朱枫，原名朱贻荫、朱谌之，1905年生于浙江镇海一大户人家，参加革命后改名朱枫。1938年她在武汉加入中国共产党领导创办的新知书店，1945年春秘密入党后离开书店进入以贸易为掩护的华中局情报部门，共在新知书店工作七年多时间，期间和丈夫朱晓光一起去新四军军部开过随军书店。她出身大户人家，阅历丰富，为人真诚厚道，善于与人相处，又积累了丰富的工作经验，在书店有很好的人望。究其一生，书店是她唯一公开的谋职单位，而其他客栈、洋行、钱庄之类均为掩护身份所用，故而新知书店的职业生涯是她非常宝贵的一段人生经历。进入情报部门工作后，她多次出色完成任务。1949年11月，中华人民共和国刚刚成立，朱枫接受党的指示去台湾执行秘密任务。在她顺利完成情报传递工作即将返回大陆之际，由于中共台湾党组织最高领导人被捕叛变，她被拘捕于返回大陆途中的舟山定海，吞金自杀未成功，坚贞不屈，1950年6月10日下午身中六枪牺牲在国民党统治下的台北马场町刑场。2011年夏天，我因公干去台北，曾专程去马场町凭吊先烈英灵。61年过去了，昔日腥风血雨的马场町刑场，已被改造成环境优美的马场町纪念公园。但公园中浸满了烈士鲜血的黄土还在，那因掩盖血迹而不断增大的土包还在。在这个土包形成的"遗址"前，我献上鲜花，洒下白酒，送上三联人对朱枫这位前辈的思念。

　　前年在台湾友人的协助下，朱枫烈士的骨灰终于运回大陆，于去年7月安葬在家乡镇海。朱枫烈士的女儿朱晓枫、儿子朱明等亲友，协助寻找骨灰的台湾朋友朱宏源、刘添财等从海峡两岸赶来了。我们作为朱枫烈士生前所在单位、三联书店前身之一新知书店的代表，也参加了祭扫和揭幕仪式的全过程。当我手捧一束白菊花，站在安放烈士骨灰的墓前，当我抬头凝视墓后方的大幅烈士雕像，当我参观烈士事迹展览，当年"朱家花园"一桌一凳一草一木都令我心潮起伏，久久不能平静。有两件遗物吸引了我的视线，一件是朱枫长年用的一只行李箱，旧得已经辨不清材质、底色，把手上的装饰物也已脱落，一件是她穿过的旧毛衣，上面已现多个破洞。遗物固然受到时光的侵蚀，但一看就是用旧的物品。一个大家闺秀，一个富有家产的千金小姐竟如此俭朴，还把大部分家产，包括她母亲留给她的三克拉钻戒等悉数变卖，购买出版用的纸张和器材，支持新知书店渡过难关，并坚持到革命胜利。

一片粉红的桃花在时空中飘落，但两位先贤的精神已永远铭刻在亿万人的心中。

（刊载于《人民日报》2012年4月28日《大地》副刊）

清明节祭扫邹韬奋烈士墓祭词

今年是生活·读书·新知三联书店创办80周年,时值清明,我们更加怀念生活书店创始人、我国著名出版家、三联事业的主要奠基人邹韬奋先生。京沪港三家三联书店的负责人和员工代表特意赶到上海龙华烈士公墓,祭扫韬奋先生墓,寄托我们的哀思和怀念之情,更是表达我们继承韬奋烈士遗愿,把三联事业发展壮大,为我国文化大发展大繁荣做出贡献的决心。

邹韬奋先生,原名恩润,祖籍江西余江,1895年生于福建长乐,现代新文化运动的先驱、中国现代新闻记者、政论家和出版家。1926年在上海主编《生活》周刊,毕生从事新闻出版工作。邹韬奋先生1932年7月1日于上海创办了三联书店的前身之一——生活书店。自创办之日起,生活书店就以"促进大众文化"为己任,以"竭诚为读者服务"为宗旨,其所出版、发行各类图书内容涉及当时大众生活的诸多方面。生活书店推介倡导进步思想,传播普及科学知识,以极大的热忱关注国计民生,成为当时中国出版行业的先进代表。

20世纪三四十年代，生活书店与另外两家进步出版机构——读书出版社、新知书店——作为坚定的、进步的、革命的出版机构，在党的指导下，以"力谋改造社会"（邹韬奋语）为目的，传播先进的思想理论，成为当时国统区进步出版事业的堡垒，对于民众特别是青年知识分子的影响与启迪，都起到了不可估量的作用，被誉为"知识分子的精神家园"。

1948年，生活书店与读书出版社和新知书店在香港合并成立生活·读书·新知三联书店。1949年3月，三联书店迁至北京。1949年7月，中共中央发布了《中共中央关于三联书店今后工作方针的指示》，其中明确指出："三联书店（生活书店、新知书店、读书出版社），过去在国民党统治区及香港起过巨大的革命出版事业主要负责者的作用，在党的领导之下，该书店向国民党统治区域及香港的读者，宣传了马列主义、毛泽东思想和党在各个时期的主张，这个书店的工作人员，如邹韬奋同志（已故）等，做了很宝贵的工作。"对以邹韬奋等为代表的三联人曾经为革命、进步出版事业所做出的贡献给予了高度评价。

八十年来，三联事业薪火相传、发展壮大、继往开来。几经变迁，目前形成生活·读书·新知三联书店、上海三联书店有限公司、三联书店（香港）有限公司共同继承三联衣钵，三足鼎立，在不同区域竭诚为读者服务，弘扬三联品牌的格局，三家均已成为华文出版界举足轻重的出版机构，在中国人的读书生活中有着不可替代的地位。

目前同根同源的三家三联书店，正共同筹办八十年店庆事宜，我们将举行一系列纪念和庆祝活动，包括出版《三联书店店史》、召开《三联经典文库》出版座谈会、举行北京韬奋图书馆开馆仪式、在人民大会堂召开"庆祝三联书店创立80周年大会"、在韬奋烈士祖籍江西余江建立一批韬奋书屋等。今天我们以祭扫韬奋烈士墓的独特形式拉开八十年店庆的序幕，紧接着将有一系列活动次序展开。隆重举办八十年店庆的根本目的就是弘扬韬奋精神，让韬奋精神薪火相传，把韬奋先生和其他老前辈开创的三联事业传承下去，世代永续。在此，我们京沪港三联书店同人向韬奋先生郑重宣誓：

　　坚决继承韬奋先生遗志，
　　发扬三联优良传统，
　　竭诚为读者服务，
　　坚持与时代和人民同行，
　　团结互助，密切合作，
　　为文化发展，为民族复兴，为国家富强努力奋斗！
　　韬奋先生安息！

（2012年3月30日）

用之不竭的精神源泉

近日,第十一届韬奋出版奖颁奖仪式在京举行,我国出版界又有20位同志被授予韬奋出版奖这一荣誉称号。我忝列其中,有几分兴奋,也有几分不安。所谓兴奋,这毕竟是全国出版界个人最高奖项,获此殊荣不易,是对多年奋斗后人生价值的肯定。所谓不安,即是深感自己"盛名之下,其实难副",离对获奖者的基本评价"政治素质好,专业造诣高,具有良好职业道德操守、高远文化追求,在出版行业长期勤奋工作、默默奉献,为出版改革和发展做出了突出贡献的优秀人物"尚有很大差距。我把获得这一荣誉看作对我个人的鼓励,是对在新时代为出版事业奋斗的三联群体的褒扬。我深深地体会到,这一设立多年、评过多届的出版界个人最高奖项,之所以用韬奋先生的名字命名,其根本宗旨便是弘扬韬奋精神,将韬奋精神和其努力奋斗的目标一代一代传承下去。我作为韬奋先生等先辈开创的三联事业的后继者一员,有近水楼台先得月之便利,更有传承先生精神之责任,应以获得韬奋出版奖为起点,更加自觉地继承韬奋先生的事业,更加努力地弘扬韬奋精神。

　　今年是生活·读书·新知三联书店创立80周年,以韬奋先生1932年7月1日成立生活书店为发端,三联书店走过了八十年的辉煌历程。在将要隆重进行八十年店庆之际,我们更加怀念生活书店创始人、我国著名出版家、三联事业的主要奠基人邹韬奋先生。毫无疑问,韬奋先生在我国的进步出版事业中处于领军地位,他是中国进步出版事业的一面旗帜。1944年7月24日,韬奋先生逝世后,毛泽东、周恩来、宋庆龄、郭沫若、朱德、陈毅、叶剑英等评价甚巨,周恩来说其是"出版事业模范",对以韬奋先生为代表的三联人曾经为革命、为进步事业做出的贡献给予了高度评价。

　　韬奋精神是一座富矿,我们今天弘扬韬奋精神,有特殊的时代意义,我以为应当从以下几个方面去发扬光大:

　　"竭诚为读者服务"的服务精神。"服务精神"是生活书店的奠基石和一贯传统,它要求每一位职工要心存读者,把读者当作朋友,而且还是超越商业关系、彼此间可以沟通与信任的好朋友,因而对于读者的服务"不是仅求一次的周到,是要求继续不断的周到",对于读者的服务,也不限于门市、邮购、复信答疑,而是贯穿于出版活动的全过程,表现为"一点不肯马虎,一点不肯延搁,一点也不怕麻烦""竭尽心力","诚心恳意"。"服务精神"不仅是生存之道,更是微言大义,昭示了出版业存在的价值和意义。我们今天"竭诚为读者服务",就是要摆正位置,端正心态,努力为读者提供更多更好的优质产品,保证质量、多出精品,杜绝劣质品和残次品,最大限度满足读者的现实和潜在需要。服务方式要随时代的发展而创新,善于站在读者的角度观察和思考问题,为其提供周详、具体、无微不至的服务。

正确处理事业性与商业性关系的经营理念。"义"与"利"的关系在韬奋先生身上有着内在统一,他提出的正确处理事业性与商业性的命题,是我国出版界两个效益关系的最初论述,一直延续到我们今天的出版实践中并需要持续不断地予以回答。他强调出版的"文化本位",提出以文化为目的。他认为"所谓的进步的文化事业是要能够适应进步时代的需要,是要推动国家民族走上进步的大道","具体的事业体现在努力于引人向上的食粮","要充分顾到我们的事业性,有时不惜牺牲,受到种种磨难也毫不怨尤"。同时为了生存和发展,必须顾到商业性,做到两方面相辅相成。重温韬奋先生的教诲很有现实意义,在盛行市场化的今天,我们有必要特别强调事业性和"文化本位",始终坚持正确的出版导向,以社会效益为最高准则,努力实现社会效益与经济效益的统一。要以传播中华民族优秀文化、社会主义先进文化、引介国外其他民族优秀文化为己任。严格把关,严格选择"文化食粮的内容",决不让有害人身心健康的坏书和格调低下的出版物出笼。要坚持事业性、商业性两轮驱动、两翼齐飞,防止方向跑偏而误入泥潭。

坚持对光明、真理的不懈追求。韬奋先生在所处的时代中不为强权所动,不为名利所惑,不怕流亡和牺牲,保持了自由精神和独立人格。我们今天的时代截然不同,但出版也面临市场的挤压,出版物也面临利益的诱惑,出版人也面临何去何从的选择。而面对市场保持清醒，保持个性、特色和文化品位，才是真正的出版家，才能真正赢得社会和读者的尊重与信任。

（刊载于《中国新闻出版报》2012年4月9日）

弘扬韬奋精神　用心打造精品

　　11月5日，是现代进步出版事业先驱、生活书店主要创始人邹韬奋先生诞辰118周年纪念日。韬奋先生一生宣扬革命思想、致力社会进步。在20世纪三四十年代恶劣的政治和社会环境中，他满腔热血，以笔为刀，写作出版了大量宣传先进文化、关注国计民生的红色书刊，因为与日本侵略者和白色恐怖顽强抗争而遭受严重迫害，他被迫颠沛流离、流亡国外、被捕入狱，身体备受摧残，终致英年早逝。韬奋先生坚持传播真理服务大众，鼓励人民抗争奋进，为进步出版事业做出了不可磨灭的贡献，是中国知识分子走向进步、走向革命的楷模。韬奋先生虽然逝世了，但韬奋精神却一代又一代传承下来。三联书店在韬奋精神的哺育下不断成长进步，我们也努力从三个方面学习和弘扬韬奋精神，用多出好书的实际行动继承和发展韬奋先生开创的进步出版事业。

　　学习韬奋先生为理想百折不挠，为真理战斗不屈，为事业倾尽心力的职业精神，更加爱岗敬业，努力奉献。

　　韬奋先生的一生是宣扬革命思想、致力社会进步的一生，他之所以从事新闻出版工作,之所以出版了大量进步书刊,不是简单的搞出版,不是为了出版而出版,而是把出版作为实现共产主义信念和革命理想的一个平台。韬奋先生的事业遭受无数次挫折,但他依然百折不挠,始终坚守着他的信念,为理想奋斗直至最后一息。

1933年1月,韬奋先生因为参加宋庆龄、鲁迅等进步人士发起的中国民权保障同盟而被迫流亡国外;1936年11月,"七君子"事件爆发,韬奋先生与沈钧儒等七人被捕,入狱243天,他毫不动摇,坚决抗争;1943年到1944年,韬奋先生生命最后两年罹患癌症,病情逐步恶化,耳部剧痛如刺,常有脓水流出,他强忍病痛坚持工作,出版了《患难余生记》。1936年10月,韬奋在鲁迅先生公祭大会上,发表了一句话演说:"今天天色不早,我愿用一句话来纪念鲁迅先生:许多人是不战而屈,鲁迅先生是战而不屈。"——"战而不屈"也正是韬奋先生自己的生动写照。

韬奋先生发自内心地热爱出版事业,1937年他曾写道:"为着做了编辑,曾经亡命过;为着做了编辑,曾经坐过牢;为着做了编辑,始终不外是个穷光蛋,被靠我过活的家族埋怨得要命。但是我至今'乐此不疲',自愿'老死此乡'。"

三联书店的后辈同人始终以韬奋先生热爱出版、忠于职守、拼搏不息、奉献不止、对国家和民族始终充满了强烈的历史使命感和责任担当的精神为榜样,向一名真正的出版人标准看齐,面对困惑时心无旁骛、笃定执着,坚守应有的职业道德,争做建设社会主义文化强国的排头兵。

学习韬奋先生倡导的"竭诚为读者服务"的服务精神，为广大读者提供优质精神食粮。

在三联办公楼的四层，面向电梯的大厅敬放着韬奋先生的塑像，塑像后面"竭诚为读者服务"几个大字，便是先生手创的生活书店的店训。我每天走出电梯，面对先生的塑像和遗训，脑海中常常会思索这样一个问题：我们今天如何发扬先生倡导的"竭诚为读者服务"的精神？韬奋先生创办的生活书店诞生于20世纪30年代初，作为新中国成立前重要的进步文化机构，先后出版了一千多种进步的社会科学和文学书刊，在读者中和社会上产生了极大影响，许许多多的人因为读了生活书店的书刊而走上了革命道路。在邹韬奋、胡愈之先生等人的领导下，生活书店、读书出版社、新知书店共同奋斗，写下了中国现代出版史上光辉的一页，为人类进步、民族解放和文化事业发展做出了重要贡献。

韬奋先生和他创办的生活书店之所以业绩辉煌、成就骄人，最重要的原因，就是一以贯之地倡导并力行竭诚为读者服务的精神。韬奋先生说："生活书店可以说是服务社会起家的。生活书店的前身是生活周刊社所附设的书报代办部，是完全以对读者尽义务为宗旨的，当时生活周刊社不但为读者代办书籍和报刊而已，其实对于读者的种种需要只要是我们的力量办得到的没有不竭尽心力为他们服务。"对于读者托办的事情哪怕是分外之事，"我们无一事不是尽我们的心力做去，以最诚恳的心情做去。只需于读者有点帮助。我们从来不怕麻烦，不避辛苦，诚心恳意地服务"。"我们现在不但保持我们对于社会的这种传统的服务精神，而且还要尽量发展这种传统的服务精神，由此使我们的文化事业得到更大的开展，由此使我们的工作对于国家民族有更普遍而深刻的贡献"。

"竭诚为读者服务"和"全心全意为人民服务"的宗旨是高度一致的，而且是后者的具体体现。"竭诚"和"全心全意"是同一语，"为读者服务"与"为人民服务"只是显示了同类中个性和共性的差异及范围的大小。韬奋先生首创的服务精神和中国共产党的宗旨高度一致，并非偶然巧合，而是有其必然性。生活书店从创办起，就把追求光明和真理、推动民族解放和国家进步作为自己的使命，她在中国共产党的领导和影响下，在艰苦环境中奋斗开拓，成为出版界传播进步文化，推动民族救亡运动的一面旗帜。从本质上，她是革命的、进步的、新生的、与时代为伍的，是置身于中国共产党领导的革命洪流中，自觉地按照党的要求和指明的方向去努力的。"竭诚为读者服务"不仅是"生存之道"，还昭示了生活书店存在的价值和意义。站在这样的高度去认识，我们继承这一传统就会更加自觉。

韬奋先生对读者范围的界定做到了最大的宽泛，他说："我们必须注意到最大多数的群众在文化方面的实际需要，我们必须用尽方法帮助最大多数的群众能够提高他们的文化水准，我们必须使最大多数的群众都能受到我们文化工作的影响。因此，我们在出版方面，不能以仅仅出了几本高深理论的书，就认为满足，必须同时顾到全国大多数人的文化食粮的需要，就是落伍群众的文化食粮的需要，我们也要尽心力使他们得到相当的满足，我们深信为着国家民族的利益，我们的任务是要使最大多数的同胞在文化水准方面能够逐渐提高与普及，这对于整个国力的提高是有着很大的效力。"基于这种认识，韬奋先生非常明确地把促进大众文化作为生活书店总的原则中的首要原则（另两大原则为供应抗战需要和发展服务精神），用四个"必须"确立了为读者服务的着眼点和着力点，这对于我们今天制定出版方略和编辑方针仍有着重要的指导意义。

三联书店在继承和弘扬服务精神上，一直谨记韬奋先生教诲，努力为读者提供更多更好的优质产品，最大限度满足读者的现实和潜在需要，给读者提供周详具体、无微不至的服务。三联书店近年来创办面向社会公众开放的韬奋图书馆、开通读者服务部和"书香巷"、捐建云南彝良县角奎镇被地震震毁的云落小学、捐建江西余江韬奋书屋和韬奋祖居等这些善举，都是弘扬韬奋先生服务精神的具体体现。

学习韬奋先生事业性和商业性关系的精辟论述，努力实现经济效益和社会效益的统一。

关于事业性和商业性的关系，韬奋先生有着精辟论断，他定义两者："所谓进步的文化事业是要能够适应进步时代的需要，是要推动国家民族走上进步的大道"，具体的事业性体现在"努力于引人向上的精神食粮"，"努力于巩固团结坚持抗战及积极建设的文化工作"，"但是在经济方面，因为我们要靠自己的收入，维持自己的生存"，"所以我们不得不打算盘，不得不赚钱。这可以说是我们商业性的含义"。同时,韬奋先生认为事业性和商业性应兼顾而不应该对立,充分发展商业性,同时也充分发展事业性。"因为我们共同努力的是文化事业,所以必须顾到事业性,同时也因为我们是自食其力,是靠自己的收入来支持事业,而发展事业,所以我们必须同时顾到商业性,这两方面是应该相辅相成的,不应该对立起来的。"韬奋先生不仅这样倡导,而且自觉地践行,真正做到了事业性与商业性的统一。他历经磨难百折不挠地坚持办店的初衷,坚守文化阵地,同时精细经营拓展业务,处处精打细算增收节支,使事业得到了快速发展。生活书店鼎盛时期,在各地设有56家分店,业务遍及全国,事业性和商业性都得到了充分发展。

对于事业性和商业性,现在我们常用的提法是社会效益和经济效益。事业性与商业性、社会效益与经济效益本质是一致的,他们所对应的关系也是基本相同的。仍如韬奋先生所言:"倘若因为顾到事业性而在经济上作无限的牺牲,其势不致使店整个经济破产不止,实际上便要使店无法生存,所谓皮之不存,毛将焉附,机构消灭,事业又何从支持,发展更谈不到了。在另一方面,如果因为顾到商业性而对于文化食粮的内容不加注意,那也是自杀政策,事业必然要一天天衰落,商业也就随之而衰落,所谓两败俱伤。"我国改革开放以来出版业大量的实践证明,只有做到事业性与商业性的统一,事业才能发展,企业才能兴盛,反之,事业就会衰败,企业也会衰落。我们追求事业性的完美,就必须把商业性做到极致;而商业性的到位,则使事业性臻于完美。两者交相辉映、共进共荣,才是我们所追求的理想状态。

重温韬奋先生的教诲很有现实意义，在一切市场化的今天，我们有必要特别强调事业性和"文化本位"，始终坚持正确的出版导向，以社会效益为最高准则，努力实现社会效益与经济效益的统一。三联书店作为品牌出版单位，首先把事业性放在首位，看重对文化传承和社会进步的贡献，打造好书，贡献精品，近来陆续推出了《邓小平时代》《三联经典文库》《王世襄集》《中学图书馆文库》等一大批既叫好又叫座的精品力作，获得多项重要奖励和良好社会反响。同时，在保证社会效益的前提下狠抓书刊经营，营业收入和净利润稳步增长，经济效益节节攀升。实践证明，出版单位摆正"义"与"利"的位置，"义"在前，"利"在后，回归出版本位，才能出好书，多出书，为实现民族伟大复兴的中国梦贡献力量。

（刊载于《中国新闻出版报》2013年11月11日）

"韬奋祖居"是一座精神高地

　　我作为生活·读书·新知三联书店的代表，参加今天隆重而又简朴的"韬奋祖居落成典礼"仪式，内心既激动又感动。由三联书店员工出资捐建的韬奋祖居，在余江县委县政府的大力支持下，在县委宣传部桂峰部长及其工作人员的精心谋划和运作下，在潢川镇领导和沙塘村领导的具体参与下，在不到两年的时间里，就从立项到今天的落成典礼，速度之快、质量之好让人赞叹。看到美丽的信江河畔矗立起庄重、大方、朴素而又实用的韬奋祖居，看到韬奋祖居中精心巧妙的设计和布置，看到与祖居融为一体的良好自然环境，想到它落成典礼投入使用后对弘扬韬奋精神以及为村民开展文化活动提供的便利，我们为之高兴，为之欣慰，我对韬奋祖居的落成和投入使用表示由衷的祝贺。

　　韬奋先生是我国进步新闻出版事业的先驱、是中华民族民主解放的斗士、伟大爱国者和中国共产党优秀党员，一生追求真理，为推动社会进步献出了毕生精力。韬奋精神是韬奋先生在一生追求真理，推动社会进步中所体现出来的精神风貌、思想品格、理想气质的综合精神形态。周恩来同志说,邹韬奋同志经历的道路是中国知识分子走向进步、走向革命的道路。毛泽东同志说,鞠躬尽瘁,死而后已,这就是韬奋精神。中央历代领导人都对韬奋先生、韬奋精神有崇高评价。2012年7月,三联书店在人民大会堂举行80周年店庆,胡锦涛同志、习近平同志、温家宝同志、李克强同志等都充分肯定了韬奋先生及其领导的进步出版事业对中国革命和民族解放做出的突出贡献。韬奋先生逝世近70年了,但韬奋精神一直伴随着我们,滋养着我们,他是我们弘扬社会主义价值观、建设中国特色社会主义、实现伟大民族复兴中国梦的重要精神财富,是教育后代成长进步的重要精神源泉,值得我们永远珍视、继承和弘扬。

韬奋先生是江西余江县人,他是余江人民的光荣和骄傲,也是我们三联人的光荣与骄傲。1932年韬奋先生创立了三联书店前身之一的生活书店,是三联事业的开创者。今年,我们经国家新闻出版广电总局批准,恢复设立了生活书店,目的是把韬奋先生开创的事业延续下来,弘扬韬奋精神。我们欣喜地看到,余江县委县政府非常珍惜韬奋精神这一重要资源,高度重视这一资源的弘扬利用,把它和"血防精神"一道作为全县努力拼搏上台阶的精神动力,并取得了社会经济文化进步的卓越成果。县委宣传部围绕弘扬韬奋精神动了许多脑筋,做了许多工作,县里也涌现了像邹华义先生这种自觉自愿、舍家舍财、终生不懈弘扬韬奋精神的先进典型。我们对县委的决策很敬佩,为大家为弘扬韬奋精神所做出的努力而感动。韬奋精神是我们共同的财富,弘扬韬奋精神是我们共同的责任,余江和北京,虽地理位置不同,但韬奋精神这条红线把我们连在一起。我们三联书店愿意为弘扬韬奋精神做更大的努力,做更多的事情,也愿意为韬奋家乡余江县的繁荣兴旺发达做出自己的贡献。

韬奋祖居落成了,弘扬韬奋精神多了一个重要的实物载体,多了一个教育基地和平台,有了一个我们可以寻根的地方,我们要充分发挥好它的作用。恢复韬奋祖居的想法,得到了邹家华同志的支持和重视,我几次向他汇报,也给他看了设计图。家华同志指示,不要仅仅办成纪念的地方,放几张照片,介绍介绍生平,而是要利用起来,供村民们学习娱乐使用,对我们把祖居建成韬奋书屋和农村文化活动中心的想法,他很赞成。今年受桂峰部长之邀,我去找邹家华同志为"韬奋祖居"题词,老领导欣然命笔,这就是我们看到的"韬奋祖居"这几个大字。我们今后还会关心韬奋祖居的建设、使用,还会到这里"寻根、感恩、谋发展"。"祖居"开工时,我来过一次,我说过,让我们的友情像信江水长流不息,让我们的事业像香樟树兴旺茂盛。今天我还有新的祝愿,就是祝愿韬奋精神在韬奋家乡更深入更广泛地生根、开花、结果,发挥更多"正能量"的作用,推动全县宏伟蓝图的实现;祝愿县委县政府带领全县人民在通向小康的路上,迈出新的更大的步伐,取得更辉煌的业绩;祝愿韬奋家乡这块土地上的人民文明富裕、幸福安康!

(2013年12月25日)

怀念新知书店主要创始人徐雪寒先生

今年是徐雪寒先生百年诞辰，孙冶方经济科学基金会和三联书店共同召开"徐雪寒同志百年诞辰纪念会"，作为三联书店后辈中的一员，作为三联书店现任总经理，此时此刻，我的心情有一些激动。

在美术馆东街22号的三联书店办公楼一楼大厅内，悬挂有三联书店九位创始人的大幅照片，徐雪寒先生作为新知书店的主要创始人，其照片也挂在中间。所有照片中，他显得最为年轻，着西装，系领带，头发向后梳着，面带微笑，充满自信，很有风度。在所有照片中，唯有他和韬奋先生戴眼镜，在精明中透露几分文气。每天上下班，出入电梯，我都要面对徐雪寒先生的照片。尽管如此，我却并不怎么了解他，只是我做总经理后进一步熟悉店史，特别是为准备参加这一次会议阅读更多的关于徐雪寒先生的材料后，我才加深了对他的了解，对他的经历、为人、学识、贡献有了较深的认识。

徐雪寒先生的老朋友薛暮桥用"坎坷的人生，也是坚强的一生"来评价徐雪寒。我这里另做一点补充和解读，我认为，徐雪寒先生也是"传奇的人生，伟大的一生"。

　　所谓传奇,也就是说人生经历很不寻常,有传奇性、故事性。他15岁便加入中国共产党,并担任杭州地委组织部长。他既坐过国民政府的监狱,也坐过新中国的监狱。先生在国民党的"牢狱大学"里"学习"了近六年,后又在自己人的冤狱中待了十年,在"文革"前后被迫害,二十余年不得舒展。两者相加,一生中有近三分之一的时间处于被管制状态。他一生从事多项工作,创办新知书店从事革命出版事业;在隐蔽战线为党搜集情报,从地上转入"地下";他从事经济研究和经济领导工作,主管过金融、铁路交通、外贸,每一项工作都成绩不菲,被周总理誉为"干一行,钻研一行,并在那一行做出优异成绩"。

　　所谓伟大,是就其贡献而言。徐雪寒先生把一生心血献给党,献给民族解放事业,献给社会主义建设事业,他对党和国家的贡献是卓越的、重大的、多方面的。他是一个出版家,1935年和钱俊瑞、华应申等遵照党的指示开办进步的革命的新知书店,为宣传马克思主义和各种进步思想、推进社会进步做出了贡献。他是一个革命活动家,按照上级指示进入隐蔽战线,搜集了大量重要情报,对革命战争和抗战的胜利做出了贡献。他是一个经济学家,领导经济工作,亲自参加经济建设,并有针对性地进行研究和指导,对国家经济建设和发展做出了贡献。他这些贡献,历史不会忘记,人民不会忘记,会上将有更多的同志论及,我只是从创办新知书店这一层面,说说他对中国进步出版事业的贡献。

　　徐雪寒先生对出版事业的贡献,我归纳一下,可以从五个方面来说明。

一是他作为主要创办人之一创办新知书店,创办后又担任总经理,使书店从艰难中成立,成立后正常运营,又取得辉煌业绩。作为"主其事者",徐雪寒先生居功甚伟。他又和生活书店紧密合作、密切联系,使三家书店一开始就有了合作基础。1948年10月26日,按照党的指示,三家书店合并成立"生活·读书·新知三联书店",经过近八十年发展,三联书店成为和商务印书馆、中华书局齐名的著名出版品牌。三联品牌的创立和发展,徐雪寒先生功不可没,我们三联人永远不会忘记徐雪寒等老前辈为三联付出的艰辛、做出的贡献。

二是新知书店成立后,出版发行了一大批宣传马克思主义和进步思想的著作,如《什么是马克思主义》《什么是列宁主义》《马恩论中国》《毛泽东救国言论选集》《共产国际纲领》《共产党宣言》《中国共产党党章》《中国共产党言论集》《斯大林传》《苏联的发明故事》《帝国主义论》《大众政治经济学》《中国农村经济常识》《农村经济底基础知识》等,也出版过《对马》《巧克力》《鲁迅论及其他》等文艺书籍,还开办《中国农村》月刊、《语文》月刊、《新世纪》《阅读与写作》等刊物。短短几年,开办二三十余家分店,把各种进步书籍源源不断地送到读者手中。这些书刊的出版和发行,对于宣传革命真理、唤起民众觉醒、推动社会进步起到了不可估量的作用。许多青年知识分子就是在读了新知书店等进步书店出版的书刊后走上了革命道路。至于他对社会人心的深远影响,其价值自然是难以估量的。

三是新知书店以其革命出版的实践,形成了进步出版事业的风格和传统。新知书店创办伊始，就明确提出三条：（一）办书店是为了进行革命宣传，书店本身是革命工具；（二）宣传马克思列宁主义，专门出版社会科学著作；（三）充分利用合法形式，并按企业原则经营管理。新知书店的方针是出版严肃的社会科学著作，探讨中国经济问题，宣传真理，结合中国国情，针对现实存在的问题，始终坚持与时代同行，是新知书店的显著特色，它同生活书店、读书出版社的优秀传统一道，被三联后辈所继承，成为我们今天开拓创新的精神财富。这不仅有利于三联书店的发展，对整个出版业的发展都有指导借鉴意义。

四是为出版事业和革命事业培养了一批专业人才。新知书店的老前辈中，人才济济，徐雪寒是其中一员，他特别重视培养后辈，为党的事业培养后续力量，这些同志在以后的出版事业和革命工作中发挥了重要作用。他"慧眼识珠"，所培养的朱枫烈士就是其中的杰出代表。朱枫1938年进入新知书店，在徐雪寒领导下工作，之后又经徐雪寒介绍加入中国共产党，并由书店转入秘密战线，做搜集和传递情报工作，最后在台湾英勇就义壮烈牺牲。范用虽然不在新知书店工作，但对徐雪寒对他的关心也有美好的回忆。一次，16岁的范用到新知书店要一套《语文》月刊，已届中年的"徐大哥"爬上爬下为其寻找，让范用大为感动。

五是在主持出版工作之余，他坚持不懈地写作文章，宣传真理。当年一些有关中国经济的文章，是根据马克思主义的立场、观点和方法结合当时条件所掌握的资料并冒着危险写成的，体现了他的勤奋、智慧和创造力。这种坚持传播真理的精神，同样是今天出版工作者学习的榜样。

现在，生活·读书·新知三联书店已进入新的发展时期。员工二百六十多人，年出书五百多种，发货码洋1.6亿元，每年都有一批好书问世，还出版有《三联生活周刊》《读书》等四个杂志，开办有韬奋书店等多家图书零售店，主营业务收入达到1.6亿元，利润突破2000万元，经济实力和社会影响力都处于历史最好时期，被新闻出版总署评为"百佳图书出版单位"，荣获全国"先进出版单位"奖，成为我国学术出版重镇，被誉为知识分子的精神家园。而今天这一切，都是建立在前辈们打下的坚实基础上的。吃水不忘挖井人，我们不会忘记邹韬奋、徐雪寒等前辈为三联书店做出的贡献。11月1日，我去江西余江县参加"纪念邹韬奋先生诞辰116周年座谈会"，今天又参加"徐雪寒同志百年诞辰纪念会"，心里一直在思索这样一个问题——作为今天的三联人，如何把前辈们开创的传统和形成的精神承继下来发扬光大？党的十七届六中全会提出建设社会主义文化强国的目标，给三联书店提供了新的发展机遇，我们将不辜负前辈们的期望，在发展大潮中有所作为，为我国文化大发展大繁荣做出新的贡献。

只有这样，我们三联人才不会愧对老前辈们；我每天在办公楼大厅见到徐雪寒先生等三联创始人的照片，内心才会有几分安然。

（刊载于《读书》2011年第12期）

将一束鲜花敬献在马场町纪念公园

　　7月1日,我没有留在北京参加建党90周年的隆重庆典,而是随大陆赴台出版交流团到台公干。这一天的下午,我做了一件有意义的事情——到台北马场町纪念公园凭吊党的优秀女儿、中国民主革命时期最后一名英烈、生活·读书·新知三联书店老前辈朱枫烈士。

　　下午3时30分,我在《太平轮一九四九》的作者张典婉女士、新认识的台湾"老兵"姜思章陪同下,离开下榻的圆山大饭店驱车前往仅有30分钟车程的马场町纪念公园。马场町纪念公园即是国民党统治时期的马场町刑场,1950年6月10日下午,朱枫就是在这里被枪杀的。她临刑前高呼"中国共产党万岁"的口号,身中6枪,倒在了血泊中。和朱枫一起被枪杀的还有国民党"国防部参谋次长"吴石、"联勤总部"第四兵站总监陈宝仓,以及任吴石副官的上校聂曦。当年这起涉及国民党在台级别最高将领的间谍案曾轰动台湾,国民党《中央日报》头版头条以《国防部处决四叛逆,女匪谍朱谌之同时枪决》的醒目标题将此案公之于众并大肆宣传。朱谌之即朱枫,她是中共华东局派遣到台湾、专门联络吴石的特派员。在完成了党交给的传递情报任务即将离台之际,因中共台湾党组织领导人蔡孝乾叛变而被捕继而被枪杀,这位坚强的女共产党员、台湾版的"江姐"为党献出了年仅45岁的生命,将鲜血洒在了台湾宝岛,洒在了这块名叫"马场町"的土地上。

61年过去了,世事沧桑,一切都在变化,脚下曾经的马场町刑场,没有了当年狰狞的面目和惨烈的氛围,而是被改造成了环境优美的纪念公园。"这就是朱枫烈士当年遇难的刑场吗?"就在我疑惑之际,姜思章老人将我引到一个隆起的有几十平方米的土包前,他说:"这里当年的确是行刑之地,人被枪杀后会铲来黄土掩盖血迹,久而久之,掩盖的土越来越多,就隆起了土包。变成纪念公园时,特意将这个土包留下作为'遗址',朱谌之等四烈士就是在这里遇难的。"刹那间,我恍惚回到了腥风血雨的年代,耳畔响起了行刑的枪声,朱枫烈士被绑赴刑场时坚贞不屈大义凛然的面容恍然浮现在眼前。当我把鲜花摆放在土包前,把一瓶特意从北京带来的"二锅头"洒在脚下的黄土地上时,眼泪止不住流了下来。作为三联的"后辈",我敬仰这位先贤,我崇敬这位为信仰而献出生命的真正的共产党人。

朱枫烈士牺牲一年后,上海市人民政府向她的亲属颁发了由陈毅、潘汉年签署的《革命烈士光荣证书》,但由于历史原因,朱枫烈士的事迹鲜为人知。进入改革开放新时期之后,随着两岸关系的缓和,特别是去年12月在台湾有关人士协助下,朱枫烈士"忠骨返乡"，许多媒体关注这一事件并对这位女英雄深入宣传报道，她的事迹才广为人知。不过，人们的关注点集中在她如何"潜伏"又如何英勇就义方面，却对她的革命经历知之较少。我知道朱枫烈士是三联书店的老前辈后，搜集了一些资料，阅读了若干老三联人的回忆文章，比较完整地了解了她在新知书店工作的一段经历，更从内心充满了对这位前辈的景仰之情。

朱枫是1938年在武汉加入中国共产党领导创办的新知书店的，到1945年2月由徐雪寒（新知书店创办人）介绍秘密入党，调离书店系统加入华中局在上海的贸易和情报部门，共在新知书店工作了7年时间。7年来在党领导下从事出版工作并和同志们朝夕相处，她给周围的人留下了深刻印象。1948年10月26日，按照党中央指示，生活书店、读书出版社、新知书店在香港合并成立生活·读书·新知三联书店，此时朱枫已离开书店，但是许多三联人仍以她为工作和处事的楷模。在新知书店，朱枫主要做财务工作，当时书店经济困难，为了维持正常运转，朱枫变卖家产，一次就捐助了500大洋。徐雪寒回忆说，这笔数目可观的钱，对党领导的这家资金十分窘迫的书店，"实在是雪中送炭，大大鼓舞了我们在艰苦生活中坚持岗位的士气"。20世纪40年代初，日寇封锁加剧，大后方纸张和印刷器材奇缺。朱枫把当年母亲给她的一只3克拉钻戒变卖得款3000元，在上海购买了大批印刷物资，并亲自押运，绕道香港，溯东江而上，直至广西桂林，确保了革命出版工作的照常进行。朱枫就是这样一而再再而三地慷慨解囊无私奉献，支持革命出版事业。

朱枫还给身边的同志们留下了三点极为深刻的印象。一是她对同志极端热情，"有一颗金子般的心"（范用语）。新知书店徐波被捕出狱后身无分文，朱枫把当时仅有的银行存款全数取出给她，使她度过了等候去解放区的36天的生活。一位姓沈的同志奉调去东北解放区，朱枫一夜未眠赶织了一双厚毛线袜送他御寒。一次，朱枫按组织要求送一位姓汤的同志上船去香港，上船后朱枫看到他风寒衣单，便到女厕所脱下自己的厚毛衣给他穿。这样的事例还有许多，朱枫对同志就是如此恳切真挚。二是对所爱的人关心备至，有火一般的情。朱枫的爱人朱晓光是她参加革命的领路人，对这位既是战友又是伴侣的爱人，朱枫爱之至深，令人感动。1941年奉党之命在新四军军部开办随军书店的朱晓光遭遇"皖南事变"，被国民党关押在上饶集中营。经党组织批准，朱枫三次以"周小姐"的身份，凭借上层人脉关系进入集中营探监，还送去了大量的奎宁等药品和食品。在她的斡旋和掩护下，朱晓光终于成功越狱。朱枫比朱晓光大11岁，两人结合后以"梅""枫""兄""凤"相称，琴瑟和谐。朱枫赴台前寄给朱晓光一张照片，她在自己身着旗袍、微笑着坐在阳台上的照片背面写道："她是常常体验着'真实的爱'与'伟大的感情'，因此，将永远快乐而健康！""凤将于月内返里"，这是朱枫1950年1月14日写给丈夫最后的信，但是敌人的魔爪粉碎了他们团圆的梦。三是革命意志坚定，有铁一样的风骨。1944年10月，书店混入汪伪特务遭受破坏，包括朱枫在内的部分同志被捕。朱枫虽经残酷拷问但决不招供，后经组织设法营救出狱。还有一次，她被抓进日本宪兵队,遭遇拷打,拇指还落下残疾,却决不屈服。联想她在台湾被捕后吞金自杀、在审判现场神态安然旁若无人和绑赴枪决时的视死如归,谁不对这位铮铮硬骨的女英雄投之以钦佩的目光。连国民党负责此案的少将特务谷正文都称朱"党性坚强、学能优良","此种维护重要工作、不惜牺牲个人生命之纪律与精神,诚有可取法之处"。

在抗日战争和民族解放战争中, 三联书店的前辈们为革命事业浴血奋战,做出了重要贡献,许多人甚至献出了宝贵生命。烈士们牺牲在敌机的轰炸下,牺牲在"平江惨案"中,牺牲在抗战爆发后的苏北战场、苏中抗日根据地,牺牲于息烽集中营、上饶集中营、重庆渣滓洞,有的被敌人活埋、暗杀,有的被捕后趁敌人不备挣脱绳索投海牺牲……朱枫烈士是他们中的佼佼者, 她是中国共产党优秀党员,名垂千古的英烈,三联书店杰出的革命先辈,作为三联书店的后继者,我们为有这样的前辈骄傲和自豪。

下午的马场町纪念公园宁静、空旷,很少有人来往。我将一束鲜花摆放在这里,将一瓶酒洒在沾有朱枫烈士鲜血的土地上,默念着英雄的名字,心潮起伏久久不能平静。怎样选择信仰,怎样履行使命和责任,朱枫等三联的先贤们做出了抉择,为我们树立了楷模。

（原载于《中国新闻出版报》,2011年《新华文摘》第19期转载）

悼念倪老

　　2010年注定是三联书店悲痛的年份，是让三联同人伤悲的年份。9月份，刚刚送别三联书店前任总经理、《读书》创始人范用先生，仍在痛定思痛的我们，又送别三联书店前任总编辑、《读书》创始人倪子明老前辈。不到两个月时间，三联痛失两位巨擘，真让人心生戚然，不胜悲痛。

　　范用先生辞世时，我恰在台湾公干，没能与之作最后告别，留下莫大遗憾。范用先生住院后，我同店领导班子的同志们去看他，他处在昏迷中，已不怎么认人，也不怎么说话，只是艰难地呼吸着。倪老住院后，我们去看望，倪老还能坐起来与我们交谈和合影照相，见到三联同人们来看他，倪老很兴奋，状况确也好了许多。听说前天刘杲同志去看他时，他已不怎么认人，但见到我们不仅一一相认，还能交谈半个小时。倪老说，他是9月18日上午参加范用追思会后病倒的。他刚看了店里编的悼念范用专辑，编得很好。他激动地对我们说："范用是我最好的朋友，也是我最敬重的人，他去世后，我想写一篇文章，但手抖，写字看不清，所以作了一首诗。"怕我们记录不准确,他自己用颤抖的手把诗写了下来。诗的题目为《怀范用》,四句诗是:"华发书生赤子心,拼将瘦骨筑书城。偶然脚底碰顽石,横眉白眼看鸡虫。"表达了他对老友老搭档的高度评价和深深怀念之情。倪子明和范用谊交深厚。20世纪70年代末,陈原、陈翰伯、范用、倪子明共同创办《读书》杂志,后两人分别担任三联书店总经理、总编辑,密切合作,推出一批深受读者欢迎的作品。倪老的《怀范用》,既是对范用先生的客观评价,也是个人精神世界的自我写照。看到病床上倪老的精神状态不错,我估计近期内不会有什么危险,没想到仅隔五天时间,倪老就与世长辞了。捧读他亲笔写的遗作,看着我们在病床前同他的一张张合影,真切地感受到一个慈祥老人远去,我的泪水止不住流了下来。

倪子明同志是中国共产党优秀党员,我国著名编辑家、出版家,是我们三联书店的老前辈。他1939年12月在桂林读书出版社参加工作,先后在重庆读书出版社、香港读书出版社分社、中宣部出版委员会、文化部出版局、国家出版局、三联书店工作,经历抗日救亡、解放战争、社会主义建设和改革开放各个时期,数十年如一日为党为国家为文化发展辛劳工作,做出了很大贡献。三联同人们很爱戴他,敬重他。我到三联书店较晚,对倪老的经历和贡献知之不多,但由于分管人事和老干部工作,与之接触较多,逢年过节前去探望,也多有交谈,从一点一滴中感受到他高尚的品格和做人的风范。

倪老为人谦和、虚怀若谷是我最深的印象。倪老是个老革命,也是三联的老前辈,资历老、功劳高、贡献大,但从来谦和待人,从不高调,是真正的谦谦君子。对别人、对朋友每每夸赞,言及自己则避之不及。1978年创办《读书》时,他是一员干将。国家出版局局长陈翰伯通过国家出版局研究室掌管此刊,在研究室主其事者即是倪子明。当时刊物主办者是国家出版局研究室,倪老是研究室主任,同时兼任《读书》杂志副主编,为《读书》杂志的创办、发展殚精竭虑,做了许多工作,有很大贡献。但每言及创办《读书》,他总是讲陈原、陈翰伯、范用等其他人的功劳,从来不提自己。关于三联的历史,他给我讲过许多次,但每次都是讲前辈们和其他人的业绩、贡献和牺牲,没有一次讲到自己,对新时期三联书店的发展也是如此。1983年初,范用、倪子明分别被任命为三联书店总经理和总编辑,两人按上级要求进行恢复三联书店独立建制的工作,筚路蓝缕艰苦创业,终于完成筹建任务,而在1985年底,两人又双双离休,退出领导岗位。但说到三联的独立建制和发展,他总是讲范用的功劳和贡献,没有一句言及自己。

有着浓重的三联情结,期望三联事业不断兴旺发展,是倪老晚年最为关注的事情。倪老生于安徽桐城,受前辈和地域文化影响从小酷爱读书,学养丰厚。早年向往革命,投身三联书店前身之一的读书出版社从事革命文化工作。三联书店合并成立后,他先后担任过石家庄和开封三联书店的经理,80年代初又"光荣归队",回三联书店担任总编辑,他对三联有很高的评价,也有很深的感情。每次去探望他,他总是细细地询问店里的情况,如出没出什么好书,经济效益如何,等等。我们一一回答,他听得很认真,叮嘱我们与时俱进,加大改革力度,处理好事业性与商业性的关系,把员工的积极性调动好。他密切关注店里的变化,我们寄去的内部刊物《店务通讯》,他每期都细细阅读,有什么好的建议,他会及时告诉我们。当看到店里取得的成绩时,他会适时地给我们以鼓励。我担任三联书店总经理后去看望倪老,他紧握我的手语重心长地说"这副担子不轻啊,但我相信你能干好,一定能干好!"给我和班子其他成员增添了信心和力量。即使躺在病床上,他依然心系三联,关切地问这问那,希望三联有更大的进步。现在倪老远行了,我想,就是西行的路上,他也会魂系三联吧。

活到老,学到老,到死方休,倪老给我们树立了终生学习的榜样。倪老晚年"麻烦"店里最多的是要各种学习材料。我记得有党的十七大报告、十七届四中全会公报、三联的部分出版物,以及他想重读又一时找不到的书籍。我每次去看他,都会遇到他在读书学习。年老眼力差,他就借助放大镜一个字一个字地看,还坚持写学习笔记。一个91岁的老人,临去世前尚能一字不缺地写出《怀范用》这首诗,得益于他长期学习养成的良好记忆。倪老这种酷爱学习的精神,是对韬奋先生等老一辈文化大家始终坚持自身学习的优良传统的继承,我辈三联同人当认真地学习和发扬光大。

11月10日上午9时,我、潘振平、沈昌文、董秀玉、张伟民、杨进、贾宝兰、史玄等三联同人来到昌平殡仪馆为倪老送行。在哀乐声中目睹遗像,我对其印象始终定格在他在病榻上费力地一字一句为我们写《怀范用》那首诗的情景。触景生情,咏诗怀人,我们的精神家园,就是在怀念中延续的。我也用一首小诗来表达对倪老的怀念和追思:"桐城赤子逐光明,平生未了三联情。此番西去做何事? 定然辛苦筑书城。"

(刊载于《读书》2010年第12期)

怀念王仿子先生

2019年3月21日，天气晴好。八宝山殡仪馆院子里的玉兰花开了，白玉兰、紫玉兰竞放，更增添了哀伤气氛。上午10点整，三联书店革命老前辈王仿子先生的遗体送别仪式在八宝山殡仪馆兰厅举行。我是从报纸上获得王仿子先生去世并在此时举行告别仪式消息的。这天上午原本另有其他安排，但得到这一消息，我还是做了调整，赶来参加先生的告别仪式。我在三联书店任总经理期间，仿子先生对我的工作予以支持和帮助，我们也结下了比较深厚的情谊。我必须赶来送王老一程，以尽一个后辈的一点心意。

王仿子先生是我们三联书店的老前辈，也是我国出版界的老前辈，他早年参加革命出版工作，以103岁高龄谢世，盖棺定论地说，他的一生是革命的一生、战斗的一生，为出版事业奋斗的一生。他很早投身进步出版事业，历经抗日战争、解放战争、社会主义建设和改革开放等重要历史时期，经历出版的多个工作岗位，为我国出版事业的发展做出了重要贡献。王仿子先生去世，有关领导和出版界同人，以多种方式表达哀悼之情。在送别厅，我看到了中宣部、新闻出版总署、新闻出版广电总局等部门领导同志,以及不少老领导、老同志送的花圈,中国版协理事长柳斌杰、新闻出版广电总局副局长范卫平等领导同志、业界精英,参加送别仪式,由此可见人们对这位老出版人的崇敬之情。

告别仪式开始前看到先生的生平简介,我更进一步了解了先生的战斗历程和出版生涯。先生曾用名王健行,上海青浦人,1916年10月出生,1938年在上海参加革命工作,同年加入中国共产党。1939年到衡阳、桂林的生活书店工作。1941年在香港孟夏书店工作。1942年参加东江抗日人民游击队,在军需部工作。1943年到桂林文学创作社工作。1945年后在上海生活书店工作,任出版科科长,后到香港生活书店和大连的光华书店工作。1949年8月到出版委员会工作,任印制科科长。中华人民共和国成立后到新华书店总经理处出版部工作,任总经理室主任。1952年7月到出版总署出版局工作,任综合计划科科长。1954年11月在文化部出版事业管理局工作,任出版处处长。1961年1月至1975年12月历任文化部出版局副局长、中国印刷公司经理、国家出版局办公室主任。1975年12月之后先后任文物出版社党委书记、社长。1995年8月离休前,曾任中国出版工作者协会副主席,中国印刷技术协会理事长。从以上履历看出,王仿子先生长期从事革命出版工作,在出版的各个岗位上都经历了磨砺,既从事了具体的出版工作,又从事多个管理岗位,积累了丰富的经验,为我国的出版事业做出了多方面的贡献。业内同人对他的爱戴和怀念是发自内心的,是出版后辈们对一位出版前辈的致敬。

我认识王仿子先生，是在2005年到生活·读书·新知三联书店工作之后。由于我开始分管人事和老干部工作，和三联老前辈接触比较多。记得三联书店老前辈中有"五老"，分别是王仿子先生、仲秋元先生、曹健飞先生、李定国先生、范用先生，其中王仿子先生年龄最长，范用先生年龄最小。老前辈们非常关心三联事业的发展，有段时间一些老前辈还不定期到三联聚会，后来年纪大了，身体状况差了些，聚会就取消了，但他们仍以各种方式对三联书店的事业发展予以关心。这些前辈一参加工作就从事进步出版事业，分别在生活书店、读书出版社、新知书店工作，把青春、理想甚至毕生精力都献给了三联，他们和三联的事业骨肉相连。王仿子先生是其中的一个代表，他对三联的感情是刻骨铭心的。2009年1月，我出任总经理之后，深感肩上责任重大，三联书店事业如何发展，我常去"问计"老前辈们，一些重大改革措施，也去听听他们的意见。一段时间，我住在方庄，与同住在方庄的王仿子先生家和范用先生的家离得比较近，故去两位老前辈家次数多一些。我还利用节日慰问的机会，征求前辈们对三联书店事业发展的看法，这其中就吸纳了王仿子先生比较多的意见和建议。比如三联书店80周年店庆如何搞？生活书店恢复设立采取什么样的步骤，韬奋图书馆的创立等，王仿子先生都贡献了自己的意见。尤其是关于生活书店的恢复，如何让韬奋先生开创的生活书店的事业在新时代焕发生机，王仿子先生考虑得很细致，他给我讲了生活书店的优良传统，讲了"坚定、虚心、公正、负责、刻苦、耐劳、服务精神、同志爱"的"生活精神"和企业文化，期望生活书店恢复后，发扬"竭诚为读者服务"的精神，把优良传统一代一代传承下去。他还把自己晚年辛苦写就的一本书《出版生涯七十年》送给我，供我了解生活书店历史时使用。王仿子先生在这本书的序言中说："我从1939年参加生活书店后，到今天整整七十年，可以说收入这个集子的每一篇都留有我的出版旅程的脚印。"这本书的内容很丰富，我从中了解王仿子先生在生活书店的经历，以及前辈们开创生活书店事业的艰辛及积累的经验，从中获益匪浅。现在重读这本书，王仿子先生出版生涯七十年仿佛在眼前闪现，一时生出许多感慨。

和王仿子先生接触，最深的感受是老人家的慈善、仁厚，回忆过去，从不议论人非；和后辈交流，从来都和颜悦色；提意见建议，从来都说仅供你们参考。还谦虚地说：我不了解情况，说一说供你们参考而已。完全没有指教人的架势，真正做到了"支持而不支使，参与而不掺和"，让人听了没有压力，不会无所适从。因此，每次和老人交流都很轻松愉快。听三联的老人们讲，王仿子先生一辈子，以和善待人著称，从《出版生涯七十年》这本书中，也可以读出他这方面的品格。中国人讲仁者寿，王仿子先生宽厚待人而且得享高寿，使这种说法又一次得到印证。

王仿子先生除了在生活书店工作外，新中国成立后，按照党组织的安排从事多个工作岗位，每次都愉快服从组织决定，对新中国印刷事业的发展、人民出版社的创办、出版管理职能的完善、促进中国文化交流等方面多有建树,他获得"新中国六十年百名优秀人物"称号是当之无愧的。他迈入出版的起步是在生活书店,从1939年参加生活书店,到1949年6月离开三联书店,十年的青春和热血都献给了三联的出版事业,为了三联事业的发展建树了功勋。在八宝山殡仪馆兰厅,我见到了原生活书店的后人、老三联书店后人和三联书店及生活书店送的花圈。三联书店、生活书店的挽联上写道:"天上老友相聚佑护三联大业,人间后辈共勉合写生活篇章。"既表达了对王仿子先生的悼念追思,也显示了三联后辈继承三联事业的决心。君子如兰,王仿子先生是革命战士、三联先驱、谦谦君子。兰厅一别,鹤行万里,愿仿子老前辈一路走好。

（刊载于《读书》2019年第6期）

悼戴公

我国著名编辑家、出版家、著作家戴文葆先生去世了，我心里很悲痛。

我是在戴公辞世的第二天早上得到这一消息的。当时我才上班，刚坐到办公桌前，接到这条短信，心里很茫然，呆呆地坐了半天。我就是这样，遇到这种事情，就这样呆呆地坐着。我的父母去世时，我也这样，呆呆的，人麻木了，似乎不知道悲痛和哭泣。过了两天，当我从麻木中苏醒，确认最疼我的那个人去了，才痛定思痛，悲从中来。现在当我确认戴公这个出版界最关心我的老者去了，我们再不能面对面地谈话交流，我的悲伤便从心底涌了上来。大约在二十天前，我到他住的解放军三零五医院去看他，天正下着雨，天气凉爽，保姆说这是戴公几天来最清醒的一天，他认出了我。我们已不能进行交流，但在输液中的他依然顽强地表达爱心，一遍遍让儿子留我吃饭。握别时我感到他的手仍很有力，估计他近期不会有危险，没想到这竟是最后的握别，最后一次感受戴公的爱心和温暖。

我有幸认识戴公并结缘，是在1992年的秋天。新闻出版署在桂林举办第一期出版社编辑室主任培训班,业界号称"黄埔一期",署里非常重视,交广西新闻出版局承办,地点在桂林的七星岩风景区,更是配备了超强的师资力量。我是班里的一名学员,记得的同学有现贵州出版集团副总唐流德、辽宁教育出版社总编马芳等,戴文葆先生、吴道弘先生是我们的老师。我真的很荣幸,不仅聆听了两位先生的授课,而且作为学员的唯一代表,和广西人民社李社长、夏总编陪同两位先生到广西的北海、钦州、防城考察,还坐船越过北仑河到越南的芒街和北部湾参观。当时中越关系刚刚解冻,河两岸山上的地雷正在排除,越南境内的道路颠簸难行,北部湾一片竹寮在搞色情开发,都给我留下了很深印象。在几天愉快的旅行中,我和两位先生同吃同住密切接触,感到他们不仅课讲得好,引人入胜,而且极其平易近人,关心人,特别是关心年轻后生。戴公年近古稀,虽历经磨难(在"反右""文革"期间受到冲击和不公正待遇,1979年予以平反改正),但依然性格开朗,思维活跃,谈锋犀利,对新事物极感兴趣,喜欢和年轻人交谈。我欣赏戴老的睿智,喜欢他的性格,愿意向他请教与交流。戴公知道我办过报、办过刊,现在做政治编辑室主任,喜爱编辑工作,也愿意向我赐教。几天下来,当我们在南宁明园宾馆作别时,已经是依依惜别,成了无话不谈的忘年交了。当时我以为是性格相投,又有办报办刊的相似经历,他才愿意帮助我指点我。后来知道,他对年轻人倾心帮助,从来如此。他去世后,"生平"有一段评价:"戴文葆同志热情地、不厌其烦地扶持青年编辑同志,为帮助他们提高编辑工作能力,他言传身教,多次在各地、各类编辑专业学习班授课。"戴公热心帮助过许多年轻编辑，我只是其中之一。只是我那时已不怎么年轻，之后也没有成才。樗栎之材不堪造就，我是愧对戴公的。

自从结交之后，戴公对我的帮助和指教就没有停止过。我在外地工作时，我们大多通过书信交流。虽然我的岗位几经变化，但我们的联系一直保持着。我遇到问题向他请教，他总是耐心地给以回答，不顾年事已高，写工工整整的长信。我将我责编的图书和我写的书寄给他时，他都认真地读过，并直率地提出意见。他对我著的《总编辑手记》尤其给以关注，认为这是有意义的总结和开拓，同时也诚恳地指出存在的不足，并具体地告我应从哪几个方面去努力。戴公出生于江苏阜宁一个知书识礼的大家庭，自幼天资聪慧，好学上进，打下很深的国学基础，他对我的诗歌创作也给过很好的指导性意见，使我受益匪浅。2005年8月，我调到北京，在等待分配工作期间，去拜访戴公，我们整整聊了一个上午。他耐心地听了我的想法和打算，告诫我到新单位应注意哪些问题，在北京的出版界如何立足，还问房子怎么解决，爱人孩子是否随迁，工作、学习是否妥善安排，使我这个初到异地举目无亲的人倍感温暖。分别时，年届八旬的他，执手将我送下楼，送出小区，送到北二环北的护城河边，反复叮咛，迟迟不肯离去。他离去时，我看着他的背影，想起了我已去世的父亲。我父亲去世后，戴公是使我又一次得享父爱温暖的人。行笔至此，我禁不住潸然泪下。

到北京这几年，由于见面方便，当面聆听戴公教诲的机会多了,我常去拜访他。戴公既是编辑家,又是出版家、著作家,编辑、演讲、著述具精,学富五车,见多识广,是我国新闻界出版界的活字典,听他谈话真是一种享受。既听到了经验,又增长了见识,还丰富了情感。一次闲聊到我国著名报人王芸五的奇闻轶事,戴公说,刚解放时,公家给王芸五定的月收入是八石小米,王说什么也不要,问为什么,王就是不吱声,最后逼急了,王才说:给我八石米,我不就成了王八石(蛋)了吗!这只是一个插曲,戴公知道的确实很多很多。戴公的去世,仅仅从我国新闻出版资料的收集来说,就是一个重大的损失。因此,诚如组织上对其最后的评价所言:"戴文葆同志的逝世,既是其家人和朋友的损失,更是党和国家出版事业的重大损失。"

戴公去世了,我心里很悲痛。为我自己,也为我们党和国家的出版事业。

（2008年9月12日）

回忆宋木文同志关心三联书店的一些往事

2015年10月23日上午，我随中直机关劳模休养团在丽江参观木王府，突然接到国家新闻出版广电总局办公厅电话，告诉我宋木文同志去世了，其家属让转告我这一消息。接完电话，兴致全无，坐在长廊的木连椅上，呆呆地望着远山，心情很是悲伤，眼前的木王府隐去了，而木文老的音容笑貌却一幕幕地涌进脑际。

我和木文老"巧遇"并相识于20世纪90年代中期，当时我在吉林省新闻出版局任图书管理处处长。一次去广西师大出版社参加一个会议，早上起来爬坐落在广西师大院内的独秀峰，攀登路上遇到一家老小三口，但见长者步履稳健、精神抖擞，留下很深印象。下得山来坐在亭子内休息，又碰到一起，便相互攀谈起来。当得知我在吉林省新闻出版局工作时，老者说他是吉林榆树人，是吉林老乡。我细追问，知眼前便是久闻其名未见其人的宋木文署长，他刚从署长位置上退下来，带爱人和孙子来桂林休养。宋老对吉林出版界很熟悉，谈到过去的一些工作，也忆及他在吉林生活工作时的一些往事。就这样，我们在独秀峰下相遇相识了。以后我在工作方面有需要木文老帮助、指导时,经常去找他,渐渐地成了他家的常客。木文老对家乡感情很深,对吉林出版方面的事情很关心,帮我们出了不少主意,也做了许多推进工作。

2005年8月,我由吉林省新闻出版局副局长任上调北京生活·读书·新知三联书店,新来乍到,工作不摸路径,便常去找木文老求教。从多次交谈中得知,木文老对三联书店很有感情,对三联书店事业发展给予过不少帮助。这些,我都是从他忆及的一些往事中体会到的。确认三联书店员工的革命历史地位,就是木文老为三联书店做的值得铭记史册的一件大事。粉碎"四人帮"之后,出版战线开始拨乱反正。批判"四人帮"在"文革"中炮制的"三十年代黑店论",为三联书店平反,落实一大批三联书店职工革命工龄问题,是出版领域在组织路线上拨乱反正的一个突出事例。生活书店、读书出版社、新知书店,以及后来合并成立的生活·读书·新知三联书店,是在党的领导下成立的专门从事新闻出版工作的进步出版机构,在我国社会进步和民族解放事业中发挥过重要作用。但对参加上述单位员工计算革命工龄时,未像对新华书店那样,入店即是参加革命工作,并计算革命工龄,对此,三联书店员工颇感不公,意见较大。三联老同志徐伯昕、张仲实、胡绳、黄洛峰、钱俊瑞、华应申、邵公文等曾上书中共中央书记处,但由于当时类似积案甚多,需要逐个审查和统筹,未能及时解决。木文老说他是从参与出版界拨乱反正工作,在批判"三十年代黑店论"过程中,较为系统地了解到三联书店的辉煌历史及其与党中央、与中央南方局和北方局有组织关系，并在同三联老同志接触中深得教益，所以由衷地愿为三联书店做一些力所能及的事。

1983年3月15日，木文老到中组部为三联老同志再做争取。听取他汇报的是中组部部务委员、老干部局局长郑伯克。郑伯克1928年参加革命，20世纪30年代在上海曾与胡乔木、周扬有党的工作关系，同左翼文化人有交往，知道生活书店许多情况，对木文老的面陈争取和三联老人的要求作了热情支持的表态。两个月后，1983年5月26日，中组部发出《关于确定党的秘密外围组织进步团体及三联书店成员参加革命工作时间的通知》，明确规定："凡是三家书店的正式工作人员，拥护党的主张，服从组织安排（需经当时分店以上负责人证明），一直坚持革命工作的，1937年8月以前进店的，其参加革命工作时间从1937年8月三家书店受党直接领导时算起；1937年8月以后进店的，从进店之日算起。"这样，三店及其他的三联书店分布在全国约一千六百余人中的大多数，都圆满地解决了革命工龄问题，离休后都享受了离休干部待遇。这件在全国有广泛影响的拨乱反正的大事，对三联书店具有深远意义的大事，木文老力促其成，功不可没。但忆起这件事他是那样谦虚："起决定作用的是送到中组部决策会议上的两个重要文件，一是中共中央1949年7月18日《关于三联书店今后工作方针的指示》，肯定'三联书店过去在国民党统治区及香港起过巨大的革命出版事业主要负责者的作用'，一个是1982年在纪念三联书店50周年纪念大会上邓颖超、王震、邓力群、周扬的贺信和讲话，肯定三家书店'在民族民主革命的暴风雨中,把马克思列宁主义的火种传播得更广泛、更深入'"。他谦虚地说到自己的作用:"我们有关工作人员出了一些力。"中组部的文件对三联书店的革命历史地位进行了充分肯定,解决了许多三联老同志政治和生活待遇问题,所有三联人对此都感念在心。

还有一件事不能不提。木文老在任上解决了三联重建后办公楼用地划拨和修建问题。三联书店1986年1月恢复独立建制后,一直没有自有办公用房,四处打"游击",不利于工作和事业发展,问题反映到署里后,木文老很重视,经多方协调,将原隶属于署里的北京新华字模厂无偿划拨给三联书店建楼,并妥善地解决了相关事宜。这件事木文老对我详细说过,他说,具体事都是有关同志去协调的,但决策确实是由署务会做出的,不是哪个人的功劳,不能记个人账上,体现了上级机关对三联书店事业发展的关心。经过沈昌文等一些同志共同努力, 三联书店在原字模厂的地面上建起了综合办公楼,极大地改善了办公条件,而且恢复了三联书店"前店后厂"的传统格局,楼上是编辑部,楼下则是两千多平方米的书店。目前三联所在的"美术馆东街22号"已成为文化地标,许多读者到三联韬奋24小时书店选书购书, 三联书店事业发展有了物质上的坚实根基。

还有一件事我记忆犹新。那是木文老退休之后,他在审读《中华民国出版史》一书书稿时,发现这部书稿洋洋几十万字,却对以邹韬奋领导的进步出版事业反映较少,不仅文字少,分量也不足。这时他也听到了三联一些老同志的声音,认为这对生活书店、读书出版社、新知书店，以及后来合并成立的生活·读书·新知三联书店很不公允，应当还历史本来面目，加大分量和补充完善。为此，木文老以写信等多种方式向有关方面反映，还亲自撰文肯定三联书店在现代出版史上的历史地位和作用。经过木文老和一些三联老同志的努力，这部书稿得到了补充完善，比较全面地反映了三联书店的历史功绩和贡献。这是对三联书店负责，更是对历史负责。木文老以严肃认真的态度对待这件事，并为此付出了大量心血。

2009年1月，我任三联书店总经理之后，对如何开展好三联书店的工作，木文老既给我思想上的指导，又给予许多实在的帮助。他告诫我，无论何时何地，都要把社会效益放在第一位；他叮嘱我坚持三联特色，紧紧依靠全体三联人干事业；他鼓励我要在继承传统的基础上大胆创新，开辟新境界，勇攀新高峰。对我们组织的一些重要会议和重大活动，木文老有请必到，他先后参加过三联书店创建80周年纪念大会、生活书店恢复设立座谈会、韬奋图书馆揭牌仪式、《读书》杂志创刊30周年纪念会等，尽管年事已高，有时身体也不好，但他都不辞辛苦来为三联书店助力加油。他曾多次为《读书》等报刊撰文，介绍三联的革命传统，以及他对继承发扬革命传统的建议，不仅使三联人深受教育，也扩大了三联书店的品牌影响力。我在三联书店工作时，每期《店务通讯》都送木文老阅读，他看得很仔细，看完后会打电话给我，有鼓励、有鞭策，也有许多好的建言，使我受益颇多。

坐在丽江木王府的长连椅上，我呆呆地望着远山，山头翻卷着白云。木文老驾鹤西去了，但他的声音仍在我耳畔，笑容仍在我眼前。木文老虽已远行，但他刚辞世，定行不远，我要送他一程。我毅然决定改变已确定的行程，改签机票赶回北京，到八宝山给木文老送行。木文老远去了，许多出版人怀念他，得其助益的三联人也深深怀念他，怀念他为三联事业发展做出的努力与贡献。

（刊载于《中国出版传媒商报》2016年7月15日）

怀念我的出版引路人姜念东总编辑

　　我有一条人生经验,一个人的一生,在前进道路的关键处,总会有人推你一把,使你进入一个新的境界。推你的这个人,就是你的贵人,他在你人生拐点发挥了关键作用。我能进入吉林人民出版社,从此与图书出版结下不解之缘,就是遇到一个贵人——时任吉林人民出版社总编辑姜念东先生。

　　1991年7月1日,是中国共产党成立70周年。为迎接这个纪念日,中共吉林省委决定上一个重大出版项目,组织出版《中国共产党百科要览》。出版任务由吉林人民出版社承担,总编辑姜念东具体负责此事。为了确保任务完成,省委组织了全省一批专家、学者集体攻关,从1990年下半年就开始编写。1991年2月,我突然接到省委宣传部通知,让我和精神文明建设办公室副主任李扬一起去《中国共产党百科要览》编写组报到。原来该书主编们在统稿阶段,发现原先编写的关于"精神文明"这部分的20万字不合用,要组织人员重写。这一任务就落到了我和李扬两人的肩上。

　　此时,该书已进入统稿阶段,全部人员集中到中国人民解放军

461医院招待所内。一栋三层小楼,几乎住满编写、统稿人员,灯火通明,日夜奋战。我和李扬"新起炉灶",时间紧,任务重,丝毫不敢怠慢。我们在这里吃、住、写整整一个月,终于如期完成任务。就是在这个过程中,我和姜念东总编辑熟识起来。在这之前,我也认识他,那时是在省委宣传部,他是主管理论工作的副部长,我是宣传处干事,互不了解,只是"点头之交",但他的理论水平、魄力、能力我都有耳闻。他到吉林人民出版社任总编辑之后,再没有见过面。这次在他指导下工作一个月,收获颇丰,也互相加深了了解。

我们把稿件一篇篇写出来交他审阅、把关,他负责组织全书统稿,还要给我们这部分"开小灶",用"手把手地点拨"来形容也不过分,我们高质量完成任务,和姜总编的指导密不可分。我和姜总编之间也由此开始结下深厚的情谊。我和他同吃、同住、同"劳动",当一些人夜晚回家后,我和他留在招待所,常常交谈到深夜。在环境清幽的部队大院内,我们边散步边谈心,拉近了彼此之间的距离。从交谈中了解到,姜总编是烟台福山人(原福山县,现为福山区),农家子弟。他和清代官员、著名甲骨文字学家王懿荣一个村,小时候常到王家的大宅子去玩,因此也沾染一点"文气",立志向学。他也给我讲了他参加革命的经历。他小时候当过儿童团长,较早参加革命工作。抗美援朝开始后,山东老区一批批年轻人赴东北支前。他积极报名参加,坐船到了东北,战争告一段落之后,组织上动员年轻人报考大学,已有文化基础的他被东北师范大学录取,毕业后一直在宣传思想理论战线工作。

待编写任务完成,项目就要收尾时,姜总编对我说:"小樊,据我对你的理解和观察,你的志趣在从文,文字基础也很好,我建议你到吉林人民出版社工作,做一名编辑,多出些好书,干这比一辈子干别的啥都强。"姜总编一席话,改变了我下半生的走向。

1991年7月30日,我到吉林人民出版社报到。我被任命为政治读物编辑室主任,虽然过去因出书与出版社接触过,但对图书出版业务白纸一张,过去的一切翻过去,完全面对一个陌生的领域,心中有些胆怯。我刚到社里一个月左右,在全社选题讨论会上试着提的两个选题被否定。

面对这种情况,我有些茫然不知所措,关键时刻,还是姜总编帮助了我。他首先帮我从思想上"解套",告诉我既然到出版社做了编辑,就要从长计议、久久为功,不要有急于"建功立业"的思想。提两个选题通不过算个啥,干这一行就要有"沙里淘金"的功夫,多听听不同意见有好处。他告诉我选题不能靠想象来、靠自我推测来,首先要有好的作者,有作者就有好的选题。为此,他带我到北京拜访认识《红旗》杂志总编辑邢贲思、外交部原副部长宦乡及中宣部一些领导、北京大学一些学者,这都是他在任吉林省委宣传部副部长、吉林人民出版社总编辑期间结识的老朋友、老作者,给我一一接上头,使我初步有了一批作者队伍,还在同这些领导、专家交谈中捕捉到了一些选题信息,组到了一些书稿。姜总编还提示我要发掘自身积累下来的选题资源优势。他说:"我看你对精神文明建设这块比较熟悉,可否从中发掘一些选题?"我告诉姜总编,我在精神文明这块里头,最早研究现代生活方式这一块,收集了大量资料,准备撰写专著,也认识研究这方面的一些专家、学者,很想开发这方面的选题。姜总编听到这里,眼睛为之一亮,大声说:"可以啊,那还犹豫什么呢?"我说,按分工范围,这是青年读物编辑室的选题,不归我们政治读物编辑室,怕"越界开采",别人有意见。姜总编说:"那你考虑太多了,什么他的、我的,就是要打破这个界限,提倡开展相互竞争,只有这样才能人尽其才。你就越界开采吧,社里鼓励。我们是大分工、小交叉,都打乱了也乱套,适当交叉开展竞争,只有好处,没有坏处。"

在姜总编的鼓励下,我打消了顾虑,甩开膀子在"现代生活方式"这块土地上开采起来,很快就拿出《青年道德概论》《风度美·气质美·韵致美》《当代婚姻家庭热点问题侃谈丛书》等一批选题,获得社里通过并组织实施。组织出版生活方式变革一类图书,使我找到了自己独特的发展方向,把潜在的优势发挥出来,弥补了吉人社这方面选题空缺,初步在社里站稳了脚跟。更为可喜的是,在年度评选中,《风度美·气质美·韵致美》一书获得全国第七届金钥匙优秀图书评比优胜奖。我摸着那枚虽不大但金光灿灿的奖章,心里默默地想,这奖章含有姜念东总编辑一大半的功劳!

1992年4月初,我陪同姜念东总编辑参加云南人民出版社主办的全国人民出版社年会,住在昆明市中心震庄宾馆。参加会议的有人民出版社社长薛德震及全国30个省、区、市人民出版社的社长或总编辑。会议隆重热烈,围绕人民出版社地位、作用、变革等议题,讨论得很深入，安排的考察活动也丰富多彩。我们去了大理、腾冲，经芒市到边境口岸畹町。一路走来，一路交流，比较深入地考察了云南民族出版的一些情况。

离开云南，我们去了贵州。从贵阳到成都，到盐道街四川人民出版社和同行们作了交流。回程时我们选择从三峡出川。我陪姜总编欣赏自然景色、人文景观，姜总编给我讲了许多人文历史知识，也讲了一些出版方面的感悟。尤其是在过三峡时讲的一段话，让我脑洞大开，终身受用。姜总编说，长江之美，美在哪，美在三峡，假设没有瞿塘峡、巫峡、西陵峡，长江之美就会大减其色。这说明什么呢？说明任何时候都要抓重点、关注重点，对出版来说，抓重点就是抓大项目。一个领导要学会抓大放小，一个编辑要学会抓大项目。一个编辑一生能出多少书？不能以出书多少来衡量自己，假如你出了一书架子书，这些书都默默无闻，有什么用呢？还是要关心政治、关心社会、关注民生，抓一些社会关注的大工程大项目。如果我们吉林人民出版社没有出版《中华人民共和国法律全书》这样的大部头，就不会引起国家领导人重视，就不会在人民大会堂举办出版座谈活动。他特意对我说："你到吉林人民出版社快一年了，也出了一些书，有一些书也不错，但要学会抓大项目，以大项目立身。像这长江三峡，虽然只是滚滚长江的不长一段，却是精华所在，说长江有不言三峡的吗？说三峡有不想到长江的吗？"姜总编循循善诱，观景说理，使我有顿悟之感。他又说，人生苦短，一个人一辈子做不了几件事，一个编辑编不了几本书，要想雁过留声，只能办一件或几件有影响的事,方可有所成就。一路上,姜总编给我讲了许多话,这段话给我印象最为深刻,这是一个总编辑对编辑的教诲,也是一个前辈对后辈的告诫。他讲的是出版,却蕴含着人生哲理。我从中不仅理解了出版的"要诀",而且领悟了人生真谛,使我在每一个人生阶段,不管在哪里工作,都学会抓大事、抓大项目,从而为成功奠定基础。

接下来在吉林人民出版社工作的这段时间里,按照姜总编对我的指点,我开始抓有影响力的大项目。经过深入思考和较为精心地策划,我提出了《邓小平生平著作思想研究集成》《现代家庭生活宝库》两个选题,两书都是大部头,前者200万字,后者300万字。受姜总编的指点启发,我把过去的线索和作者队伍梳理一遍,从社会大变革的高度确立有价值、有可行性的选题。《邓小平生平著作思想研究集成》分为生平编、著作编、思想编,尽量囊括国内外已有研究成果,同时又有新的发掘。目标是把这本书编写成邓小平研究成果之集大成者,使之成为邓小平研究里程碑式的著作,供党政机关干部、理论工作者学习研究邓小平理论使用的重要参考书。主编由中央文献研究室龙平平和中宣部崔智友担任,编写队伍力量强大,精兵强将众多。

我把这个情况说给姜总编听,他比我还要高兴,说:"好,好,这下可逮住个'金娃娃'。一定要坚持高质量,一定要集中精力。《现代家庭生活宝库》也不错,可以搞,但要把主要精力集中到邓小平研究这本书上!而且要抓紧,在保证质量前提下快点出版,抢在前面,不要起大早赶了个晚集,把一个好选题糟蹋了!"我请姜总编担任该书顾问,他说:"那就不必了,如用得着,我帮你看看稿,把一下关没有问题!"到这时,我才领会了古人所谓"授人以渔"的深刻含义,姜总编没有授我以鱼,给我具体选题,而是授我以渔,教我捕鱼的方法,使我渐渐摸到了门道,深入堂奥,也开始领略出版好书带来的乐趣。

在近一年内,我心无旁骛,把精力集中在两部大书上,特别是在《邓小平生平著作思想研究集成》上面倾注了大量心血,一手《集成》,一手《宝库》,在北京、长春两地奔波,在发行所、印刷厂周旋,组稿、编辑、设计、校对、下厂核红,因为文字量大,我有多个夜晚是在印刷厂、校对室度过的,在单位加班更是常事。终于,功夫不负有心人,近一年后,《邓小平生平著作思想研究集成》《现代家庭生活宝库》分别于1993年2月和4月出版,被新华书店北京发行所列为重点图书,在全国发行。前者还获得吉林省政府优秀图书一等奖,在全国产生了重要影响。

我到北京三联书店工作后,每年回长春探亲,都去看姜总编。姜总编一年年衰老了,过去身躯伟岸,现在腰也弯了,过去声若洪钟,现在说话有气无力,断断续续。2010年中秋节前夕,我打姜总编家电话致以节日问候,是姜总编女儿接的电话。我说请你爸接电话。她说,我爸走了。"走了,去哪了?"我急忙问。那头才说:"我爸去世了,不在了。"我放下电话坐在凳子上,久久不语。后来才知道,姜总编因肺部感染住院,住院10多天就去世了,享年78岁。姜总编走了,阴阳两隔,我对我的"恩师"、引领我进入出版社的"贵人"有刻骨铭心的思念,也有无以回报的遗憾。去年去云南昆明出差,恰又住在震庄宾馆。我来到当年和姜总编住的房间门前久久停留,睹物思人,丝丝悲凉涌入心头。一直想写一篇文章纪念姜总编,今天如愿以偿,在回顾我步入出版生涯时,写下这些纪念文字。

（刊载于《中国新闻出版广电报》2018年7月30日）

后　记

收到本书责任编辑王玙寄来的校样，我认真仔细地阅改了一遍。大凡做编辑的人，对待校样都分外敏感，有一种不找出错来不罢休的劲头。记得听过这样一件趣事：一个老编辑摔了一跤，别人拉他起来，他却不动窝，原来是在地上看到一张报纸，在报纸的文章中发现了一个错别字。可见当编辑的人痴迷文字到了何种程度！我平常在读书时发现错别字，总要用铅笔把错字划出来，再写上正确的字，这也是长期当编辑养成的习惯。当编辑时是看别人的文稿，现在对自己的文稿更要认真核校，生怕出错，使校样在自己手中耽误了一些时日。这一耽误，又生出来写一个"后记"的想法。

这本名之为《理想与情怀》的出版感言集，共收入文章78篇，其中以短文为主，是我2009年1月任生活·读书·新知三联书店总经理，主事三联工作之后对书店发展方向、布局、重点工作、实施方法等方面思考的一个个片段。我自己是搞文字工作的，不喜欢让别人代为起草讲话、发言稿等。在三联书店工作期间，我都坚持"我手写我口"，所以留下了本书中所收集的这些文字。这一字一句都是经我手写出来的，每一个做法，都是集众智之后思考并付诸实施的，所以它是鲜活的，从实践中得来的。我离开三联书店总经理岗位已经六年多了，现在校读着这些文稿，过去亲历的事件和场景，都一幕幕在脑海闪现出来，使我似乎又回到了和三联人共同拼搏的岁月。而这些文稿，就是我们共同创造过、共同拼搏过、共同苦乐过的证明。有些事情做成了，如生活书店的恢复设立，24小时书店的开办，北京三联和上海三联、香港三联的深度合作等；有些目标没有实现，比如我曾提出"创立三联书店出版集团"的设想等，这些成了思考过的"印记"。无论成功与否，这一切都是当年出版实践的记录。对当事者的我是一个"录影存照"，而对出版业的同道，也许有一定的借鉴意义。人们可以从当年三联书店的实践中、三联人的思考中获取一些补益。知道我们当年是怎么走出来的，有哪些经验教训，在战略布局、创新发展、编辑实务等方面引发更深入的思考。因为对出版界同行来说，有些题目的思考是永远也没有穷尽的，比如韬奋先生提出的事业性和商业性关系，即我们今天所说的社会效益和经济效益的关系问题，随着时代的变迁，对这一论题的处理和探究就不会终结。给出版业同道们提供一些借鉴，就是出版此书的目的所在。

出版这本书的另一想法，是以此为自己的出版生涯做一个总结。我1986年11月从办刊开始步入出版界，至今35个年头了，将人生最宝贵的年华贡献给了出版事业。为回顾这大半生经历，我先后出版了《总编辑手记》《激情与梦想》《坚守与探索》《美术馆东街

22 号——三联书店改革发展亲历记》,《理想与情怀》是我关于出版的最后一本书,我将以此书与出版告别。从此,我将站在海岸上,看着出版这只大船扬帆远航。而这本书就是我曾在大船上航行的最后一个纪念。感谢天津人民出版社的领导和责任编辑帮我实现了这一梦想。说起来,我和天津人民出版社还有一点缘分。20 世纪 70 年代中期我为《贵州日报》写稿,得到的馈赠是一本天津人民出版社出版的《鲁迅杂文选》。这本书跟随我几十年,成了我的写作范本和精神食粮。今天天津人民出版社已成立 70 周年,为读者出版了更多的精品力作。本书能在天津人民出版社出版,我内心是惬意的、温暖的。在感谢天津人民出版社领导和本书责任编辑的同时,我也祝愿该社以 70 年社庆为新的起点,在新时代新征程中,继续发扬开拓进取、求实创新的精神,砥砺前行再创辉煌。

樊希安

2020 年 8 月 30 日